光文社文庫

# だからあなたは殺される

水生大海《みずきひろみ》

KOBUNSHA



光　文　社

目次

だからあなたは殺される——5

解説　佳多山大地《かたやまだいち》　415

# 九月

## 1　正義

汐崎正義《しおざきまさよし》が警察の独身寮を出たのは、妹と暮らすためだった。

「本当にいいの？　この部屋で。こういう部屋ってほら、ネットでも専用のサイトに載ってたりするんでしょ？」

不安げな声がかけられる。

この問いを妹の優羽《ゆう》が発するのは何度目だろう、と正義は可笑《おか》しかった。専用のサイトとは、その場所で死者が出たなどの心理的瑕疵《かし》を持つ不動産物件、いわゆる事故物件を扱った情報サイトのことだ。興味本位で覗いたところ、地図上にいくつかポイントがあった。試しにここ、盛《もり》ハイツの場所をクリックすると、九月四日という十日前の日付、東京都立川市……町……番地、盛ハイツ三〇一号室、首吊り自殺、五十代女性、と書かれていた。

どういう人間がこういったサイトに情報を提供するのか、正義としても不思議だったが、不動産価値が下がることを案じた近隣住人が自分の住む場所ではないと知らしめる意図で書くケースもあると聞き、なるほどと思った。母の件は、数行の短い記事が新聞に載ったものの、アパート名は明かされていない。

2DKのこの部屋には、母、持田《もちだ》暁子《あきこ》と優羽が住んでいた。ひとりになった優羽と暮らすために、正義は入居する。なにしろ優羽はまだ、高校二年生なのだ。

「俺は気にならない。引っ越すなんて無駄だよ。身の回りのものしか荷物のない俺が来るのが、最も合理的な判断だろ」

「家って意味だけで言ってるんじゃないよ。部屋もこっちでいいの？　だってここでお母さんが……」

「優羽の部屋と取り替えるか？　だけどおまえの部屋は南側だから、チェンジさせるのも悪いしな。優羽のほうが家に長くいるだろ？」

「北側でもいいよ。ただわたしの部屋、カーテンがピンクだけどね。窓の大きさが違うから、ここは取り替えられない」

カーテンを買い替えるという発想はないのかと、正義は思った。だがそれを問うと、話が逆戻りしてしまう。その色はちょっとなと笑い飛ばした。

「ともかく手を動かせよ」

正義はぶっきらぼうに言った。ラフに接したほうが、気安さを感じてもらえるだろう。自分もゴミ袋を開いて、簡易な棚にあった化粧品や小物を次々に入れていく。

「全部捨てちゃうの？」

訊ねてきた優羽の声が硬かった。

母親が死んでまだ十日だ。急ぎすぎたかと、正義はゴミ袋を持つ手を止める。だが早く気持ちを切り替えないと、優羽が潰れかねない。葬式や翌日の初七日法要で泣きっぱなしだったのは仕方がないとしても、その後もなにかにつけめそめそし、学校にも行きたくないと言う。実際、体調不良を理由にサボった日もあるようだ。

「欲しいものがあるならとっとけよ。家具はそのまま使う」

「特にない。でもそのお守りはわたしがあげたものだから、こっちにちょうだい」

「どうするんだ？　効かなかったんだからどうしようもないだろ」

「願いが叶っても叶えられなくても、お守りって神社に返すものなの。捨てちゃダメ」

また泣かれるかと思ったが、優羽はふてくされたように横を向いた。

優羽との距離がうまくつかめない。なにしろ十年も会っていなかったのだ。

十年前に別れた母親、暁子と再会したのは九月四日の夕刻、すでに死体となっていた。

一一〇番通報を経て、立川警察署刑事組織犯罪対策課強行犯係の係員と鑑識員の数名が確認のためにこの部屋へと入ったのは朝だが、正義は非番だったのだ。

通報してきたのは、二階の二〇二号室に住む滝藤《たきとう》という女性だ。滝藤は泣き喚き、多摩《たま》通信指令センターの担当係員は必要事項を聞き取るのに苦労したらしい。四階建て十六戸のこのアパートは、隣合う二軒の間に階段がある。持田家の斜め下の滝藤家は、四歳と三歳の子供と若夫婦の一家だ。五十三歳の暁子とも高校生の優羽とも、同じ階段を使うこと以外に共通点はないが、優羽が子供と遊んでやったことがきっかけで、半年ほど前から交流があったという。暁子の入院の際は、優羽も彼らを頼りにした。その日の朝も、なかなか起きてこない母親の部屋を覗いた優羽が遺体を見つけて、扉を叩いたという。暁子は卵巣がんを患い、肝臓や肺への転移も認められ、保っても半年ほど、ホスピスなどの終末期を視野に入れた医療を提案されていた。

「その化粧水、中身が入ってるよ。水分を捨てて瓶だけにしないと」

ゴミをまとめていた正義に、優羽が注意をしてくる。暁子が身体を壊して以来、家事を担ってきた優羽は、主婦並みにしっかりしていた。

「悪い悪い。優羽はタンスの中を見てくれ。優羽がもらう、リサイクルショップに売る、処分する、の三つに分けるんだ」

「売れるようなものなんて持ってないよ」

「着物は？　いくつか持ってたろ。留袖とかいう下のほうに模様があるのとか、きんきらの帯とか」

「とっくに売ってる。たいしたお金にならなかったみたいだけど」

そうか、と正義は答えた。

予想以上に、母娘ふたりの生活は苦しかったようだ。暁子の医療保険はおろか優羽の学資保険も途中で解約してあり、葬式代は正義が出すことになった。目の前にある整理ダンスは傷はあるものの無垢材の立派なもので、正義にも見覚えのある母親の嫁入り道具だ。だが優羽の部屋にあるのはペラペラの合板。背が低く、ピンクに塗られた子供向けのタンスだ。離婚後に戻った暁子の実家で与えられたものだろう。

両親が離婚をしたのは、正義が十六歳、優羽が六歳の終わりだ。ふたりとも春の生まれで、一学期が始まってすぐにひとつずつ歳を取る。優羽が小学校に入る前に苗字を変え実家近くの学校に通えるよう、最後は手続きを急いでいた。

以前からどちらについていくか訊ねられていた正義には覚悟もあったが、部活動から戻ったある日、家にあった家具が消えていて、呆然とした。二十畳ほどのリビングダイニングには、ソファが残り、ソファテーブルが消えた。食器棚もなくなり、段ボール箱に食器が積まれていた。正義たちの父親、洋一郎《よういちろう》の仕業だった。暁子が結婚の際に持ってきたものをすべて実家に送り返したのだ。食卓セットも消えたので、その日洋一郎は外食し、正義は自室にカップラーメンを持ち込んで食事をした。正義の部屋の家具は父の給料で買ったらしく、なにも消えていなかった。

離婚の原因は性格の不一致と聞いている。だが原因は父親のほうにあると、正義はわかっていた。洋一郎は細かく、厳しく、傲慢で、扱いづらい。浮気も何度かしたようだ。商売女に腹を立てるな、そんなひどい言葉を聞いたこともあった。優羽が生まれ、暁子が体調を崩したときも、洋一郎は優しくならなかった。小学生の正義が、暁子の代わりに優羽のおむつを換え、風呂に入れたぐらいだ。あれが暁子にとってのきっかけだと正義は思っているが、それでも何年か、離婚の周りで行きつ戻りつしていた。

正義が父親側についた理由は、三つある。ひとつ目は優羽が母親を選んだため。ふたつ目は洋一郎が男である正義に残るよう迫ったため。みっつ目は柔道漬けの生活を送っていた正義自身が環境の変化を望まなかったためだ。父親の元にいれば、柔道を続けられる。強豪大学への進学、オリンピック、という目標が見えてきた時期だった。

最後の理由に後ろめたさがあり、暁子や優羽への連絡をためらいがちになった。母親がいなくなって忙しいのだと、自分に言い訳をした。実際、柔道に勉強にと毎日のことに取り紛れ、ふたりを思いだすことも少なくなる。便りがないのは元気な証拠と思い込んでいたのだ。

優羽によると、離婚後は暁子の実家で、祖母と三人で暮らしていたという。祖父は優羽が生まれたころに他界していたが、貯えも遺族年金もあり、暁子も職を得て働いた。ところが三年前に祖母が死に、相続税が払えず実家を売却。残りの金は引っ越し代にもならなかった。間もなく暁子の病気が見つかり、貯金の切り崩しと洋一郎から振り込まれる優羽の養育費頼りの生活になったという。正義は知らされていなかったが、洋一郎に養育費の増額を頼んだこともあったそうだ。しかし洋一郎は拒んだ。

暁子が死んだあと、優羽の引き取りもまた洋一郎は拒んだ。

暁子は、遺書を手に握っていた。正義は、皺くちゃになったそれを洋一郎に叩きつけたが、顔色さえ変えない。

あとはよろしくお願いします。

優羽はできのいい子です。自分のことは自分でやれます。居場所だけ作ってやってください。

重ねてどうぞよろしくお願い申しあげます。

持田暁子

汐崎洋一郎　様

残していく娘を案ずる文章も、洋一郎の心を動かすことはなかった。

洋一郎には新しい妻がいて、小学生になったばかりの子がいた。子供が大学に入る前に定年が来る、それに先立って給与のカットも待っている、余裕はない。それが洋一郎の主張だった。暁子の連絡を無視しつづけていたのも、金の無心を嫌がったからだという。そうはいっても洋一郎は一部上場企業の部長職だ。正義は吝嗇《りんしょく》に感じた。

洋一郎の性格は変わっていない。この分では新しい妻、義母にも遠からず愛想をつかされるのではないかと正義は思う。だが四年半前に任官して以来、洋一郎とは会っていないので自分には関係ない。問題は、優羽だ。

正義は運命を信じない。それでも、自分が半年前に立川署に異動してきたことに縁を感じた。なぜ今まで気づいてやれなかったのか。正義と洋一郎に接触がなかったせいもあるが、あったとしても洋一郎は話題に乗せなかっただろう。

正義は直属の上司である強行犯係係長の笹木《ささき》に妹のことを相談し、上への伺いを立てた。笹木は昔、勾留した被疑者の飼い猫を預かったことがあるそうだ。家族に引き渡すまでの短い期間だが当時の上司はいい顔をせず、嫌みも言われたという。特に猫好きでもない笹木だが、取り残されて鳴いていてはかわいそうでしょうと返答し、こたえたようすはなかったらしい。以来、人情派とか頭が柔軟だとかの評価を受けている。被害者側だけでなく被疑者やその家族からも、信頼される捜査員だ。

そんな笹木に、妹を放っておけない、せめて高校は卒業させてやりたいとしんみりした声で訴えると、もらい泣きをされた。直ちに書類が整い、それまで住まいとしていた警察の独身寮の退去日まで決まる。休みもくれたが引っ越し先を探す余裕はないので、暁子の荷物を片づけて、正義がその部屋を使うことにしたというわけだ。

ベッドからはいだシーツを処分用のゴミ袋に押し込んでいると、優羽が目を丸くした。

「まさかそのベッド、使うの？」

「ふとん類は替える。マットは日に干せばいいだろう。ワクはかなり頑丈だ。昔の品物は作りがいいな」

優羽が驚いたのにはわけがある。

暁子はこのベッドのヘッドボード——頭側についた飾り板——の角に突き出ているポールにタオルをくくりつけ、床に座って縊死していた。自分の体重をかければ、ドアノブでも人は死ねる。なにより、暁子が死んだのはベッドではなく、絨毯の上だ。絨毯は始末したので問題はない。

死亡推定時刻は四日の午前三時ごろ。暁子のいたこの部屋は玄関側で、ベランダ側の優羽の部屋とは台所などの水回りが間に挟まっているため、優羽も異変に気づけなかったそうだ。暁子は優羽が眠り込んでいる時間を狙ったのだろう。優羽への気遣いか、邪魔されたくなかったのか、暁子の想いは正義も想像するしかない。

優羽が高校を卒業するまで近辺の署にいられるよう配慮を願ったが、確約はないため、無駄な金を使いたくない。このベッドも母親の嫁入り道具だ。かつて両親の寝室にこのシングルベッドが二台並べてあった。徹底して暁子の荷物を返した洋一郎のことだ。ひとつだけ戻したとは思えないが、だったら洋一郎はその夜、どうやって寝たのだろう。意地を張って床に寝ていたなら面白いと、正義は笑った。

タンスの上に置かれた暁子のわずかな本をまとめようとして、正義は手を止めた。古書店のシールが貼られたままの手紙の書き方、文例集の本があった。角が折られているのは、お礼や依頼の際のページ。借金の頼み方の文例があるようだ。暁子も必死だったのだろうとため息をつき、一緒にあった医学の本や料理の本と重ねていく。暁子はがんの告知を受けていた。医学の本は専門書ではなく、患者や家族向けの解説や心得だ。料理の本も、健康や医療面に軸足を置いたもの。優羽との生活では必要なさそうだ。ダイエット本の代わりにはなるだろうが、正義も優羽もスリムだ。

「レシピの本、見るか？」

「使わない。これがあるし」

優羽がスマートフォンを見せてくる。

「あ、通信料は自分でアルバイトしてたからね。白ロム買って格安ＳＩＭだし、これからもそうするから」

中古品を購入して安く通信をする手段だ。贅沢品ではないと優羽は言いたいのだろう。いたたまれない気分になった。

「あとでシーツを買いに行くから、一緒に出かけよう。優羽も秋物の服とか見つくろうといい。買ってやるから」

「いいの？」

「もちろん。なんか美味いものも食べよう」

目を大きく開いた優羽が、その瞳をまたうるませていく。

なにか変なことでも言ったのだろうか、と正義は焦る。だが優羽は、今まで何度も見た傷ついたようすではなく、ゆっくりと笑顔に変わった。

「遠慮するなって。稼ぎはそう悪くない。その分仕事はハードだけど、高校は責任持って出してやるから。ちゃんと勉強するんだぞ」

「……うん」

その声に気恥ずかしくなり、優羽に背を向けた。本を紐で縛る。その都度その都度で処分してきたのだろう、暁子の荷物は少なかった。

## 2 正義

「恋人でもあるまいし、デレてんじゃねえよ」

正義が自分のデスクで報告書を作っていると、同じ強行犯係の駒岡《こまおか》が声をかけてきた。

駒岡は二歳年上だ。正義が強行犯係に配属されるまでは一番下だったせいか、なにかと先輩風を吹かせてくる。駒岡は四年続けて巡査部長の昇任試験に落ちている。正義にも受験の資格はあるが、試験は春だ。今年は異動直後とあって受験を諦めた。だが勉強はこつこつ続けているので、来年の一発合格を狙っている。駒岡に先んずるつもりだ。

しかし今のところは先輩だ。正義は傾聴の姿勢を取った。

「なんの話ですか？」

「交通課の子がスーパーマーケットで見たって言ってたぜ。すんごくかわいい女の子と手をつないで歩いているのを」

「嘘ですね。手をつないではいません。スーパーでカゴを持って手などつないだら通行の妨げになります」

すんごくかわいいのほうは正義も否定しない。優羽は、美容院に行くとお金がかかるからと、自分でカットできるロングヘアで、それがまた清楚で似合っている。目尻の上がった目の形は兄妹共通だが、強面に見える正義に対し、優羽は利発そうだ。正義の鼻はあぐらをかいているが、優羽の鼻はすっきりした形だからかもしれない。兄の欲目だけでなく、優羽はかわいい。

「そこは盛った。だけど背の高いふたりが歩いていて目立ったらしい。にここいちゃいちゃしていたと」

「いちゃいちゃもしていませんよ。妹ですって。昔はおむつも換えてやったぐらいですよ」

とはいえそう見えるのかと、正義も悪い気はしない。この二週間ほどで、ずいぶん自分に馴染んでくれた。距離感がつかめなかったのは優羽も同じだったようだ。最初は呼びかけの言葉さえ省略していたが、お兄さんからお兄ちゃんになり、甘えてもくる。笑顔も増えた。優羽の笑顔は、十把一絡げのアイドルより勝っているほどだ。自然、正義も嬉しくて、なにかしてやりたくなり、ケーキを買って帰ったりもする。

「一緒に料理するんだろ。充分いちゃいちゃだ」

「しませんよ。俺は料理なんてできないし。全部妹まかせです。母が倒れた中二の終わりからなので、主婦歴二年半。けっこう美味いですよ」

今朝も優羽の手料理を食べてきた。炊きたてのごはんに納豆、目玉焼き、法蓮草《ほうれんそう》のお浸し、ポテトサラダに豆腐の味噌汁とたっぷりだ。パンより米のほうが腹にたまるから朝は和食にしてほしいと頼んだ。優羽も、パンのときより間食が減ったと言っている。

そういえば優羽の味付けは、記憶の中にあった母の味と同じだ。懐かしく感じるとともに、親から子へ、受け継がれていくものがあるのだなと感動した。

などといった話をすると、駒岡がまたからかってくるだろうから、正義は黙っている。優羽が得意なのは、料理だけではない。掃除も洗濯もきっちりこなす。あれならいつでも結婚できると思う。

「高校、どこだっけ？」

「南立川高校です。飛び抜けて優秀でも問題があるわけでもない学校ですが、本人曰く、成績はトップに近いと。母のこともあって、看護師に憧れてるようです」

「優秀なら看護師より医者だろ」

「そこまでかどうかは。看護師だって難関でしょうよ。医者なんて、金持ちがなるもんです。無理無理無理」

「汐崎の妹ならスポーツも得意だったりしない？　おまえ、柔道の大会でいい線いってたんだってな。縦に長いから、剣道のほうかと思ってたよ」

警察学校では武道が必須だ。正義のスリムな体型を見てか、たまに駒岡と同じ勘違いをされる。正義は、高校の途中まではがっしりとしていたが、両親の離婚後、第二次性徴期の終わりに脚がぐんと伸びた。そのせいで身体のバランスが崩れ、無敗を誇っていた意地もあり、無理をして怪我をした。やめるほどの故障ではなかったが、以来、入賞は望めなくなった。オリンピックの夢はそこで潰えたが、柔道のおかげで、警察に入ってからも上の人間から好意的な声がかけられる。

「優羽は、部活はやっていないみたいです。空いた時間はアルバイトに充てる必要があったようで」

コンビニで店員をしていたが、母親の葬儀関係で長く休んだため、クビになってしまった。新しいアルバイト先を探していると聞く。

「優羽！　うおー、呼び捨てか。いいなあ、妹。俺んちムサい弟だからな」

正義たちには腹違いの弟もいるが、この件についても話すつもりなどない。

「しかし女の子は女の子で心配だよなあ。当直程度ならともかく、うちに捜査本部が置かれるような大きい事件が起きたら、長いこと帰れないぞ」

「しっかりした子ですよ。母は何度も入院してたし、ひとりには慣れてますよ」

「逆に、男連れ込んだりする心配もあるか」

他人の家族に失礼なことを言う、と腹が立ったが、顔には出さなかった。優羽の高校に保護者として挨拶をしに行った際に、担任教師から似たようなことを言われたときは、正義もわかりやすく怒ってみせたが。

一学期の終盤、母の入院中に、優羽は家出をしてきた友人を泊めたことがあったそうだ。もちろん女子生徒で、遠方に越した小、中学校時代の友人だという。翌日は平日だったが、東京ディズニーシーに繰り出して遊んだ。優羽も学校をサボったのだ。「その件で生徒指導の対象になりました。普段の行動に問題がなかったので停学は免れましたが」と、担任の女性教師は告げた。彼女は、正義が保護者にふさわしいか値踏みし、長期不在の可能性があることに眉を顰《ひそ》めていた。なにかと、「前科」がありますので、と強調する。教師のくせに警察より疑り深い、と正義は呆れた。

あとで優羽に事情を訊ねると、その友人は説得して家に帰したそうだ。頭ごなしに帰れと言われるより、楽しい思いをしたあとで、帰ったほうがいいよと勧められたほうが人は納得するものじゃない？　と優羽は言った。なるほどと正義が感心すると、心理学にも興味があるんだ、カウンセラーも悪くないと思う、と楽しそうな笑顔を見せてくる。

優羽は優しい。自分が泊めてやらなければその子はどうなるだろうと、そこまで考えての行動だったようだ。教師より優羽のほうが正しい。正義はそう思った。

優羽は友だちも多い。母親が病気だったため周囲に助けてもらう必要を感じ、友だちを増やそうと心掛けてきたという。同じアパートに住む滝藤家との関係も、そうやって築き上げたのだろう。

「大きなことが起きないよう願ってますよ。卒業まであと一年半だし」

「一年半、も、あるって。いずれ帳場が立つぞ」

駒岡が言う。
事件が起きたのは、翌日、十月一日のことだった。

## 十月二日

### 1　昌男

友永昌男《ともながまさお》がその緑道を歩いていた理由は、昌男自身にもわからない。雨の音に誘われるように目が覚め、なんとなく歩きたくなった。いや、目は夜のうちから覚めていたのかもしれない。自分は昨夜眠ったのだろうか。最近はそれさえもわからなくなるが、他人には話さない。下手に話せば、今の生活が壊れてしまう。住み慣れた家から離れなくてはいけないかもしれない。それは困るのだ。

昨日と同じ生活が、今日も明日もできるように。いろんなことがわからなくなってきている昌男にとって、なによりの願いだ。

昌男は外に出た。いつもは閉まっている玄関の鍵が、開いていた。傘を開く。なにかに呼ばれているような気がして歩き出す。

薄暗い中、空気の冷たさに身が引き締まる。雨は激しくはないが、傘は必要だ。庭からアスファルトの道路に出て、右か、左か、気が向いたほうに進む。

誰かが自分を呼んだ。やはり呼ばれていたのかと足を速めるが、よく聞けば、声は背後からしていた。遠慮がちな小声。水を踏む足音が聞こえる。

「おじいちゃん。どこ行くの」

振り向いた昌男は、傘の下に孫の桃香《ももか》の姿を認めた。ふたりいる子供の、英規《ひでき》のほうの娘だ。もうひとりの子の智子《ともこ》は、国際結婚をしてオーストラリアに行ってしまった。孫の顔は見たこともない。結婚前におおいに揉め、駆け落ちのように出ていった。死んだ妻は隠れて連絡をとっていたようだが、その糸ももう切れた。妻の葬式で喧嘩をしたのが最後だ。あれは何年前か。以来、会っていない。

「散歩だ」

桃香に笑顔を返して、また前を向く。

「戻ろう。まだ朝も早いよ」

「そんなことはない。もうすぐ空も明るくなる」

「でもまだ五時すぎだよ。みんな寝てる」

桃香は小声だ。近所への迷惑を心配しているのだ。いつもそうだ。だが自分がここにいて何が迷惑なのか、昌男には納得できない。昌男は教師だった。教鞭を執ったのはずいぶん昔だが、かつての教え子たちは各地域や職場で中核を担っている。自分は周囲から感謝されていいはずだ。

「もう少し歩きたい」

困惑と諦めの混じった表情で、桃香が昌男を見てくる。

「わかったよ。一緒に行く。でも大きな声は出さないで」

「出したことなどない」

桃香が呆れたような目をして、自分の傘を閉じ、昌男の傘に入ってきた。

桃香の持っていた傘は、死んだ妻のものだ。花柄の古びた傘。昌男はそれを見て、桃香ににっこりと笑いかける。ふいに頭のなかに歌詞が浮かび、歌いかけると止められた。

「外に出るときは携帯電話を持ってね、起きたら首からかけてね、っていつも言ってるのに。どこに置いたの？」

「さあ。部屋のどこかじゃないか？　飴、食べるか？」

スウェットのパンツのポケットから、昌男は個包装になったキャンディを出した。傘を持っていないほうの手で桃香に差しだす。この時期、昌男の服は、起きているときも寝ているときも同じだ。上下共にスウェット。もう少し秋が進めば、なにかを羽織る。

桃香は、上は寝間着にしているスウェットだが下はジーンズで、妻の古いカーディガンを羽織っていた。二十歳前後の娘が寝間着で外に出るわけにはいかないのだろうと昌男は思い、はたと、正確にはいくつだったか考えこんだ。十九歳だ。自分が還暦の年に生まれたのだった。

「とけちゃうから、おふとんに入るときはキャンディをポケットから出そうね」

桃香がたしなめてくる。

生意気なことをと思ったが、相合傘が嬉しくて、昌男はどんどん歩いた。桃香が小さいころによく見せていたアニメーションの歌が、また頭を巡る。歩こう。歩こう。

そして緑道までやってきた。

支流になった川のそばに、樹木の多い道がのびている。昌男は傘を上下に大きく振った。スキップだってできる。足腰は丈夫なほうだ。

道の先になにかがあった。立ち止まる。

「おじいちゃん、向こうから行こう」

桃香が踵を返す。

昌男は、しかし目が離せなくなった。

「人が倒れてる」

多分、人だろう。マネキンのようにも見える物体。昌男たちのほうにうつぶせの頭を向けている。

昌男は近寄っていった。女性のようだ。スカートから脚がにょっきりと出ている。左右がちぐはぐに腫れ、赤黒い丸がいくつも浮かぶ。黒く長い髪の間からは赤いものが滲み出て、雨水と混ざっていた。手を伸ばしかけて桃香に止められる。

「触っちゃダメ。死んでる」

「本当に？」

「どう見たって死んでるよ。血が出てる」

では心臓マッサージは必要ないのだなと、昌男はまず思った。生徒になにかあったときのために、昌男は何度も教わっていた。その後も、老人福祉センターかなにかで新しい方法を学んだ。人形にシールのようなものを貼ったのだ。あの機械はここにない。

「帰ろう。早く」

桃香が手をつかんでくる。

心臓マッサージが必要ないなら、次はなにをすべきだったかと昌男は考える。そうだ救急車を呼ぶのだ。

「呼んでも生きかえらないよ。無駄だよ」

昌男は我知らずつぶやいていたのだろう、桃香が言う。たしかにそうだ、と昌男はうなずいた。

「だいいち携帯電話がないよ。おじいちゃん、持ってこなかったじゃない」

そうだ携帯電話はこういうときのためのものなのに、と、昌男はまたうなずく。桃香は携帯電話を持っていない。近くにある家の扉を叩いて、代わりに知らせてもらうのも迷惑だろう。朝も早いのだから。

桃香が手を引っぱってきた。昌男はおとなしく従い、もと来た道を戻る。

住宅街のどこか、犬の鳴く声がした。

## 2　正義

立川市にある緑道で見つかった遺体は、十代から三十代の女性とみられた。身長は百六十センチ強、痩せ型、胸までの長さの黒髪。タータンチェックのワンピースは、かつて海外ブランドとのライセンス契約をしていたレーベルの特徴的な柄だ。履いていたパンプスも海外の有名ブランドのもので、どちらも金がかかっている。鞄や携帯電話といった身元のわかるものは持っていなかったが、服や靴の線を辿れば判明するのも遅くないと思われた。

問題は状況だ。

女性はうつぶせの状態で見つかった。全身に夥《おびただ》しい数の丸型の打撲痕があり、頭が割られて血が出ている。前歯が軒並み折られているが、現場周辺では折れた歯を発見できていない。雨は夜明け前から降りだした。流されていくほどの雨量ではない。

緑道を通りかかった男性の通報を経て、立川警察署刑事組織犯罪対策課強行犯係の係員が駆けつけたのが午前七時ごろだ。しばらくして機動捜査隊や警視庁の捜査一課の人間、鑑識がやってきた。

「帳場、まじに立つぞ。オレって予言者？」

正義に、駒岡がにやにや笑いながら話しかけてきた。

雨とはいえ、土曜日の朝とあり野次馬が多い。傘の花がいたるところに咲いていた。遺体とその周囲はブルーシートで覆っているが、そんなに生々しい姿を見たいのだろうか。ややあって、遺体が運び出された。マスコミもやってきたようだ。規制線の外がざわついている。

予想通り、立川警察署に特別捜査本部が設置されることとなった。

本庁から捜査一課の角田《かくた》課長、北見《きたみ》管理官、赤バッジをつけた一課の捜査員、初動捜査に当たっていた機動捜査隊、立川警察署と同じ第八方面の警察署から応援の刑事たちがやってきて集まる。立川署でも刑事組織犯罪対策課だけでは手が足りず、地域課や生活安全課から人を回してもらう。準備でごった返していた講堂が、立川署署長や角田課長以下幹部の人間が前の席に着くと、しんと静まった。捜査会議の始まりを待つ。

捜査一課の第十四係が本件を担当することになると、指揮を執る倉科《くらしな》係長が挨拶をした。今後、司会進行も務めていくという。倉科は四十過ぎで、シャープな顔立ちの持ち主だ。温厚で人当たりがよく、被疑者の自供を引き出すのが上手いという評判を、正義も聞いたことがある。階級は警部だ。

続いて状況報告がはじまる。

立川署から、遺体発見にいたる経緯が語られた。ジョギング中の三十代男性が、うつぶせで倒れていた女性の頭が血まみれになっているのを見て、息はないと判断し、一一九番ではなく一一〇番にかけたという。

機動捜査隊は周辺への聞き込みを報告。前夜十一時半に緑道を通った四十代男性がいることがわかっている。男性は仕事帰りで少々酔っており、しっかり周りを見ていたわけではないが、死体があれば気づいたはずだと言った。現在、彼が最も遅い時間の通行人だった。近所の住人によると、以前、現場周辺で喧嘩騒ぎが起きたことがあったが、昨夜は静かだったという。ちなみにその喧嘩の関係者は見つかっていない。

鑑識からは、司法解剖の結果や遺留品について説明された。

死亡推定時刻は、十月一日の午前二時前後。着衣に吐瀉物の痕跡があり、血中濃度からアルコールを大量に摂取していたもよう。胃の中は空に近かったが、その先の消化管に未消化の野菜類が残っており、夜の七、八時から飲み食いしていたと思われた。致命傷となったのは頭部の挫傷で、頭蓋内に血が溜まり、脳を圧迫したようだ。挫傷は全身に及び、右の腰骨、右の鎖骨、左手の指と手首は骨折に至っている。なかでも指は砕かれてちぎれるほどだ。目の周りと口元、両の手首、両足首、膝下に粘着テープらしき糊の成分が残っていた。テープそのものは剝がされている。

凶器となったのは鈍器で、丸型の痕や頭蓋の穴の形状からみるに、金槌かなにか。頭蓋にはもうひとつ、角張った穴も開いていた。そのため複数犯の可能性もあるが、単独でも可能で、どちらとも決め難い。首と鎖骨の付近に、本人以外の唾液の痕跡がわずかにみられるが、性的暴行の痕はない。血は遺体から流れ出て雨水と混じっていたが、倒れていた場所以外には認められず。遺留品は戸外ということで広範囲にわたって採取し、分析中だという。被害者女性の指紋を警視庁のデータベースに照会したが、該当者はいなかった。

「本日の雨の降りはじめですが、立川市では午前四時四十五分ごろとのことです。遺体はうつぶせで、ワンピースの前身頃および遺体の下になっていた部分があまり濡れていないことから考えて、雨の降りだす前にあの場所に放置されたものと思われます」

鑑識担当者が説明する。

「つまり殺害されてから現場に運ばれてきた、ということだな」

捜査一課長の角田が訊ねる。角田の声はしゃがれて渋い。怒鳴ってばかりいるので声がかすれたという噂を立てられていた。Vの字に後退した額に刻まれた皺は深い。

「はい。歯が上下合わせて十五本ほど折られているのですが、欠片は口腔内に二、三本分残っているだけで、体内からは発見されませんでした。しかし現場周辺にも落ちていません。また血痕も、遺体頭部から流れ出たにしては少ないようです。雨とはいえ少しは周囲に残るでしょう」

鑑識担当者の報告に、角田がうなずく。隣の北見管理官も納得の表情をした。北見は童顔のせいで、角田と並ぶと親子のように見える。実際、三十五歳の若さだ。角田とは十五歳差となる。

「酔って歩いていた女性を行きずりで襲い、抵抗されたので殺した、とするには遺体が無残すぎますね。粘着テープの痕もある」

倉科が、確認のようにつぶやく。

まるでリンチだ、と正義も後ろの席で思う。全身の打撲痕は、約半分が生前のもので、残りが死後のものと説明されていた。殴られている間に命が尽きたというところだろうか。金槌を持って人を嬲《なぶ》り殺しにするサイコキラーの可能性も、ゼロではないかもしれない。しかしまずは被害者の周囲から当たるのが定石だろう。

「被害者の身元の割り出し、殺害現場の特定、遺体発見現場への移送方法、現場周辺で以前にあったという喧嘩の詳細、遺留品の分析と洗い出し、周辺への聞き込み、調べることは山のようにある。各々協力して当たってもらいたい」

角田が重々しく捜査会議を締めた。

正義は興奮していた。

地域課に勤務していたころ手伝いに駆りだされたことはあるが、刑事の立場でこれだけの規模の捜査に加わるのは初めてだ。もちろん捜査を主導するのは捜査一課で、自分は手伝いのひとり、駒であることは変わらない。しかし以前よりも役に立てるはずだ。事件解決となるなにかを引き当てることができるかもしれない。ここで名前を売れば、ゆくゆくは花形の捜査一課に加わることもできよう。大チャンスだ。

担当が割り振られ、正義は遺体発見現場周辺での聞き込み、地取り捜査を担当することになった。取り急ぎの聞き込みは機動捜査隊が行ったが、丁寧に各家を回り、目撃者その他を見つけださなくてはならない。

人員の関係で、ペアを組まされたのが捜査一課のメンバーではなく武蔵野警察署からの応援だったことにわずかな不満を感じたが、気持ちの高まりを削ぐほどではない。管内の警備態勢の強化、防犯の呼びかけも充分に行うよう各所に連絡を、という署長の声で、正義は我に返った。

優羽のことを忘れていた。

## 3　優羽

――事件が起こったから署に泊まりこみになる。

――当分帰れない。

――夜道を歩くな。誰かと連れだって帰れ。

――戸締りは何度も確認しろ。

兄、正義からの連絡が、スマホに怒濤の勢いで届いていた。どこまで続くんだろう、とＬＩＮＥの画面に指を滑らせていた優羽は、最後の一文を見て苦笑した。

——心細かったら滝藤さんのところに泊まらせてもらえ。

たしかに滝藤家には親切にしてもらっているが、泊まらせてなどと頼めるわけがない。部屋はうちと同じ2DKで、家族は倍。非常時は仕方がないけれど、頼り切っては迷惑がられてしまう。そういう人づきあいのバランスが兄には欠けている。

なにより子供扱いをしないでほしい。自分の身は自分で守れる。

優羽はアパートの階段を下りて、空を見上げた。幸い、雨はもう上がっている。これなら自転車で行けそうだ。優羽の自転車は、中学の入学祝いに祖母から買ってもらったものだ。オレンジ色のボディをした前カゴの大きいシティサイクルで、ホームセンターで売られていた。ライトは必ず点ける。イヤフォンを耳に入れたりスマホを手に持ったりもしない。鞄はデイパックで。角を曲がるときは周囲の交通を確認。

駅の北側の広い道路を進んで、公園の向こう、病院のそば。立川警察署の周りにはテレビ局のものらしき車が集まっていた。

正義に電話をかけると、驚いた声が返ってきた。通用門の位置を教えられ、そのあたりで待つ。

しばらくして、正義が小走りでやってきた。

「どうして来たんだ。夜道を歩くなって言っただろ」

「歩いてない。自転車に乗ってきたよ」

優羽はにっこりと正義に笑いかけた。

「屁理屈を言うなよ。自転車を引き倒されたら危ないんだぞ。足が絡まったり、怪我したら逃げられない」

「そうなの？　気をつけるね。はい、着替え」

前カゴに入れていたエコバッグを手渡した。

「あ、いや……、それで来たのか？　すまない。でもこのぐらいは買えるし」

正義が戸惑ったような表情をする。

「もったいないでしょ！　それにこれ、一度やってみたかったの。テレビドラマで見たことがあって。ねえねえ、着替えだけでよかった？　栄養ドリンクとかも必要？」

「初日から栄養ドリンクって、勘弁してくれよ。だいいち優羽が心配することじゃないから」

「……そ、そうか。悪いな」

「わかった。じゃあまた新しい着替えを届けにくるね。汚れ物は溜めといていいから」

「間違ってるよ、お兄ちゃん。悪いな、じゃなくて、ありがとうでしょ？」

あ、と正義が苦笑する。

「そうだな、ありがとう」

「いない間にお兄ちゃんの部屋、掃除しとくからね。変なもの、ないよね？」

ないない、と激しく手を横に振る正義に、優羽は再び笑いかける。

「じゃあ、がんばって活躍してね！」

正義の腕をぽんぽんと叩き、優羽は自転車のスタンドを上げた。方向転換をする。

「待て待て。優羽、おまえ防犯ベルは持ってるか？」

「持ってるよ。デイパックにほら、つけてる」

背中を見せていた優羽は、ベルに手をやった。振り返って正義を見る。

「デイパックを下ろすときはポケットに入れろ。ちょっとでも気を抜くんじゃないぞ。被害者の女性は金槌状のもので殴られて殺されたんだ」

「ありがと。でもマジ金槌だったんだ。ハンマーマン？」

「笑いごとじゃないから」

「ニュースでもやってたよ。鈍器で殴られたような丸い傷がたくさんあったって。今日は学校が休みだったけど、先生から気をつけなさいって一斉メールが来るし、友だちともLINEでやりとりしてて。誰かが凶器は金槌じゃないかって言いだしたんだよね。金槌男だ、ハンマーマンだ、って」

正義の顔が困ったように歪んでいた。

「……ごめん、ふざけてるわけじゃないよ。みんなびっくりして興奮してるの。だってこんな近くで、大きな事件が起きるなんて。テレビドラマみたい」

「テレビドラマって、おまえ、二回も言ったが、現実に起きていることだ。犯人がどこに潜んでいるかわからないんだぞ」

ごめんなさーい、と優羽は舌を出してみせる。

「友だちにも伝えろよ。充分気をつけるようにって」

「わかった。ねえ、殺された人って、どこの誰かわかったの？」

「まだだ。まだなにもわからない状態だ。でも絶対に犯人は捕まえるから安心しろ。手柄も立ててやるからな」

正義の表情が引き締まっている。もう一度、がんばってねと励まして、優羽は帰途についた。

優羽にはもう、兄しかいない。父親には見捨てられている。十七歳でしかない優羽は、なにも持っていない。なにもできない。頼れるのは正義だけなのだ。

手柄か。それを立てることができたら、出世したり、金一封が出たりするかもしれない。

兄を手伝えるだろうか。そうすれば自分も――

優羽は思いを巡らせながら、ペダルを踏み込んだ。

# 十月二日

## 1　正義

翌日、被害者の身元が判明した。

被害者は上下がセットになった下着を身につけていたが、タグのブランド名から国内メーカーのセミオーダーメイド商品とわかった。個人データがあるという。前後して武蔵野警察署に、娘と連絡が取れないという相談が寄せられていたと判明した。相談者は母親で、神戸と大阪に出張中。現在新幹線で戻っているところだ。父親もニューヨークへ出張中で、他に家族はいない。両親が不在がちのため、母方の伯母がようすを見にいくこともあるが、最後に会ったのは母親の出張より前だった。母親の出張は、木曜、九月二十九日からだ。

情報開示を依頼していた下着メーカーのデータの名前と一致し、送られてきた娘の写真と遺体の顔の特徴にも共通点があった。母親の確認をもって確定するという。

はたして遺体安置所で対面した母親は、泣き崩れながらも娘と認めた。

「東山紫苑《ひがしやましおん》、杉並《すぎなみ》区にある麗優《れいゆう》女子大学付属高校の二年生、十七歳。父親はIT企業を経営、母親はエステティック会社の役員。自宅はJR吉祥寺《きちじょうじ》駅から徒歩圏内にあり、大きな屋敷の多い場所だ。つまりはお嬢さんだね」

連絡が入ったとき、正義は遺体発見現場周辺で聞き込みをしていた。ペアを組んでいる武蔵野署の芦谷《あしや》巡査部長が、そんな風に教えてくれる。吉祥寺は武蔵野署の管轄で、芦谷も現地に詳しい。四十代前半の芦谷は、十年ほど刑事の仕事をしていると言うが、垂れ目のせいか刑事特有の険しさはなく、どこにでもいる中年男性という印象だ。

「十七歳……、OLかと思っていました。お金のかかったファッションでしたし、たしかアルコールも」

血中のアルコール濃度は高いという話だった。

「飲む子は飲むんだろう」

芦谷はそっけない。正義もうなずいた。

「これで鑑が取れるね。犯人は学校や交友関係、両親の周囲の人物というのもあり得るだろう。色眼鏡で見ちゃいけないけれど、経営者や役員という職位は敵も多そうだ」

正義も同感だ。

死亡推定時刻は十月一日土曜の午前二時前後。いつから娘と連絡が取れなくなったのだろう。母親は先ほど新幹線で東京に戻ったというが、昨日はなにをしていたのか。被害者はどんな生徒だったのか。身につけていたのは、いわゆるヤンキーファッションではないが、高校生の普段着とはいえない服装だ。パンプスのヒールも高かった。行きずりの犯行ではなく、被害者本人の行動が呼びこんだ事件の可能性が高いのではないか。

現場周辺を洗い出す地取り捜査より、被害者の周囲を当たる鑑取り捜査のほうが犯行に至った道筋を見つけやすく、派手だという印象を正義は持っていた。もちろん足で稼いで材料を集めることも捜査の重要な役割で、思いもよらない発見をする喜びは大きいだろうが、気が長くなくてはできない。

黙ってしまった正義に、芦谷が笑顔を見せてくる。

「生前の写真が手に入ったんだ。これで聞き込みもしやすくなるよ」

芦谷のスマホに、データは送られてきていた。

たしかにありがたい。ただ、修整を加えてやしないかと正義は訝っている。十七歳といえば優羽と同じ歳だが、そうは見えないほど大人びて顔立ちが整い、美しい姿で写っていた。遺体の顔は恐怖で歪み、穏やかではない。口元も開いていた。遺体に化粧の跡があったので、修整後のこの顔で歩いていたのかもしれないが。

正義は担当分の地図を眺める。日曜のせいか、不在の相手も多かった。

何軒目かのことだ。

築二、三十年ほどの、低めのメッシュフェンスで囲まれた家だった。門扉を替えたのか、その部分だけフェンスと比べて新しい。そう広くない庭に樹木が不格好に伸びているが、雑草は少なく、最低限の手入れはしているようだ。メッシュフェンスの外側にコンクリート敷きの小さな空間があり、隣の家との間に同じフェンスで境が作られていた。駐車場にしているのだろう、車輪の跡が見える。肝心の車はない。

門柱にインターフォンがつけられていた。二、三度鳴らしてみたが反応がない。だが家の中からは、一定の音量で声が流れ続けている。テレビかラジオがつけられているのかもしれない。表札には友永とある。ごめんください、と大きく声をかけてみた。返事はない。つけっぱなしで出かけたのだろうか。

「また来るしかないね」

芦谷がそう言って地図に小さなチェックを入れたとき、家の中から大きな物音がした。

おおい、という声がして、玄関の隣の掃き出し窓のカーテンが開く。カーテンの隙間からスウェット姿の老人が見えた。窓を数回叩き、こちらを見て、再び叩き、クレセント錠を外して窓を開けた。犬走りの部分にブロックで作られた靴脱ぎがあり、その上に置かれたサンダルに足を入れている。

「なんだね、あんたらは」

老人が門扉まで近寄ってきた。足取りはしっかりとしている。身長は百七十センチほど、骨太のがっしりタイプだ。なぜ玄関から出てこなかったのだろうと思いながら正義が名前を訊ねると、老人は友永昌男と答えた。この家の戸主だ。

昨日の朝、緑道で見つかった女性の件で、と用向きを告げると、昌男は首をひねる。

「知らん」

「そうですか。ではこちらのお嬢さんを見かけたことはありますか?」

芦谷が、東山紫苑の写真を見せる。

「見たかもしれない」

「どこで? いつですか?」

当たりを引いたか。

正義は胸の高鳴りを隠せず、声が浮いてしまう。芦谷が咳払いをして、落ち着くよう合図を送ってきた。

「……いつかな」

昌男の声が不安げになる。

「さっきも言いましたが、この先の緑道のところ、川沿いの道で亡くなっていたんですよ。昨日の朝、土曜日に。見たのはその前、金曜の夜ですか？　もっと前ですか？」

「川沿いの？」

「ええ」

「川沿いか。そこで見た。昨日」

正義は芦谷と顔を見合わせる。

「さっきは、知らないっておっしゃいませんでしたっけ」

「ああ知らん」

答えが混乱している。どういうことなんだろう、と正義は考えを巡らす。

「友永さん、昨日、本当にこの女性を見たんですか？」

芦谷が代わって質問した。垂れた目で柔らかくほほえみ、噛んで含めるように問うている。

「顔は見ていない」

もう一度、芦谷と顔を見合わせた。芦谷が、昌男の首からかかる二つ折りの携帯電話を目で示した。年配者用に売り出されたフィーチャーフォンで、数年前の型だ。いくつも擦れた跡があり、文字の書かれたシールが貼ってあった。『なにかあったら短縮番号の1に連絡ください』と。

認知症かなにかか、と正義は納得する思いだった。玄関は、昌男が出ていかないよう鍵が掛けられていたのかもしれない。

だが写真を見たときの昌男の表情は、しっかりしていた。

遺体はうつぶせの状態で発見されている。「顔は見ていない」という答えは正しいのかもしれない。そう思い、正義は再び訊ねた。

「顔は見ていないけれど、遺体は見た、ということですか？」

「遺体？」

昌男の声が高くなった。

「ええ。亡くなっているんですよ」

何度も言ったはずだ、と思いながら応じる。

「死んでいる？」

あーっ、と昌男が叫んで、正義の腹を突く。思いの外、力が強く、正義はよろけた。昌男が門扉を開け、道路へと駆けだしていく。

「しまった。捕まえよう」

「はいっ！」

犯人だとは、正義も思っていない。しかし昌男は混乱している。車道に出ると危ない。路地の先で追いつき、両肩を抱えた。昌男が喚きながら殴ってきた。遠慮がないのか、覚悟していても痛い。芦谷とふたりでなんとか落ち着かせ、首からかかる携帯電話を手に取った。

## 2　桃香

カフェ・コクーンに漂う空気はのんびりとしている。

住宅街で営業をはじめて十五年ほど経つと、桃香は聞いている。客の七割が年配の常連客だ。椅子もテーブルも壁も、十五年の垢と傷を少しずつまとっているが、その分柔らかで、まさに繭《コクーン》のように居心地がいいと客は言う。顔見知りの相手と話すもよし、珈琲を飲みながらぼんやりと過ごすもよし、雑誌を眺めるもよし。変化があるのは十五年の間にゆっくりと入れかわった客と、壁のあちこちに掛けた絵ぐらいだ。絵は定期的に掛けかえる。

「私は泰輔《たいすけ》さんの後期の絵が好きだわ。優しい色彩がなによりいいと思うの」

「たしかにな。身体が不自由になってからの絵は、昔のものと比べると諦念を感じるな」

数日前に掛けたばかりの絵を見ながら、カウンター近くのテーブル席で老齢の常連客ふたりが話している。桃香はふたりの前に珈琲カップを置きながら言った。

「まえにあったのも丁寧な絵でしたよー？」

短い沈黙が訪れ、緑のニット帽を被った男性客、弁田《べんだ》が噴きだした。

「丁寧じゃなくて諦念だよ。桃香ちゃん」

「ていねん？　ていねんってなんですか？」

「諦めの気持ちだよ。言っとくけど、会社を辞めるほうの定年じゃないから」

「会社を辞めるから諦めたっていう、そこからきてる言葉ですか？」

桃香の質問に、向かいの女性客の四条《しじょう》が、弁田の腕を叩く。ふたりはよく一緒のテーブルにつくが、カップルというわけではない。互いに家族がいて、弁田には遠方に孫もいる。

「ダメよ、弁さん。そういうこと言うと、かえってごっちゃになるじゃない。桃香ちゃん、違うからね」

「ごめんよ、桃香ちゃん。でもまさかそこでボケを入れるとは思わねーしさ」

えへへ、と桃香は笑ってテーブルを離れた。カウンターの奥に引っ込み、店主の日之出《ひので》宇宙《そら》に話しかける。

「あの絵は、諦めの気持ちなんですか?」

「それは父に訊かないとわからないな。でも絵本のイラストとして依頼されたものだから、物語のイメージに合うように描いたんだろう。父の気持ちそのものじゃないよ」

宇宙が優しく笑いかけてくる。

コクーンは、宇宙の自宅に併設された喫茶店だ。カウンターの奥の扉から母屋につながっている。父親の介護をする宇宙自身の生活の糧となるように、父親や当時の親戚が作ったものだと桃香は聞いている。宇宙の父親、画家の日之出泰輔は、昨年の年末に死んだ。脊髄を損傷してから二十年、車椅子の生活だったが、最後はゆっくりと身体が弱り、肺炎で逝った。以来、宇宙はひとり暮らしだという。

桃香に絵の良し悪しは分からないが、壁に掛けられる絵には、大きく三つの雰囲気があると感じている。ひとつは四条が言ったように優しい色彩の柔らかなもの。もうひとつは色味がはっきりしていて大きな世界を描いたもの。そして最後のひとつは、作者が違う。写実的という表現だと四条に教わったが、本物の花があるかのように見えるものだ。隣に立つ宇宙が描いた。宇宙は幼いころから、絵を得意としてきたという。

「そういえば桃香ちゃん、僕のお客さんが一時間後に来るんだけど」

宇宙が申し訳なさそうに言う。

「はい。任せてください。あたしがお店のことをがんばります。珈琲も淹れられるようになりました」

何台か並んだサイフォンを見ながら、桃香は小さなガッツポーズを作る。

「珈琲だけは僕が淹れるよ。他をお願いね」

えー、と唇を尖らす桃香に、弁田から声がかかる。

「オレが実験台になってやろーか。桃香ちゃんの珈琲」

「実験ってなんですか？　ひどーい」

「だってさ、なんか違うんだよ。なんつーか、味が」

「あたしの珈琲にも愛はこもってます」

「愛じゃなくて味。愛がなくても飲めるけど、味がないと飲めない」

弁田がしたり顔で言い、カウンターの周りで笑いが起きる。

突然、店の電話が鳴った。

桃香は手を伸ばすが、その前に宇宙が受けた。宇宙に残っていた笑顔のしっぽが消されていくのを見て、桃香は、昌男に関する連絡だろうと覚悟した。昌男の携帯電話には、コクーンの電話番号を登録させてもらっている。しかし宇宙から渡された受話器の先にいた人物は、桃香の予想を超えていた。

友永家の前の道で、昌男をはじめとする三人が、桃香を待っていた。

「あなたがこの方のご家族ですか？　電話をかけたのは我々です」

垂れ目の男性が胸元から手帳大のものを取りだして、ぺらんと縦に開く。警察手帳だと、桃香もテレビドラマで見て知っていた。年上のほうが芦谷、年下のほうが汐崎と名乗る。

「すみません。玄関に鍵を掛けていたから、外に出ることはないと思っていたんだけど」

桃香は何度も頭を下げた。

芦谷と汐崎に両方の腕をつかまれていた昌男が、桃香を見て、緊張から笑顔へと表情を変えた。

「この人たちが訪ねてきたんだ。おまえの知り合いか？」

「知り合いじゃないよ、おじいちゃん。……えーっと、訪ねてきたって、どういう？」

警察を名乗るふたりが目線を合わせた。芦谷が口を開く。

「お伺いしたいことがあってお訪ねしたんですよ。この方が窓を開けて出ていらしたんですが、お話の途中で興奮して駆けだしてしまって」

「この状態の方をひとりで置いておくのはどうかと思いますが」

汐崎が窘《たしな》めてくる。

「ごめんなさい。でも昼間はインターフォンを切ってあるので、なにもなければ外に出ません。あたしも、ずっと見ていることはできないし。そんなに大変な状態じゃないです。家にいる間は機嫌よくテレビを見ています」

「だとしても、なにがあるかわからないでしょう」

むっとしたような声で、汐崎が言う。

訪ねてきたあなたたちが悪い、という口答えに聞こえたのだろうか。桃香は身を縮めた。すみません、ともう一度謝る。

「ご事情はいろいろおありでしょう。おじいさんの件はまた、必要に応じて必要なところに相談していただくとして、我々が伺いたいのは別件です。実は昨日の朝、近くの緑道で女性の変死体が発見されました。ニュースなどでお聞き及びのことと思いますが――」

芦谷の説明に、桃香はどんな顔をしていいのかわからなかった。コクーンでも、緑道の件は話題になっていた。死んだのは近所の人じゃないみたいだよ、怖いねえ、などと言い、みな一様に顔をしかめ、眉を顰めたり、唇を歪めたりもしていた。

その表情を、真似てみる。

「噂は聞きました。怖いねという話をしてました」

「普段、緑道はよく利用されますか？」

汐崎が訊ねてくる。

「……たまに」

「昨日の朝はどうですか？」

「朝？」

訊ね返しながら、桃香は昌男のようすを窺う。昌男が笑顔で言った。

「おじいちゃん、ごめんね。今、お孫さんに訊いてるんだよ」

「昨日はよく寝た」

芦谷が優しい声でなだめている。

「一週間ぶりの酒だからな。ゆっくり寝た」

昌男が芦谷を無視して話しだす。

「おじいちゃん、飲んだのは昨日の夜でしょ。おふたりは昨日の朝の話をしてるんだよ」

「そうか。健康のためにな、一週間に一度、土曜日だけにしているんだ」

「いいことですね。で、ところで友永さん――お孫さんのほうですが、さっきのお話、昨日の朝は緑道を利用されましたか？」

芦谷の質問に、桃香はごくりと唾を呑み込んだ。

「昨日、通ったときは、人がいっぱいいました」

「何時ごろですか?」

汐崎が細かく突っこんでくる。

「仕事にいくまえに通ったので、八時ぐらい、かな」

「ああ、いっぱいの人だった。黒山の人だかり、というのはこのことだ。きみたちは知っているか? この黒山の黒とは、髪の毛の色を指している」

昌男が割りこんでくる。教師をしていたころの記憶がよみがえるのか、突然こういった話を脈絡なく口ばしる。

「それは、おじいさんとご一緒だったということですか?」

芦谷が首をひねった。

「はい。おじいちゃんは、家にいてもらうか、仕事場に連れていくかのどっちかです。最近は連れていくほうが多くて、昨日も行きたいと言ったので、一緒に。今日はテレビが見たいと言ったので、鍵を掛けて家にいてもらいました」

「仕事場というのは、先ほどの番号のところですか?」

「はい。もともとおじいちゃんが常連で」

そうですか、と芦谷がうなずいて、スマホの写真を見せてくる。

「ところでこの女性に見覚えがありますか?」

「美人さん、ですね」

桃香はそう返した。――そう答えるのがやっとだった。

「そうですね。亡くなった方です」

その言葉に、思わず汐崎の顔を見てしまう。死んだのはこの人だったのか。

「ご存じですか？」

「いえ、ひどい殺され方をしたって聞いたから。こんなに綺麗な人なのに」

「美醜に拘わらず、他人に命を奪われるのはひどいことですよ。ところでおじいさんは、この写真を見て、知っているとおっしゃいました。おじいさんの知り合いではないですか？」

「……わかりません」

桃香は顔を細かく横に振る。そうすれば表情を読み取られずに済むような気がしていた。

「私は知らないぞ」

昌男が声を上げる。芦谷が苦笑した。

「最初はご存じだとおっしゃってたんですよ。困っています」

すみません、と桃香は何度目かの頭を下げた。

「これはみなさんに伺っているのですが、一昨日の夜から昨日の朝はどちらにいらっしゃいましたか？」

「寝てましたけど？」

「それを証明できる方は？」

芦谷が笑顔のまま、切り込んでくる。桃香は芦谷の顔を見つめ返した。

「おじいちゃん、……です」

「お互いがお互いを証明する、ということですか？　同じ部屋にいらしたんですか？」

「別の部屋です」

「他にご家族は？」

「お父さんがいます。夜遅くまで仕事なので、真夜中に戻ってきたと思います。十二時かそのぐらい」

「帰宅されたときに気づきましたか？」

「はい」

桃香は嘘をついた。帰ってきた時間はわからない。けれど昌男では証人とするには心もとない。もうひとり証人がいたほうがいいと、そう思った。

「ではその時間に、またはそれ以前にでも、なにか変わったことや気づいたことはありますか？」

「ありません」

桃香は慎重に答えた。

## 3　正義

気になるふたりだな、と正義は感じていた。

まず友永昌男なる老人の認知症の程度がわからない。数値ではなかなか示せないとわかっているが、しっかりしたことも言うため、ごまかされているように感じる。本当は被害者、東山紫苑を知っているのではないか。

桃香という孫娘もそうだ。写真を見せたとき、平静を装うような反応をした。十九歳だというが、それにしては幼い印象だ。化粧をしていないからだろうか。

話は終わったかとそわそわしているので、なにかあるのかと訊ねると、仕事に戻らなくてはいけない、無理を言って抜けてきたとのことだった。昌男はどうするのかと重ねて訊くと、連れていくという。

では、とその場を離れようとする芦谷に、正義は待ったをかけた。

「ついていきましょうよ、お店とやらに。このふたり、なんか怪しいと思いませんか？」

小声で相談する。

「ボケてるんだろう？　覚えているのいないのと、曖昧な話をするだけじゃないかい？　時間もずいぶん取られたし、ノルマの半分もこなせていない」

芦谷が、まだ白い地図を見せつけるようにする。たしかに自分たちの仕事は、現場周辺への聞き込みだ。だが機械的に訊ねればいいというものでもない。なにか知っていそうな相手に重きを置くべきだ。

「後で巻き返しますから」

しぶる芦谷に頼み込んだ。彼はマニュアル人間なのだろうかと、正義は不安になる。店に同行すると伝えると、桃香は黙ってうなずいた。桃香が昌男に手を伸ばし、昌男もその手を握る。昌男の表情は、保護者を頼る子供のようだ。

一キロも歩かないうちに、住宅街の中にバンガローを気取ったような建物が現れた。コクーンという名前から楕円のドームのような店を想像していた正義は、肩透かしを食った。バンガロー風の建物は裏手で住居とつながっているようだ。店の前には花をつけた草木のプランターが並んでいたが、先まで行って住居のほうを覗き込んでみると、道からのアプローチ部分が雑草だらけだった。それなりに広い庭だが手入れが行き届いておらず、樹木もあってジャングルのような状態だ。住居は二階建てで、庭に面してサンルームのようにガラス張りになったところがあり、その向こうはシャッターが下りていた。

桃香が店の扉を開けたとたん、何人もの心配そうな顔が迎えた。カウンターの内側にいる店の人間だけでなく、客の老人たちまでも腰を浮かせている。桃香がカウンターに駆けよって内側の男性になにかを話しかけ、ぺこぺこと頭を下げていた。男性がうなずいている。それほど時間は取らせなかったはずだがと、正義は思う。

男女ふたり組の老人客が、昌男のそばへと寄ってきた。

「だいじょうぶだいじょうぶ」

昌男が機嫌よく返事をしながら、支えようとする男性客の手を断り、一番奥のテーブル席に座った。桃香がカウンター内に入り、手を洗ってエプロンをつけている。

「客は老人だらけだな。しかも名前がコクーンか」

芦谷が含み笑いをしながらぼそりと言う。「なんですか」と正義が訊ねると、「いや昔そんな映画がな」と、笑った。

「すみません、立川警察署のものですが」

正義はカウンターの内側にいた男性に向かって言ったつもりだったが、近くのテーブルにいた先ほどのふたり組が反応し、彼らの席に誘われた。他の席にいる客たちも、興味深そうにこちらを見ている。芦谷の言うように、老人が多いようだ。自分が代表するといわんばかりに周囲を見回したニット帽の男性が、早速、緑道で発見された女性について質問してくる。

「身元はわかったのかい？　テレビだと随分殴られていたような話だったけど」

なれなれしく顔を寄せてくる男性は、弁田と名乗った。

「それはまだ申しあげられなくて。なにかご存じのことはありませんか？」

今、被害者の写真を見せると、騒いで話にならないかもしれない。正義は牽制した。

女性のほうがしたり顔でうなずく。四条というそうだ。

「私の推理だと、中学生か高校生の犯行ね。最近の子はすぐキレるから」

「それだったら同じ中学生か高校生が殺されるんじゃねえの？　条ちゃん。被害者は金持ちのOLさんなんだろ？　昔、闇サイト殺人事件とかあったじゃねーか、ネットで仲間を集めるとかいう。オレはああいうんじゃないかと思うね」

弁田がすかさず答える。名前からつけられたのだろうが、上品そうとはいえ六十過ぎに見える老女に「じょうちゃん」はないだろう。正義は可笑しく思った。

身近で起きた事件に、みなすっかり興奮している。そういえば優羽もなんとかマンがどうとか言っていた。ホラー映画でもあるまいし。

被害者の服装は公表したが、OLなどとは言っていないし、事実、異なる。金持ちの娘には違いないが、それも未発表だ。ワンピースの特徴的なチェック柄のせいでブランド名が判明し、高額な商品であると知られたためだろう、勝手な推理で話を大きくするにわか探偵がいっぱいだ。

「どうして中学生か高校生が犯人だと思われたんですか？　なにかお気づきのことでも？」

芦谷が訊ねている。

あの緑道では喧嘩の話が出ていたと、正義は思いだす。地域課から捜査本部に参加している捜査員が確認していたはずだ。あとで摺り合わせておこう。

「一、二週間前だったかな。男の子ひとりを大勢で小突き回してたんだ」

そう話しはじめたのは弁田だ。まさにその喧嘩の話だ。

夜半ごろに、中高生ぐらいの男子が集まって騒いでいたという。夏休みも終わったというのに夜が遅いと呆れたが、下手に注意をしようものなら逆ギレされるため、みな見て見ぬふり。だが怒声が聞こえ、泣きながら謝る声もして、誰かが警察を呼んだ。サイレンの音で子供たちは逃げていき、パトカーが未明まで巡回していたがそれきりになっているらしい。

「あなたもご覧になっていたんですか？」

芦谷の質問に、弁田が、いいやと首を横に振る。四条も同様だ。ふたりとも、緑道から自宅まで距離があるらしい。夜も早寝のほうだという。

「そういう噂を、ここでみんなとしていたのよね。あれ言ってたの、誰だったかなあ。ねえ」

と言いながら、四条がカウンターに視線をやった。

カウンター内の、長い髪にバンダナを巻いた三、四十代の男性が、ヒノデソラと名乗った。漢字を訊ねると日之出宇宙と書くという。御大層な名前だと感じた気持ちが伝わったのか、親の趣味です、と恥ずかしそうにしていた。

宇宙は、噂をしていたと思われる数人の名前を、弁田たちとともに挙げた。その者たちも常連客だという。正義は書き留めたが、今確認すべきは、遺体が遺棄されたと思われる一昨日の夜半から翌早朝についてと、友永昌男と桃香のことだ。再度、弁田たちに向き直る。ふたりとも、一昨日の夜もいつもと同様に早く眠り、翌朝、警察の車が集まっていると聞いて、緑道に行ったそうだ。これといった情報は持っていない。

「友永さんは、ここによく来ますか？」

奥の席にいる昌男に視線をやった正義に、四条がうなずく。

「初めて見かけたのは、三、四年前かしらね。そのころはたまに来るだけだったけど、桃香ちゃんがここで働くようになってから、一緒に来ることが多くなったわね」

「家に置いておけないって桃香ちゃん言ってたからな。いやあ、あの子は偉いよ」

弁田が続ける。桃香の話と同じだ。

「彼女が面倒を看ているんですね？」

正義は確認した。

「親父さんは毎日仕事だから、あの子が看るしかねーんだろ。……ここだけの話だが昌男さんは、息子は九州にある家電メーカーに勤めてるって言ってたんだ。けどリストラで戻ってきて、今や日雇いだよ、日雇い。大学院まで出たとも聞いたのにな。まだ四十半ばだぞ」

「弁さん。まだ、じゃなくて、もう、よ。四十半ばだと正社員の口はなかなかないものなの」

ふたりに向けて、正義は訊ねる。

「それはいつごろのことですか？」

「冬だったわねえ、今年の。二月ごろかなあ」

「リストラって言えば三丁目の岩《がん》さんの上の息子、あれもそうらしいじゃねーか。昼間に駅前のビルで見かけた人がいる。会社に行ってるふりをしてるそうだ」

「やだほんとにー？　どうしよう、うちの子はだいじょうぶかしら。仕事の話、全然してくれないのよね」

話がずれてきたので、正義は修正を図る。

「友永昌男さんの件ですが、昨日はここにいらしてましたか？」

どうだったかしらと首をひねる四条の背後から、声が降ってきた。

「朝、あたしと一緒に来て、お昼を食べたあと横になりたいって言いだしたから、連れて帰りました」

桃香だ。水をテーブルに置き、「ご注文は」と、営業用らしき笑顔を見せてくる。

笑顔を見て、初めて正義は気がついた。左の八重歯の先が途中から欠けている。少女めいたかわいらしい顔をしているのに、もったいない。父親のリストラに、祖父の介護、治す金や時間がないのだろうか。

「我々はすぐに帰りますので。マスター、日之出さんでしたっけ。それは本当ですか？」

正義は立ちあがり、カウンターへと寄った。質問を受けた宇宙が「はい」と答えた。

「桃香ちゃんたちになにか？　桃香ちゃんはよく働く子で、うちを手伝いながら昌男さんを看ているんですよ」

「お客さんたちもそう言ってますね」

芦谷も寄ってきて、相槌を打った。

「彼女は一昨日の金曜日、何時ごろに帰りましたか？」

「夜の七時ぐらいですね。常連客だけになったので、先に上がってもらいました」

常連客とは、先ほどの弁田だという。正義は小声になった。

「それにしても大変そうですね。昨日は昼にわざわざ連れ帰ったんでしょう？　従業員としては厄介だ」

「僕も、死んだ父を介護しながらこの店を切り盛りしていました。彼女の苦労はよくわかります。みんなお互いさまなんですよ」

宇宙が悟ったようなことを言う。

「彼女が働きはじめたのはいつからです？」

芦谷が訊ねた。

「今年の三月はじめだったかな。なので半年ちょっとですね」

宇宙の答えは、弁田たちの話と一致していた。正義はさらに小声になる。

「友永さんの発言に、どれだけ信用がおけますか？　認知症なのかそうでないのか、さっぱりわからないのですが」

「僕にもわかりませんが、最初にお店にいらっしゃったころから比べると、良い方向には進んでいないと思います」

宇宙もまた、小声で答えた。耳を寄せていた芦谷が、首を小さく横に振る。証言への信用はおけないか。正義は残念に感じた。

ついでにと、宇宙にも一昨日夜から昨日の朝までの行動を訊ねた。閉店まで仕事をして、翌日の準備のために早めに就寝し、なにも気づかなかったと言われた。土日祝のみモーニング営業をしているため、それらの前日は、睡眠が優先だという。店の営業時間は、平日が午前十時から午後八時まで。土日祝は午前七時開店だが、時間より早く来る客もいて、午前六時前から仕込みをしているそうだ。

「そうですか。もしなにか思いだしたことや客からの情報などがありましたら、こちらにご連絡ください」

名刺を渡しながら、正義は依頼する。

正義が宇宙に、芦谷がその場にいる客に、詳細は伏せたまま東山紫苑の写真を見せた。宇宙も含め、みなが、見たことがない、知らないと言う。四条が、桃香と同じく「美人ね」と感心し、弁田が「被害者かい？　それとも犯人かい？」と問うている。収穫はない。

ふたりは店を辞することにした。

芦谷が先に立ち、入り口の扉へと向かう。

あんた、と昌男が正義に声をかけてきた。

「飴はいらんか？」

どこから出したのか、昌男の手に個包装のキャンディが載っている。

「……どうも。頂戴します」

欲しくはなかったが、断るのも悪いと正義はスラックスのポケットに入れた。雨上がりの翌日とあって、気温が高い。とけて服を汚してはいけないので、早めに捨てるか食べるかしなくてはと思う。

扉を出ようとしたとき、入れ違いで中年の女性がやってきた。絵がどうこうといった声が聞こえる。そういえばやたらと絵が飾ってあった。老人ばかりの店の割には女性向けのファッション雑誌が多かったと思いながら、正義はコクーンを後にした。

## 4　正義

午後八時。立川署の講堂で捜査会議が開かれ、被害者、東山紫苑について報告された。鑑取り班をまとめるのは、捜査一課第十四係の主任、小浜《こはま》警部補だ。

会議の直前、正義は小浜の笑い声を聞いた。小柄な小浜のそばに、強行犯係の先輩、駒岡が寄り添う。駒岡は鑑取り班に加わっていた。どうやら小浜と組んでいるようだ。なぜその役が自分じゃないのかと、正義は悔しさを覚える。おもねるような駒岡の表情も癪に障った。

「東山紫苑は、麗優女子大学付属高校二年生で――」

被害者の情報が、小浜から伝えられる。報告はまず家庭環境からはじまった。両親ともに忙しく目が行き届いていなかった、それなりに連絡は取っていたがLINEのやりとりばかりで、娘が何をしていたか把握しきれていなかったなど、ありがちだなという空気が、あたりに漂う。

事件前後の両親の動きもわかった。母親は、木曜の朝に銀座の会社に出かけたあと夕方から神戸に移動、金曜は神戸支店で仕事をして夜は取引先と会食、土曜に大阪に移動して同じく仕事と夜の取引先との会食、と慌ただしくスケジュールをこなしていた。紫苑とは、金曜夕方にLINEでやりとりをしたのが最後で、土曜の日中は返事が戻らず、しかし自分も忙しくてなにもできず、土曜の夜になって電話が通じないことに気づき、あちこちに連絡を入れはじめた、という始末だ。本日日曜の予定をキャンセルして戻ったというが、時すでに遅し。父親は水曜に出国しており、やっと明日朝着の便でニューヨークから帰ってくるという。

金曜日、東山家にいたのは紫苑だけだった。自宅は一戸建てでセキュリティ会社と契約している。侵入や不正な開錠があれば通知が行く仕組みだ。開錠と施錠の記録も残るよう設定されており、朝に一度、夕刻に二度、人の出入りがあった。紫苑が学校に出かける時間と被っていることから、学校に行き、戻ってきて、またどこかに出かけたものと思われる。夕刻の二度は、六時台と、そこから四十分ほど間の空いた七時すぎだ。近所にある防犯カメラに、タータンチェックのワンピースで出かける紫苑の姿が映っていた。鞄はエルメスの大ぶりのケリーバッグ。現場からは見つかっていないものだ。母親によると、自室にも残っていないらしい。芦谷から「つまりはお嬢さん」だと片付けられていたが、たしかに金持ちのお嬢さんとしか言いようがないと、正義は感じた。

紫苑のスマートフォンの電源が最後に切られたのは、十月一日深夜一時過ぎで、吉祥寺駅の近く。自宅からも遠くない。しかしそのころもそのあとも、東山家の扉の開閉はなかった。

「――学校は、日曜日とあって会えた教師が少ないのですが、紫苑の成績は付属中学のころからトップで、このまま保てれば早慶や国立大学への進学も問題なく、クラスでもリーダー的な存在。ボランティア部に所属し、ルックスの良さもあり目立っていたとのことです。不良という認識は持っていないとのことでした」

小浜の報告に、学校が把握できていないだけでは、という声が上がった。

「そこは引き続き調べていきます」

「ところでボランティア部というのはどういう活動をしてるんだ」

捜査一課長の角田が訊ねる。俺の学校にはなかった、自分はあったぞ、などとあちこちからつぶやきが聞こえる。隣に座る北見管理官は若いせいか、最近多いですよと角田に話しかけていた。

「ボランティアをする部、です。清掃や福祉施設などでの手伝い、募金の呼びかけ、また昨今は、震災の際に多種多様の活動に出向くなど、学校によってさまざまのようですね。麗優は女子校なのでガテン系のボランティアはないと思いますが」

小浜が答えた。なるほど、と周囲がうなずいている。

「それ、他の学校や団体ともつながりがあるんじゃ」

正義はつぶやいた。

周りがざわめいていたのでつい口にしたが、思いの外、声が響いてしまった。視線が集まってくる。まずかっただろうか。

「今発言したもの、もう一度大きな声で言ってください」

司会を務める倉科に指名され、正義は立ちあがった。

「立川警察署強行犯係の汐崎正義です。部活動の性質からみて、他の学校や団体とのつながりが生まれるのではないでしょうか。犯人が、そのあたりに潜んでいる可能性もあるかと思います」

「そうですね。考慮に入れましょう」

答える倉科の声が柔らかい。正義はほっと息をついた。と同時に、目立つことができたという気持ちにもなる。誰でも思いつくような発言だったが、名前は覚えてもらえただろう。被害者が確定したことにより、紫苑の周辺の捜査に回るメンバーが増えるのではないかと正義は期待していた。自分もその一員に加わりたい。

続けて地取り班の報告に移った。死体発見現場周辺を調べた結果は、芳しいものではなかった。発見直後に機動捜査隊が持ってきた情報から前に進んでいないとあって、角田の怒声が飛ぶ。遺留品などを調べるナシ割り班からも、捜査を進める報告がない。

以前、現場の緑道であったという喧嘩についても、立川署地域課からの報告がなされたが、正義がコクーンの客から聞き取ったものとほぼ同じだった。若い男性の声で、聞こえてきた言葉に「先生」というものが含まれていたこと、遠くから目撃された身体が細く華奢だったことから、関係者は中高生の可能性が高い、という程度しかわかっていない。

一一〇番通報があったのは、二週間前の九月の連休。関係者はパトカーが到着する前に逃げていき、その後新たな通報も被害もなかったため、立川署ではそれきり調べていない。

署長が、何度も頭を下げていた。

## 5　桃香

「警察が来た？　どういうことだ」

不機嫌そうな父親の声に、桃香は「わからないけど」と漏らした。

「目撃者を捜してるって言ってお店のお客さんにも声をかけてたから、そこらじゅう訊いてるだけだと思う」

「じいさん。あんたなんて答えたんだ」

テレビの音で聞こえないのか、昌男は振り向きもしない。

「おいっ。リモコンよこせ」

持っていたリモコンを取りあげられそうになった昌男が、やっと口を開いた。

「英規はなにを怒っているんだ。認知症は怒りっぽくなるってテレビで言ってたが、おまえのほうがよっぽど認知症じゃないか」

「はああ？　まったくよぉ、仕事から帰ってみれば苛つくことばっかりだな。じじいはトンチンカンなことを言うし、このガキの話は要領えないし」

英規が足をすり合わせながら靴下を脱いだ。裏が真っ黒だ。英規は日雇いのアルバイトをしているので、仕事場も転々と変わる。ここ何日かは倉庫の荷卸し作業、来週は店舗の解体処理の予定だ。一日だけの仕事もあるが、たいていは数日同じところに行く。

「お父さん、靴下は玄関で脱いでって頼んだよね」

「うっせえなあ。一人前に文句言うようになりやがって」

英規が桃香に靴下を投げつけかけ、昌男に睨まれてやめていた。そのままリビングを出て、間もなく空手で戻ってくる。脱衣所に置いてきたようだ。

英規は乱暴なしぐさでソファに腰を下ろした。壊れかけた背板が、ぎしりと鳴る。長椅子とセットのひとり掛けのほうだ。昌男によると、以前住んでいた世田谷の借家から持ってきたそうだ。

赤ん坊のときにおまえがかじった跡だぞと、昌男からソファのアームの傷を見せられたとき、桃香はどう答えればいいか困ってしまった。

昌男が立川に越してきたのは十二年前、ここは親戚の持ち家だったという。その親戚が死に、相続人の生活の拠点が仙台にあったため、昌男が買い取った。そのころはまだおばあちゃんが生きていて、おばあちゃんは桃香をすごくかわいがっていたぞと笑う。ソファの話もそのときに聞いた。

「一人前がどうしたって？　もちろん桃香は一人前だ。ずっと同じところで仕事をしてる。英規こそ二十年も勤めた会社を辞めて毎日ふらふらして、どこが一人前だ」

昌男の言葉に、英規が舌打ちをする。

「ふらふらしてねえよ。俺だって仕事に行ってんだよ。今日も仕事、昨日も仕事、わかったか？」

納得がいかないような顔で、昌男が首を傾げる。

英規が桃香に訊ねてきた。

「なあ。こいつ、ボケてんの？　ボケてないの？　おまえ普段一緒にいるんだろ？」

「お父さん。こいつなんて言っちゃダメ。ボケてるかどうかはわからないけど、お医者さんに診てもらったほうがいいんじゃないかな」

「あほか。ボケは歳のせいだ。医者に治せるか。……まあ、ボケてなきゃ、今みたいなことにはなってねえけどさ」

英規が鼻で笑い、あたりを見回した。

家が古いため天井近くの壁紙がはげているが、部屋は綺麗だ。桃香が片づけている。ただ、炊飯器の中にコップが入っていたことがあったので、安全のため、昌男を家に置いて出かけるときは調理器具のコンセントを抜き、ガスの元栓も閉めている。

「さっきの警察の件を聞かせろ。結局、どんな話をしたんだ？」

巨大なペットボトルの焼酎をソファの前のテーブルに上げ、英規が訊ねてくる。桃香は冷蔵庫から漬物を出した。昌男との夕食で焼いたアジの干物も残っている。ソファのテーブルへと運んだ。

「一昨日の夜から昨日の朝にかけて、なにか変なことはなかったか、なにか見てないかって。緑道のとこで女の子が死んでたから」

「その件か」

コップに焼酎を注ぎながら、英規が言う。

「……ただ、おじいちゃんが、知ってるみたいなこと、言っちゃったらしくて」

「なんて言ったんだ？」

「わからないよ。あたしはその場にいなかったんだし。おじいちゃん、後から、知らないって言い直したみたい。警察の人もどっちなんだろうって困ってた。コクーンのマスターにも、おじいちゃんはだいじょうぶですかって訊いてた」

「ボケてるって思われたってことだよな？」

腰を半分上げた英規が、念を押すように顔を寄せてきた。桃香は同じだけ身を引く。

「私はボケてないぞ」

昌男が英規にタオルを投げつけた。夕食のときにそばに置いていて、食べこぼしを拭ったものだ。そのままソファまで持ってきて、いじいじと触っていた。

英規が立ちあがった。

「きたねえな、このじじい。警察になに喋ったんだ？　ボケてないなら正確に思いだしてみろよ。あ？」

英規は昌男のスウェットの胸元を引っつかみ、顔を寄せる。

「やめてよ」

桃香は背後から、英規の服を引いて止めた。昌男は逃げず、英規の顔を見つめて言う。

「女の子。写真を見せられた」

「……写真だと？」

英規が歯を見せて睨む。

「……見たかもしれない。……顔は見ていない。そう、話した、気がする」

「おじいちゃん。見たって言ったの？　見てないって言ったの？　どっち？」

桃香も、英規の後ろから身を乗りだす。

「どっち？　……見た。……見ていない」

ひとりごとのように昌男が答える。

「両方答えたってこと？」

「さあ」

気の抜けた昌男の返事に、桃香もため息が出た。

「だいじょうぶだろ。ボケ老人の反応だ。警察は目撃者を捜してたんだろ。こんな反応で、目撃者の数に入れてもらえるかよ」

「……うん」

そう言いながらも、桃香の中に不安が浮かぶ。自分はうまく警察に答えられただろうか。

英規が、服をつかんでいた桃香の手をもう一方の手で外し、逆に桃香の手首を握ってきた。強い力で引っぱってくる。

「ちょっと来い」

リビングから廊下の奥へ、桃香は脱衣所まで連れていかれる。

「怪しいな。なに隠してる？　警察になにか言ったか？」

「言ってない」

「俺の話は出してないだろうな？」

「他に家族はいないかって訊ねられたから、お父さんがいるって話はしたよ。だって言わないわけにいかないし」

「なんて言ったんだ」

「夜中まで仕事なので、真夜中に戻ってきたって。十二時ぐらい」

「そうか、十二時だな。ところでじじいは本当に見てないのか？　さっき、顔は見ていないって言ったよな。適当に言っただけか？　なにが、顔は、なんだよ」

「……死んでるのは、見た」

桃香は答える。

声を上げかけた英規が、ごくりと息を呑み、小声になった。

「どういうことだ」

「おじいちゃん、昨日の朝早く、外に出てったの。追いかけて、そのあと一緒に歩いてたら緑道まで行っちゃって。そこで女の子が倒れてるとこを見た。頭が血だらけで、死んでいるってわかった。顔は見ていないっていうのは、うつぶせだったからだと思う」

英規が桃香の胸倉をつかんで押した。桃香の背中が壁に当たる。

「おまえはバカか！　なにうっかり見てんだよ」

「人が倒れてるなんて思わないよ。それにお父さんのせいでもあるんだよ。一昨日の夜、家の鍵、閉めなかったんでしょ。本当は何時に帰ったの？」

舌打ちをして、英規が壁と自分の身体で桃香をはさむ。桃香の顎をつかんで上げた。大きな手で頬を両側から潰され、桃香は喋れない。

「本当に生意気になったな。じじいの首に縄つけとけよ。だいたいおまえ、外に行く必要ないだろ？　喫茶店のバイトなんて大した金になってないよな。どうせあの太陽とか宇宙とかいう男と乳繰り合いたいだけだろ」

そんなんじゃない、と桃香は答えたつもりだが、もごもごした音になるだけだった。

英規の左膝が、桃香の脚へと押しつけられる。

「おーい。風呂はまだか」

リビングから出てくる昌男の声を聞いてか、英規の手が緩んだ。

「今入れるからー」

桃香は答える。英規の手が離れた。しかし頭をはたかれた。

「殴らないでよ」

「おまえが悪いからだ。おまえ、じじいが来るんじゃないかってほっとしたな。え？　俺が怖いか？　ええっ？」

「……そんなこと、ない」

「警察には近寄るな。わかってるな」

「わかってるよ、もちろん」

た。

英規がリビングに戻っていく。昌男とすれ違い、「俺が先に入るんだよ」とすごんでいた。

「風呂の水は、湯が出ているのをたしかめてから入れるんだ。おばあちゃんはよく間違えていた」

昌男が覗きにくる。浴室へと入り、水を出している。桃香も、昌男はどこまでボケているのかわからない。あるときはとんでもない行動を取り、しかしあるときはしっかりした話をする。しっかりした部分だけ見たら、警察も、何か知っているのではと疑うだろう。けれどしばらく見ていれば、おかしいと気づくはずだ。今日のふたり組の刑事も戸惑ったようすだった。きっとだいじょうぶだろうと、桃香は不安に蓋をする。そのうち犯人も捕まるはずだ。

扉の向こうで昌男の声がした。お湯だお湯だとはしゃいでいる。

# 十月三日

## 1　正義

学校に行くまえに寄るねと、正義のスマホに優羽からのＬＩＮＥが届いた。朝六時のことだった。

八時から捜査会議の予定だから無理だと返すと、じゃあ今から自転車で行くと返事がきた。しばらくすると、着いたよというＬＩＮＥ。一昨日と同じ、通用門のところで待たせた。

「もうちょっと時間があったらお弁当が作れたのになー」

優羽の最初の言葉がこれだ。正義は呆れた。

「遠足じゃない。仕事だ」

「おなかが空いたら働けないじゃない。作れなかったから着替えだけ持ってきた。よく考えたら一日一枚の計算じゃ足りないよね。歩き回って汗をかくだろうし」

「それはまあ、助かるが」

気が利くでしょう、と優羽が笑顔でエコバッグを差しだしてくる。正義も汚れ物を詰めたバッグを渡した。

「そうだ。優羽おまえ、間違えただろ。おまえのものまで入ってたぞ。袖のない、あれ、タンクトップだっけ」

「もしかしてブルーのキャミソール？　やだー！　捜してたのに」

優羽が顔を赤くする。

「やだー、じゃない。焦ったぞ。間の悪いことに、人に見られるし」

「うっそ。誰に？」

見られたのは駒岡だ。捜査一課や、他の署の捜査員でなかっただけマシかもしれないが、案の定、駒岡はからかってきた。

「言っても知らないだろ。レースがついてるのに、どうして交ざるんだよ」

「慌てて用意したから。ゴメンね」

笑顔で舌を出してくる優羽に、しようがないなあと正義も苦笑するしかない。

「お兄ちゃん。事件のこと、新聞に載ってたね。読んだよ」

優羽が興味津々といった表情で訊ねてくる。昨夜マスコミ向けに、被害者の身元が判明したという発表を行っていた。

「殺された人、わたしと同じ歳じゃん。うちの学校の子じゃないけど、でも同じぐらいの子が殺されたなんてやっぱ怖い。今もＬＩＮＥに連絡がガンガン来てる。ハンマーマンどこだろう、って」

「まだ言ってるのか、ハンマーマン。そういう変な名前をつけるのはやめろ」

「わたしがつけたんじゃないって。被害者が誰かすぐわからなかったのは、顔がめちゃくちゃに殴られて変わっていたからとか、歯も折られてたとか、ネットで噂されてるんだけど、本当？」

「噂を流してるのは優羽たちじゃないのか？　それに、凶器が金槌だと確定したわけじゃない。未発表だが、頭には、一箇所だが角張った傷もあった。これは内緒の話だ。喋るなよ」

「くぎ抜きと一緒になってる金槌だってあるよ」

「くぎ抜きの形じゃない。身元がわからなかったのは、それがわかるものを持ってなかったからだ。顔の傷はそう多くない。むしろ身体のほうが……。いやとにかく適当な話を広めるな」

女性の近くに鞄や携帯電話などの所持品は見当たらない、と早い段階で発表していた。

変な想像力を働かせないでくれ、と正義は思う。昨夜、正義もスマホでネットをチェックしてみたが、顔が変形していたとか、目が潰されていたとか、噂は残酷なほうへ残酷なほうへと流れていた。殺された死体の顔が変わるのは当然だ。突然、命を絶たれた人間が、穏やかな顔をしているはずがない。

「そうなんだ。女の子だから、そこはよかったね」

「よかった？　殺されたんだぞ」

「でも天国に行ったとき、気になるでしょ」

どういう発想だと思いながらも、女子高生とはそんなものかと、正義はつきあうことにした。

「殺される前の姿で行かせてやれよ。左手の指とかちぎれかけてたから、あれじゃ向こうで結婚指輪もはめられない」

「歯が折られてたってのは本当？」

「まあな。あ、おい、ネットのネタにするなよ」

「わたしは書いてないよ。でも回ってくるものはどうしようもないじゃん。ＬＩＮＥのグループ、クラスメイトに仲のいい子に小中のころの友だちにと、いろいろあるんだよ。言ったでしょ、お母さんが病気だったから、周囲に助けてもらうために顔を売ったり友だちを増やしたりしてたって。どのグループでも事件の話ばっかだよ。ハンマーマンって呼び名だって、早く捕まえないから定着しちゃうんだよ」

優羽が口を尖らす。

正義はひらめいた。緑道での喧嘩に絡んだ中高生は誰なのか、まだ判明していない。優羽の、その広い友だちのネットワークに情報はないだろうか。

「優羽、二週間前の連休にあの緑道で喧嘩があったんだ。その関係者を捜してる。噂を聞いたことがないか？　いわゆる不良っぽい子の名前だけでも知らないか？」

優羽が正義を見て、一瞬口ごもった。

「告げ口にならない？」

その反応に、正義の身体は熱くなる。これは糸口になりそうだ。

「こういうのは告げ口じゃない。聞き取りに協力してるだけだ」

わたしから聞いたって絶対に言わないでほしいんだけど、と前置きして、優羽が話しだす。

「この子ヤバい、って言われてる子はいる。お兄ちゃんの言うように、不良っぽい子って意味でね。でも一昨日の緑道の死体と関係なんてあるのかな。いじめとかじゃなくて殺人でしょ？　あり得なくない？」

優羽が自分のスマホを弄《いじ》り、書いて見せてくる。メモアプリに男性の名前が三人載っていた。正義はそれを手帳に書き取る。

「上のふたりはうちの学校の二年生。三人目はその子たちの中学の先輩でフリーターらしい。わたしとは中学が違うから顔も知らない。つるんで悪いことしてるって噂」

「どんな悪いことだ？」

「かつあげとか万引きとか。フジョボーコー系は知らない」

「それでもいい」

「言っておくけど、ヤバい子、ってだけだからね。空振りだったらゴメン。……ホント言うと空振りのほうがいいや。同じ学校の子が人を殺したなんて怖い」

緊張でなのか、優羽が硬い表情をしていた。

「警察は空振り覚悟でコツコツ仕事をするんだ。調べなきゃ、関係あるかどうかも判断できない」

「うん」

優羽がうなずく。

「ありがとうな、優羽」

正義がそう言うと、優羽の顔が明るくなった。

「うん！　あ、もし、もしね、その子たちに話を訊きたいなら、わたし、がんばってみる。こう訊ねればいいって台本、ある？」

正義は焦った。そんなつもりで優羽に訊ねたわけではないのだ。急いで首を横に振る。

「危ないからよせ。おまえ、さっき怖いって言ったばかりじゃないか」

「そうだけど。わたしもお兄ちゃんの役に立ちたいなって。それにハンマーマンを野放しにしてるほうがよっぽど怖いよ」

「ハンマーマンもやめろ。それと、今の話は内緒だからな。なにを調べているとか一切秘密だ。ＬＩＮＥに書くなよ。口でも言うなよ」

「わかってる。お兄ちゃんもわたしが言ったってこと、くれぐれも内緒にしてね。緑道の喧嘩のこと、他の子にも訊いてみるね」

「全然わかってないじゃないか。下手に訊くな。なにを調べているかも秘密だと言ったばかりだろ」

そっか、と優羽が肩をすくめる。

「わからないようにそれとなく訊く。ならいいでしょ」

そう言って、優羽が自転車の前後をくるりとひっくり返した。じゃあねと手を振り、漕ぎだす。

「じゅうぶん気をつけろよー」

正義は優羽の背中に向けて叫んだ。

その正義の背後から、声がかけられる。

「あの子、妹だよな。朝からいちゃいちゃと羨ましいねえ」

駒岡だった。正義は優羽の姿を隠すようにして振り返った。

「驚かさないでくださいよ。立ち聞きしてたんですか？」

「いや。今、外に出てきたとこ。ほら、おまえの母親が死んだときにちらっと見かけたけど、ボロ泣きしててまともに話もできなかったし。今度こそ紹介してもらおうと思ったのに、すんでのところで行っちゃうんだもんな。いーよなー、妹」

駒岡がからかってくる。

正義は胸をなでおろした。緑道での喧嘩の関係者の話は、聞かれずにすんだようだ。せっかくの情報を他人に知られてなるものか。ましてや駒岡には、被害者の東山紫苑の周辺を捜査するという、一番美味しいところを持っていかれたのだ。もちろん、優羽を紹介するつもりもない。

「忙しいんですよ、妹だって。今日は学校もあるんですから」

「その忙しい合間を縫って来てくれてるってか。愛情だねえ」

駒岡が、妙に余裕に充ちた表情をしていた。

## 2　正義

「新たにわかったことですが、東山紫苑は『ホットシュガー』という雑誌の読者モデルとして活動していました。近々では、発売間もない十一月号、遡って九月号、八月号……。露出の量は特集によって違い、出版社によると、人気もあったとのことです」

予定が早められた捜査会議の席で、捜査一課の主任、小浜がメモを読み上げた。雑誌の表紙を拡大印刷したものが、講堂のホワイトボードに貼り出されていた。

戸惑いの声が、幹部席を中心に上がっている。

「被害者はタレント、芸能人ということか？」

訊ねたのは、北見管理官だ。角田課長は、別の署に置かれている捜査本部に顔を出していて不在だ。

「いえ。あくまで読者代表という形のようです」

小浜が答え、再び手元のメモに目を落とす。

「読者モデルというのは雑誌によって扱いや契約が違うようで、公募で集めて専属にするとか、街角でスカウトするなどあり、紫苑のケースは、たまたま渋谷で見かけて声をかけ、撮影したのがきっかけとのことです。読モ、と略して呼ぶようですが、読モの誰々ちゃんのなんとか体験といった企画に登場していました。昨夜のマスコミへの発表後、立川署の駒岡巡査がネットの書き込みに気づき、急ぎ確認を取ってもらいました。ネットにはすでに掲載雑誌の写真が上がり、早ければ朝のワイドショー番組にも取りあげられると思われます」

紹介された駒岡が、すばやく立ちあがり頭を下げた。得意そうな顔をしている。

しまった、と正義はほぞを嚙む。正義もネットを見ていたが、その情報には触れそこなっていた。ハンマーマンがどうのと盛り上がっているのを苦々しく感じていただけだ。

「その読者モデルの情報は、保護者や学校からは得られなかったんですか？」

司会を務める倉科係長が切り込む。小浜が、小柄な身体を縮めた。駒岡の表情も、一転して引き締まった。

駒岡への嫉妬心はある。けれどそれを差し引いても、倉科の指摘は正しい。最初からわかっていればマスコミ対策も打てたはずだ。

「申し訳ありません。母親に確認したところ、雑誌に載った話は聞いていたが、継続的なものだとは思っていなかったそうです。小遣いも、今までどおり与えていたこともあり、まったく気づかなかったと。父親にはまだ話を聞けていません。学校は、教師にしか聞き取りができていないのですが、連絡の取れた教師は、初耳だと言っています」

「同級生などの友人は知っていたんだろうか。それとも学友にも内緒かな？」

倉科が続けて問う。小浜が頭を下げた。

「ただちに確認いたします。慎重に」

「どこまで有名だったのかわからないが、不特定多数に顔を知られていたのはたしかだな」

北見が忌々しそうに言う。

「男性女性関わりなく、粘着質のファンやストーカーの有無の確認をお願いします。モデルとして知り合う人も多いでしょう。ボランティア部に加えて、さらに関係者が増えましたね」

倉科がそう言い、捜査員の増員は望めますか、と北見に訊ねていた。

芦谷が、正義の肩をつついてきた。

「そういや昨日の認知症のじいさん、ボランティア部の関係で紫苑を知っていた可能性があるかもしれないね」

「顔は見ていないんじゃなかったですか？」

正義も小声で応じる。

「見たかもしれない、とも言ってたよ」

「かなりあやふやでしたけど」

「なにかが脳に引っかかっていたのかもしれないよ。そういうことってあるよねえ。たとえ認知症でも」

正義は考えこむ。嘘をついているのなら追及もできるが、覚えていないという人間の頭の中を、どうやって明らかにすればいいのだろう。

「雑誌を見て、覚えていたのかもしれません。載っていた写真で」

「そのホットシュガー？　読者層が違うんじゃないの。どうみても若い女の子向けでしょ」

芦谷が、ホワイトボードの雑誌の表紙を指さす。丸いタイトルロゴ、タレントの顔近くにピンク色やオレンジ色で載る煽り文句、いかにもな女性向けファッション誌だ。書かれている文言から見て、読むのは二十代までといったところか。

「でもあのコクーンに置いてありましたよ。雑誌は二分化されてました。若い子も含めて女性向けの雑誌と、長生きがどうこうとかいう健康系のものと」

「本当かい？　よく見ていたね。だがそんな雑誌、じいさんが興味を持つかな」

しかしホットシュガーという雑誌が置かれていたことは確かだ。正義は記憶している。

孫娘の桃香なら読むだろう。一緒に眺めたことがあったかもしれない。

正義は芦谷の観察力のなさが気になった。自分でさえチェックしていたのに、と頼りなく思う。

「じいさんに雑誌のことを確かめてみよう」

芦谷がそう言う。

「待ってください。今は、下手に雑誌の話を持ち出さないほうがいいんじゃないですか？ 相手に言い訳を与えることになる」

「だけど、もともと目撃者とも言えない相手だしなあ」

芦谷が考え込む。

正義は反発を覚えた。自分も、彼は目撃者としてはどうかと思うが、初っ端から切り捨ててはいけないだろう。芦谷は使える人なんだろうか。

できれば被害者の周辺捜査に入りたい、別の捜査員と組ませてほしい、そう願っていた正義だが担当の組み替えはなく、引き続き聞き込みの残りを潰すように言われた。

## 3　優羽

優羽の通う南高《みなみこう》――南立川高校の誰も、立川市緑道女性殺人事件などという警察でつけられた戒名を知らない。事件は、ハンマーマンという異名で呼ばれていた。

「ニュース！　ニュース！　ハンマーマンに殺された子ってシオンだったよ。東山紫苑。ホットシュガーの読モ！　お嬢キャラの」

優羽のクラスでも他のクラスでも、朝のワイドショーを見てギリギリに登校してきた生徒が、その情報で話題の中心になっていた。

情報提供者を取り囲むほかの生徒たちも、新たな情報がないかとスマホを手にしている。SNSや掲示板、雑誌の公式サイトにつないで、あれやこれやと噂をはじめた。動画投稿サイトにテレビ番組の該当コーナーが上がるのも間もなくだろう。

「ホットシュガーの公式、フホーまだ載ってない」

眼鏡の子が言った。訃報のことだ。

「シオンって、本当にお嬢だったんだね。最初のニュースで出た『被害者が身につけてた服』っての、昔バーバリーのだったブルーレーベルのワンピだよ。クレストブリッジとかいう。サイトをチェックしたら五万円もした」

「撮影の衣装じゃないの？」

「殺されたのって夜なんでしょ？　だったら私服じゃない？　それに前日は金曜だから学校があったはず」

「どこの学校だろ。住所は武蔵野市って話だけど」

「どっかの号に、女子高に通ってるって書いてなかったっけ」

飛び交う言葉をひとつも聞き逃すまいと、優羽は集中していた。

「――じゃない？」

周囲とは異なる醒めた声に、優羽は振り返る。

「ごめん、聞こえなかった。なんて言ったの？　望愛《のあ》」

そばにいたのは、友人の花井《はない》望愛だった。きまり悪そうにうつむいている。

「二度言うことじゃないから」

「そんなこと言わないでよ。望愛の持ってるシオンの情報ってなに？」

「情報？　なんで私が」

怖い顔で、望愛が睨んでくる。

「い、いやごめん、みんなシオンの話をしてるから、その話かと思って」

「……シオンのことではあるけど」

「やっぱりそうなの？　望愛はなに知ってるの？」

優羽の声を聞いてか、近くにいた数名が寄ってきた。

「望愛ちゃんが情報持ってるなんて意外ー」

「教えて教えて」

口々に声が飛ぶ。

「知らないってば。そうじゃなくて……、騒ぎ立てるのはかわいそうじゃない？　って言っただけ」

それだけ？　と背後で誰かががっかりしたように言う。

「だから二度言うことじゃないって言ったの。そんなに騒ぐことなの？　その子、殺されたんだよ」

望愛が吐き出すように言って、自分の席に戻っていった。

あたりが静かになった。

「望愛、真面目だから」

眼鏡の子がからかうように言う。

「喧嘩するなよ、女子ー」

男子生徒が茶化す。喧嘩じゃないよ、と眼鏡の子が反発している。

予鈴が鳴った。輪になっていた生徒たちが、自分の席を目指す。

優羽はスマホにLINEを立ちあげ、望愛に「ごめんね」と送った。しばらくして、望愛からも「優羽は悪くないよ。気にしてない」と戻ってくる。やがて教師がやってきた。

授業終了のチャイムを待ち構え、再びスマホを手にみなが集まる。SNSに書き込まれたテレビのコメンテーターのひとことひとことに突っこみ合う。それが休み時間のたびに繰り返された。

優羽は、正義に名前を教えた男子生徒のことが気になっていた。クラスメイトとの話題にできないだけに、もどかしい。ひとりは同じクラスで、ひとりは別のクラスだ。そちらのクラスにも確認に行ったが、ふたりとも、金曜日も今日も来ていないようだ。よく学校をサボるし、途中で帰ってしまうこともあるから、特別なことではないけれど。

二週間前に緑道で喧嘩していたのは彼らだろう。喧嘩というより、生け贄の誰かをいじめていたのかも。この間も学校で、シメてやるとかヤキを入れるとか怖い言葉を使っていて、近寄ってはいけない空気が漂っていた。けれど彼らをハンマーマンと結びつける正義の考えは解せない。彼らがどうやって読モのシオンと知りあえるというのだ。

四時限目の授業は数学で、優羽たちのクラス担任の受け持ちだ。ホームルームの続きのつもりなのか、授業の終了間際に事件の話をされた。夜は出歩かないように、不用意な行動をとらないように、何度もされた注意が、再び繰り返される。

チャイムが鳴った。

昼休みの解放感に浸りながら、生徒たちは飽きもせずスマホを弄ってニュースサイトをチェックする。優羽もその一員だ。そんな優羽に、クラス担任が話しかけてきた。

「持田さん、あなたも気をつけてね」

「え？　なにをですか？」

「夜中にふらふらしないように。その紫苑って子みたいに、襲われちゃったら大変だからね」

担任が、優羽を探るように見てくる。優羽はむっとしたが、表情に出さないよう気をつける。

「ふらふらなんてしません。どうしてわたしだけ名指ししてくるんですか」

「心配しているのよ。――うちのクラスで学校をサボったことのある女子はあなただけだから。ちゃんと生活してないと、来年、大学の推薦が取れなくなるわよ」

担任が後半を、優羽の耳に近づけて言った。クラスメイトには聞こえていないだろう。

「先生、それは失礼です。わたし、ちゃんとしてますよ。学校を休んだ理由は説明したとおりだし、いつもサボってるような男子と一緒にしないでください」

「もちろん一緒になんてしてないわよ。あなたのために言ってるの。同居してるお兄さん、忙しいんでしょ?」

「忙しいけど、だいじょうぶです」

「誤解させたならごめんなさい。でも本当に、生活態度は内申に関わるから、心掛けていてね」

担任が笑顔で教室を去っていく。

優羽は担任が出ていった扉を睨む。自分が誤解したのか、担任が言い訳をしているのか、どちらなんだろう。どちらにしても目をつけられている、と苦々しく思った。

どうかしたの? とクラスメイトに声をかけられた。なんでもない、と優羽は笑顔を返す。

弁当のにおいが漂う教室で、話題はいずこも紫苑のことだった。ハンマーマンはどこにいるのか、紫苑はなぜ殺されたのか、みんな興味津々だ。クラス中、学校中がそうらしく、あちこちでスマホの音が鳴っている。

優羽のスマホもまた、液晶画面に通知がいくつか浮かんでいた。

珍しく、奇術部のグループＬＩＮＥからも来ている。

優羽は奇術部に籍を置いている。といっても名前だけだ。アルバイトで忙しい優羽には部活動をする余裕はないが、まさに内申のために、どこかの部に入る必要があった。一方奇術部も、南高では人気が低いのか、予算が獲得できるギリギリの部員数だった。誘われて、持ちつ持たれつで手を組んだ。そんな部だから、ＬＩＮＥでグループを作っていても、必要最小限の事務連絡と、マニアな部員が一方的な情報を送ってくる程度のやりとりだ。

だが今日は珍しく、何通もメッセージが溜まっていた。

――殺された東山紫苑ってモデルだったのか。オレ知らなかった。

――あの女見たことある。麗優女子大の付属高のボランティア部。幼稚園でイベントやったときに、かち合った。

――まじかよ！　呼べよ！　生も美人だったか。

――サボったくせになにを言う。美人は美人だったよ。でもいろいろと問題がな。

問題ってなんだろう。この話を兄に教えるべきかもしれない。そう思った優羽は、「その話詳しく聞きたい！」とグループのトークに参加した。

## 4 正義

正義はこの日、芦谷と別行動をとることにした。捜査はふたり一組が基本だが、地取り班の聞き込みは遅れている。分散して不足分を潰すと言って、取りまとめをしている捜査一課の草加《くさか》巡査部長の許可を得た。草加は小浜とは対照的な、筋肉太りをした大柄なタイプだ。正義より十歳ほど年上で、一部でハーレー草加とあだ名がつけられていると聞く。ハーレーダビッドソンのハーレー、ごつい、ということだそうだ。彼も高校時代に柔道で活躍し、正義の名前を知っていたのか、特別捜査本部が設置された初日、期待しているぞと肩を叩いてきた。目をかけてくれるのはありがたいが、そのせいで地取り班に引っぱられたのかもしれないと、正義は思う。よしわるしだ。

正義は優羽から聞いたメモを元に、生活安全課の少年係に三名の情報を持っていないかを確認した。三名全員に補導歴があった。少年係でも補導歴を元に、二週間前の喧嘩に関わった者がいないか順に当たっているところだという。なにか知っているのかと相手から逆に訊ねられ、ごまかした。急がないと、と思う。とりあえず、高校生ふたりは後回しだ。

フリーターだという少年の家に行くと、さっき寝たばかりだと言いながら、ぼんやりした表情の本人が出てきた。まずはと正義は、東山紫苑が殺害された時刻の行動を問う。少年の息からアルコールのにおいがしていた。続いて二週間前の緑道での喧嘩について訊ねると、少年の目が泳いだ。もう少し詳しい話を聞かせてくれという言葉に逃げ出したため、署へと連れてきた。

「見つけました。二週間前にあった緑道での喧嘩の関係者です」

北見管理官が、別の署の捜査本部に出向く直前だった。感心したような顔で見てくる。正義の胸は高鳴った。

少年係の手も借りて取り調べたが、東山紫苑が殺害された十月一日の午前二時前後は、前日夜からアルバイトをしていたという。二十四時間営業の漫画喫茶だった。

「二週間前の喧嘩は、彼と、南立川高校の二年生の生徒二名が絡んだものでした。中学の後輩から金銭トラブルの解決を頼まれたのだと説明していますが、平たく言えば金をたかっていたようです。ただ、東山紫苑の件ではアリバイがあり、少年係でも別途確認をしていたのですが、南立川高校の生徒も含めて、夜通し、彼のアルバイト先の漫画喫茶にいたようです」

正義は、北見に後を託された倉科係長に説明した。

「つまり喧嘩をしていた少年たちと今回の事案には、直接の関わりはないということですね」

　倉科が気安そうな表情で、要点を確認してくる。

「申し訳ありません」

「いいえ。ひとつずつ消していけばいいんです。一歩前進ですよ。ご苦労さま。先ほどの少年は十八歳ですが、高校生のほうは十八歳未満とのこと。飲酒も含めてそちらの対応は少年係に任せて、汐崎さんは引き続き、目撃者捜しと不審人物の洗い出しに戻ってください」

「東京都青少年の健全な育成に関する条例」により、十八歳未満の者を二十三時以降翌朝四時までの深夜帯に漫画喫茶などに立ち入らせてはならない。倉科はそのことを言っている。ちなみにフリーターの少年は十八歳を超えているので労働基準法の年少者にはあたらず、二十二時を越えても働ける。

　犯人逮捕に至らなかったのは残念だが、また顔を売ることができた。ゆくゆくは、と正義は期待する。

　サンキューな、優羽、と正義が思ったところで、タイミングよく優羽から連絡がきた。

「え？　マジ刑事さんなんですか？　警察手帳見せてもらえます？　ピストルは？　あー、

残念。持ってないんですか」

興奮気味に頬を赤くした少年が、正義の目の前にいた。

先ほど捕まえた少年と同じ年齢だが、制服の着こなしに乱れはなく、髪型も表情も見るからに真面目そうだった。優羽が所属している奇術部の先輩で、熱心に活動しているひとりだそうだ。そんな部に入っていたことさえ、正義は知らなかった。

南立川高校近くのコンビニで優羽たちと待ち合わせ、駐輪場のそばまで移動したところだ。優羽の自転車が置いてあった。

「内緒にしておいてくださいね、先輩。もしかしたら犯人がすぐ近くにいるかもしれないから。なんつって」

優羽もどことなく楽しそうだ。

「ふたりとも、少し声を潜めてもらっていいかな。それと、絶対に他言しないように。SNSへの書き込みも禁止。証言の裏をかかれて犯人に逃げられては大変だからね」

正義は釘を刺す。

「はい。僕の証言でハンマーマンが捕まるなら、大変名誉なことです」

先輩少年がうなずく。またハンマーマンか、と正義はうんざりしたが、生前の東山紫苑と会ったことがあるというので、続きを促した。

「奇術部って学内だと文化祭とか新人歓迎会ぐらいしか発表の場がないので、いろんな施設を回ってイベントをしてるんです」

「慰問みたいな感じかな？」

正義は、先ほどの倉科を真似て親しみやすい表情を作った。話し方は、生徒が緊張しないよう、ラフにする。

「そうです。ただ飛び込みじゃなくて、ちゃんと事前に日を決めるんです。代々の先輩方が関係を築いてきたところもあります。で、七月だったかな、吉祥寺の幼稚園で夏祭りがありまして、僕は奇術を披露したんですが、そこに麗優のボランティア部がいました。園児の親ルートで手伝いに来たようです」

「東山紫苑さんもいたの？」

「いました。ただ、いたというだけで使えないんですよ。まったくもって問題でした」

先輩少年が憤慨している。

「なにがどう問題なのかな。使えないってどういうこと？」

「戦力になってないんですよ。ボランティアですよボランティア。なのに爪が割れるから荷物を運ぶのはイヤなんて言って。働かずにいてどうするんですか。なんだこいつ、って睨んだら、闊達な感じの子に、広告塔だから許してと言われました」

うです」

「美人だから人が寄ってくる、ってことです。たとえば街頭募金などで威力を発揮するそうです」

先輩少年が小馬鹿にしたように笑う。

「優羽はどんな風に思ったんだ？　その子が来てたって気づいたのか？」

「わたしはその日、参加していなくて……。ごめん、実は幽霊部員なの。今までバイトバイトで時間がなかったし。シオンのこと責められる立場じゃない」

正義の質問に、優羽が身を縮める。

「うちの学校もだけど、部活動は内申にも関わるから、どこかに入っていたほうがいいんですよ」

先輩少年の言葉に、なるほど、と正義もうなずく。

「ボランティア部って、真面目な子は本当に真面目だけど、響きがいいってだけで入ってる子もいます。僕はそのとき、そっちのタイプかって思いました。モデルさんだって知らなかったし」

「真面目そうではなかった？」

「別の学校だから本当のことはわからないけど、汚れ仕事には徹底して手を出さなかったですね。片づけのときはいなくなってたし」

ふと思いついて、正義は訊ねた。

「たとえばだけど、老人ホームやデイサービスのような場所に行きそうな感じはする？」

「真っ先に逃げるでしょうね」

先輩少年が、わざとらしいしぐさで肩をすくめる。紫苑が友永昌男と接触した可能性は低いのかもしれない。

「――あ、望愛！」

と、突然、優羽が声を上げた。

「おーい、望愛！　こっちこっち！」

優羽は制服の女子生徒を呼んでいる。呼ばれた少女が、急ぐことなく歩いてきた。

「紹介するね、お兄ちゃん。望愛とは小学校が一緒で、クラスメイトで親友の花井望愛。望愛、これがわたしのお兄ちゃん。望愛とは小学校が一緒で、中学は私立に行ってたんだけど、また高校で一緒になったの」

「こんにちは」

おっとりとした雰囲気の女子高生だった。動というより静のタイプ。まっすぐな黒髪を眉の上で切りそろえている。

「お兄ちゃん。望愛はすごいんだよ。お姉さんが北大の医学部に行ってるの。よく遊びにいって大学の話とか聞いてくるんだって。いいなあ。ついこの間も……あ、この間は留守番だっけ」

「優羽、お姉ちゃんのことは関係ないでしょ」

訝るように、望愛が言う。

「そう？ 実はここからわたしの自慢につなげたくて。うちのお兄ちゃんもすごいの。刑事さんなんだ」

優羽が得意そうだ。

「えっ。……公務員って言ってなかった？」

「公務員だよ。市役所にいる人だけが公務員じゃないじゃん」

「消防士も公務員、公立の教師も公務員」

先輩少年が冷静な突っこみを入れる。

「それでね、今、お兄ちゃん、ハンマーマンのこと調べてるの。望愛はなにか知らない？」

「優羽。ハンマーマンはやめなさい。それにさっき、言いふらすなって注意したばかりだろ」

正義がたしなめるも、優羽は舌を出している。

「ごめーん。でも親友だし。じゃあこの三人の秘密ね」

「わかりました。だけど私、なにも知りません。うちは死体が見つかったという緑道から距離があります。なにも見てないし見ることもできません」

望愛がきっぱりと言う。

「そうなんだ。ありがとう。もし誰かからなにか聞いたら、教えてね」

正義も笑顔で応える。

「はい。では私、塾があるので失礼します」

「やばい、僕もだ。すみません、僕も失礼します。僕が覚えているのは、さっき言ったことぐらいだけど、なにか思いだしたら持田さんに伝えます」

先輩少年がふざけるような敬礼を返し、望愛に続いて踵を返した。小走りになっている。

正義と優羽は取り残された。

「塾か。忙しいんだな、ふたりとも」

「みんな行ってるから……。悪かったかな、望愛に。のんびり歩いていたから、つい」

優羽が肩をすくめる。

「あの少年は三年生だったな。受験生か。そろそろ大変なんだろうな」

「おじさんみたいな言い方しないでよ。お兄ちゃんだってほんの十年前のことじゃない」

「俺はまあ、スポーツ枠だったから」

正義は受験当時に怪我をしていたが、治る見込みもあり、大学は受け入れてくれた。しかし結局主力選手にはなれず、嫌みを言われたこともあった。あまり説明したくないことなので、話を逸らすことにする。

「優羽、バイトはどうするんだ？　奇術部の活動をしたいなら、小遣いぐらいやれるぞ」

「バイトはバイトで探してるけど、それよりもわたし進路のことで相談が――」

正義の電話が鳴った。

ちょっと待て、と優羽の話を手をかざして止め、受ける。芦谷からだった。

「はい、汐崎。ええ、だいじょうぶです。あ、いえ、たまたまですよ。ありがとうございます」

緑道での喧嘩の関係者を見つけた件だった。すごいなあ、と感嘆する芦谷の声に皮肉が混じっているような気がする。ひとりで手柄を上げたかったという欲を見透かされたのでは、という負い目だろうか。

「……え？　コクーンですか？　あ、今から参ります。お話、待っていてください」

正義は電話を切った。今朝のこともあるし、芦谷だけに任せたくない。優羽に向き直る。

「仕事の連絡だ。行くよ。戸締りはちゃんとするんだぞ。……そうだ、南立川高校にもボランティア部はあるのか？」

「一応ね。人数少ないけど」

「かまわない。今度会わせてくれないか」

「いいよ。訊いてみる。でね、お兄ちゃん、話の続きなんだけどわたしも」

「急ぐんだって。同僚、いや、先輩が待ってる」

「わかった。……あ、捜査の話ならいい？　朝言ってた、不良っぽい子がいないかっていう話。緑道の喧嘩と関係があるかどうかの。ひとりは同じクラスの子なんだ。今日はサボりだったのか来てなかったけど、明日、わたしなにか訊いてみようか」

「必要ないっ、必要ない。いや話しかけるな。近づくな」

正義は焦った。優羽には言えないが、その件はもう解決済みだ。紫苑の事件との関係はなかったが、南立川高校の生徒も、喧嘩や深夜徘徊の件で補導の対象となった。優羽が下手に接近して、チクったと知れたらどんな目に遭うか。

「慎重に進めているから、誰にも喋らず待ってろ。さっきの先輩や、望愛ちゃんだっけ、彼女にも言わないように」

「はーい。なんか黙ってろばっかりだね。現実の刑事さんってめんどくさそう」

「当たり前だ。テレビドラマと一緒にするなと言ったろ。じゃあ、俺、本当に急ぐから」

わかりましたー、と口を尖らせて、優羽が自転車の鍵を外した。あ、と顔を上げて目を輝かせる。

「思いだした！　コクーン。わたし、さっきお兄ちゃんが電話で話してたそのお店、知ってるよ。似顔絵の店でしょ？」

正義は訊ね返す。

「似顔絵？　いや、喫茶店だ」

「うん。カフェだよね。わたしは行ったことないけど、割と有名だよ」

「有名？　客はじいさんばあさんしかいなかったぞ」

同じ店のことだろうかと確認すると、優羽が意外な話を口にした。

5　宇宙

「あなたは似顔絵を描くお仕事もされてるんですか？」

昨日もやってきた若い刑事が訊ねてきて、年嵩《としかさ》のほうが不思議そうに彼の顔を見ていた。

宇宙はうなずく。ちょうど客が引いた時間だった。桃香も奥のテーブルにつき、本を前にして昌男と話をしている。

「仕事と申しますか……、いえ、お金をいただいているから仕事ですね。二、三年前から願望絵を描いてほしいと店にいらっしゃるお客さんが増えました。画材によりますが、ラフなものなら一枚千五百円からお受けしています」

「がんぼうえ？」

若いほう、汐崎が首をひねる。

「願望を、絵にしたものです」

「すみません、よくわからないんですが」

「最初のきっかけはですね、プロポーズに使いたいと言われて、ウェルカムボードを描いたんですよ。ウェルカムボードってわかりますか？　披露宴の会場前などに置いてあるものです」

「立て看板ですか？　なになに家様とか書かれている」

年嵩の、芦谷が問うてくる。

「はい。あれの洋風のもので、最近は新郎新婦の似顔絵入りも人気なんです。もともとそういったウェルカムボードをアルバイトで描いていたんですが、そのカップルのものは結婚が決まる前に描きました」

「はあ」

芦谷がぽかんとしている。汐崎は、ウェルカムボードがなにかはわかったようだが、話を理解した表情ではない。

「ともかくですね、そのカップルが幸せにしている似顔絵を描いたわけです。どうやらそのプロポーズ、諦める覚悟もした賭けだったらしく、相手の女性に長年つきあった彼がいたとか親の反対があったとか。しかしそれを乗り越えてのゴールインで、感謝されました」

上手く説明せねばと思う宇宙は、早口になってしまう。

「それは、よかったですね」

汐崎が応えるが、それがどうしたとでも言いたそうだった。

「その人の依頼のきっかけが、僕がウェルカムボードを描いた友人カップルが幸せに暮らしていらっしゃるからだったんです。その後、おおいに嬉しがっていただき、周囲の方に触れ回り、じゃあ自分も好きな人と恋人になれるようツーショットの絵をとか、子供が欲しいので赤ちゃんの絵をとか、大学の合格通知を手にしているものをとか、なんて申しますか、ひとつノリで頼んでやろうという方が増えたんです」

宇宙は説明しながら、どんどん気恥ずかしくなっていった。客から頼まれれば、「効果は保証できませんよ」と言いながらも筆を執るが、知らない人に説明するのは自慢めいて居心地が悪い。本気で信じているんですか、あなたは自分にそんな力があると思うのですか、と問われたら逃げ出したくなるだろう。商売なのだから堂々と宣伝すればいいのにそうできない自分は、つくづく押しの弱い性格だ。

はたして芦谷が言った。

「商売繁盛でよろしいですな」

「そ、それほど儲かっているわけではありません。その程度で、絵で食べているなどと思いあがるなと、死んだ父にも言われました。そこに掛かっているのが父の絵です」

「お父さんも絵を描かれたんですか？」

汐崎の質問に宇宙は、父親の日之出泰輔は画家だったと説明した。宇宙が喫茶店をはじめたのは、身体が不自由になった父の介護をしながら生活するためだったことも話す。どこまで言うべきか迷ったが、汐崎は興味がなさそうだ。「そういうわけでよく、絵を描いてくれというお客さんが来るんです」と、話を端折った。

「ところでこちらの女性が、願望絵とやらを頼みにきませんでしたか？」

汐崎が写真を出してくる。昨日も見せられた女性だ。絵の話からはじめた彼が本当に訊きたかったのはこちらだったのか。

「来ていませんね」

「髪型やメイクが違うと別人に見えることもあります。よく見てください」

別のショットで撮ったものを数枚、並べられた。

「この方が、頼みにきたことはありません」

「こちらのお店、若い女性もよく来られるんですよね。ファッション雑誌なども置いてあるようですが」

汐崎が、マガジンラックをちらりと見る。

「ツーショットの願望絵の依頼者は、若い方が多いですから。口コミ力というか拡散力が高く、評判にしていただいています。その分気軽らしく、ときにはアイドルの写真を持ってきて、こんな彼が欲しいので描いてくれなどという方もいます」

「美容院みたいですね。この髪型にしてください、とかいう」

「そういうノリなんでしょう。だから値段の安い絵ばかりです。でもたまに、親御さんの世代がやってきて、油絵などの高い絵を注文なさったりもします。幸せな家族の情景をとか、息子にお嫁さんをとか」

そうですか、と一拍置いて、汐崎が改めて口を開く。

「話は変わりますが、あちらの友永さんのことをもう少しお伺いしたい。デイサービスなど福祉施設に行ったという話は聞いたことがありますか？　さっき本人は否定されたのですが、そういう場所に行かれても不思議はないような」

返事自体を信用できなくて、という言葉を、汐崎は目で語りかけてきた。

「僕は聞いていません。桃香ちゃんはなんて言ってるんですか？」

汐崎が答える前に、芦谷が口をはさんできた。

「多分ないと思う、と。彼女は今ひとつわかっていないようですがね」

「デイサービスを利用するには、まず介護認定を受ける必要がありますからね。たしかに昌男さんを見ていると、桃香ちゃんのためにも必要かもしれません。お医者さんで検査をするんでしょうね。うちの父は、意識は最後まではっきりしていたので認知症関係のことはわかりませんが、今度勧めておきますよ」

宇宙は答えた。

汐崎の視線が、自分の首に注がれているのに気づいた。よくあることだ。火傷の痕がケロイドになって皮膚を凹凸とさせている。訊きあぐねているのだろうと、宇宙は軽くほほえんだ。

「気になりますか？　これ、もう二十年も前のものです。火事に遭ったんですよ。もう少し下まで痕になっています」

首より上は、そうひどくない。宇宙もなんとか治らないかと当時は思っていたが、人生の半分をつきあっているので慣れてしまった。

「それは大変失礼しました」

汐崎が頭を下げた。

その火事で宇宙は母親を亡くした。母と一緒に母方の祖父母の家に行ったときに、火事が起きたのだ。宇宙の人生も一変した。しかし汐崎たちは、宇宙の過去に関心がないようだ。話はそれ以上広がらず、客の間で新たな噂話が出ていないか訊かれた。被害者は地元の子ではないのになぜあそこで殺されたんだろうとか、親がかわいそうだとか、そんな話しか出ていないと答えると、ふたりはお邪魔しましたと帰っていった。


「なにを訊ねられたんですか？」

扉が閉まるや否や、桃香が不安そうに寄ってきた。

「特にこれといって。死んだ子の身元がわかったってテレビでも言ってたじゃない。だから改めての確認じゃないかな」

めいっぱいの笑顔を作ってみせる。桃香に暗い顔をしてほしくないと、宇宙は思う。盾になってやらなくては。

「ごめんなさい。おじいちゃんが変なこと言ったせいで、……変な人たち、来ちゃって」

「桃香ちゃんが心配することじゃないよ。きっともう来ないさ。それよりも昌男さんだ。彼らに言われて思ったんだけど、病院で診てもらったほうがいいんじゃないかな。この先のことも考えなきゃいけないよ」

「……はい。ただおじいちゃん、病院が嫌いらしくて」

なお肩を落としたままの桃香に、宇宙はやわらかな声を作る。

「風邪という病気はない、あれは気力で治すものだ、って昌男さんも以前言ってたしなあ」

「あたしもそう思います。あたしも病院は嫌い。ずっとかかってないのが自慢です」

「家系なのかなあ。僕は父のことがあったから、病院とはお友だちだよ。その分、免疫ができたのか、風邪もめったに引かなくなったけれどね」

「免疫って?」

「えーっと、予防接種みたいになってて、風邪を寄せつけないっていうか」

「行かなくても行っても風邪を引かないなら、やっぱり行かないほうがいいですよ」

たしかに、と宇宙が答えると、桃香がやっと笑顔を見せた。

チャームポイントの左の八重歯、そこが欠けたままなのが、宇宙はまた気になった。治すためのお金を出そうかと言ったこともある。歯医者も嫌だと桃香は尻込みしているが、このままにしておくわけにもいくまい。

英規に話をするしかないだろうか。そう考えると、宇宙は気が重くなる。宇宙は英規が苦手だ。はじめて桃香を家まで送っていったとき、桃香に言い寄ったと勘違いされて殴られそうになったのだ。今は友好的な関係だが、それを築くために、もらいものだと言ってウィスキーをプレゼントしたり、仕事の便宜を図ったりしている。父がお酒を飲みすぎて困るという桃香の愚痴を聞いたときには、後ろめたい気持ちになったが、桃香のためにも彼の機嫌を損ねたくない。

英規はどこか、怖いのだ。

## 6　正義

夜の捜査会議のはじまりをめざし、正義は講堂へと向かっていた。駒岡がニヤニヤした笑いを浮かべながら近寄ってくる。

「汐崎、スラックスになにをつけてんだ?」

指摘されて、正義は自分の服を見る。左のふくらはぎから下のあたりに、緑色のものがいくつも付着していた。

「なんだこれ。虫？　いや草？」

手に取って見てみる。爪の先ほどのひしゃげた三角が、いくつか連なっていた。表面に細かな毛がついていて、払っても服からはがれない。

「ヌスビトハギだな。昔、実家で飼ってた犬の散歩コースにそいつの生えている草むらがあってさ。この時期は毎日、取るのに苦労した」

駒岡の顔は緩んだままだ。

「盗人、ハギ、追剝ですか？」

「草の萩じゃないか？　汐崎、そんなものつけてどこ行ってきたんだよ。制服組と一緒に金槌捜しか？」

正義は行動を振り返る。そういえば芦谷と合流したあと、署に戻るため、彼が使っていた車に乗った。車はコクーンの、というより裏手にある母屋の庭先、アプローチ部分の草むらにくっつくように停めてあった。手入れがされていない庭だ。

「聞き込みですよ」

正義はぶっきらぼうに答え、駒岡に次を言わせない。ヌスビトハギはひとつずつむしり取るしかなく、苛々した。そのちまちました行為が、空振りの多い聞き込みをする自分のようだ。駒岡の、見下すような冗談にも腹が立つ。

ほどなく会議が始まった。東山紫苑の情報がようやく出そろったようだ。例によって小浜が説明する。

「紫苑は、成績はトップ、クラスでもリーダー的な存在、ということに誤りはないのですが、それは表向きのものです。教師の認識はともかく、生徒から見た姿は様相が違いました。メモを読み上げます。リーダーには違いない、独裁者的な。独裁者といえばそうだけど、面倒だから逆らわない。女王様キャラ。わがまま。キレやすい。明るくて気前がいい。おだてれば奢ってくれる楽な相手。訊ねた生徒によって反応が違います。彼女が強権をふるっていたと思うもの、うまくつきあえば楽しいと思うもの、両方がいたわけです。彼女が亡くなったからこそ出てきた言葉かもしれませんが、人望があったとは言えないでしょうね」

小浜は次に、ボランティア部の活動について話す。麗優女子大学付属高校のボランティア部が、立川市内の施設に出向いたことはなかったという。活動は杉並区を中心として三《み》鷹《たか》市武蔵野市界隈までで、保育園から各種学校での手伝い、駅前に立っての募金活動、清掃活動といったものが多い。紫苑は読者モデルの活動が忙しいと言って、あまり参加していなかったと報告された。

優羽の学校の奇術部の先輩から聞いた内容と同じだ。俺だって知っていたのに先を越された、と正義の奥歯が鳴る。

「その読者モデルの件ですが、学内でも知っている人は知っている、自慢されたこともある、といった状況で、しかし鼻薬を嗅がされて……失礼、学校には黙っているよう口止めされていて、教師は知らなかったもようです。ただ、目立っていたし遠からずバレるんじゃないかと思っていた、といった声が多く聞かれました」

「学校に知らせようとした人や、それでトラブルになった人はいなかったのですか？」

倉科が訊ねる。

「今のところ見つかっていません。麗優の生徒は、おとなしい子が多いですね。無駄な諍《いさか》いはしたくないという雰囲気です。裏の顔まではわかりませんが」

なるほど、と北見管理官が童顔を重々しい表情にしてうなずいた。

草加にハーレーなる二つ名がついているなら、小浜はなんというのだろうと思った正義だが、小浜には特にないという。その代わり、学生のようにも見える北見には、ドーガンという本人の前では言えない別称、いや蔑称があった。

「次に、読者モデルの活動関係について申しあげます」

そう言って、小浜と入れ替わりに立ちあがったのは駒岡だ。なぜ駒岡が報告までするのかと、正義はつい背中を睨んだ。

「紫苑は、読者モデルとして人気を得ていたと前回も報告しましたが、その分、粘着質なファンレターもきていたそうです。女性からも男性からも両方でした。該当の手紙は、メールも含めて提出してもらう予定です。そのファンレターの主からなのか、紫苑はモデル仲間に、最近誰かにつけられている気がする、と言っていました」

「つけられている？　ストーカー的なものか？」

訊ねたのは、地取り班をまとめている草加だ。身体と同じく野太い声で、要点だけを問うので怒っているように聞こえるが、地声が大きく気短な性分だかららしい。

「そこは不明です。ストーカーなら、紫苑の気を引くアクションもすると思いますが、気配のみのようです。紫苑がそういった発言をするのははじめてではなく、待ち伏せしていたオジサンに文句を言ってやったとか、プレゼントを持ってきた男子がいたが突き返したとか、威勢のいい話が多く、実際にはなにもないが人気者だと思わせたいポーズではないか、ととらえる声もありました」

「ポーズにしても無視はできませんね。待ち伏せをしたりプレゼントを寄越したりをした人物は、わかっているのですか？」

倉科が訊ねる。駒岡が首を横に振る。

「自慢話に乗っていい気にさせるのは癪だとスルー、追及しなかったそうです」

「調べておいてください」

倉科の言葉に、小浜がうなずいている。駒岡も「はい」と答え、続きを話しだす。

「紫苑は見栄えもするし、本人も芸能界に興味を持っていたので、雑誌の担当者は芸能事務所へ紹介しようと考えていたのですが、紫苑がモデル仲間などと派手に遊んでいることがわかり、トラブルになっては困るのでやめたそうです。紫苑本人には、また機会があったらとやんわり流していたとのことですが」

「飲酒をして、騒いで、といった遊びか？　それとも男関係で？」

草加が、また短く訊ねる。

「両方です。紫苑はいい子のふりが上手く、両親は知らなかったようです。新しくできた友人、つまりモデル仲間のせいでは、と言っていました。しかしモデル仲間によると、紫苑のほうが誘ってきたと。遊びに行く場所は、渋谷、六本木、三軒茶屋、そして住まいのある吉祥寺周辺。大人びた容姿でもあり、高校生だとバレたことはなかったそうです」

駒岡が説明する。

「逆方向、こっち、立川方面には？」

と、草加。

「出版社やモデル仲間の話には出てきません。いつもの遊び場とは反対方向ですし」

「立川方面から麗優に通っている生徒が何人かいます。ただ、紫苑との接点は薄いようです」

駒岡に代わって、小浜が答えた。

「盛り場で声をかけられついていき、さらわれた、という可能性が高くなりましたね。紫苑につきまとっていた人物に加え、遊び仲間を更に洗ってください」

倉科が指示する。

その後、両親について報告された。夫婦仲に大きな問題はないが、互いに仕事に夢中で、すれ違いが多かったもようだ。父親は、紫苑を母親任せにしていた。しかし母親も紫苑を信頼しきっていて口出しの機会は少なかった。紫苑に関する情報は共有されておらず、問題行動も見過ごされたようだ。

紫苑の人となりが明らかになり、捜査の方向性が見えてきたと正義は感じた。

やはり紫苑の周りを調べないと、犯人に辿りつけない。遺体が放置されていた緑道は、言葉は悪いが単なる捨て場所だ。もちろん犯人に土地鑑はあるのだろう。だがいくら聞き込みを続けてもなにも見えてこない。凶器と疑われる金槌の類も見つかっていない。捜索には人員が割かれていたが、付近の住民の家にある工具箱をひっくり返すわけにもいかない。

日の当たらない仕事を担当させられた、と悔しくなる。ボランティア部ではたいして活動していないという話も、鑑取り班から先に言われては二番煎じだ。

続いて地取り班の報告となった。二週間前の緑道の喧嘩の関係者が確認できたと、正義の名前も添えて報告され、ねぎらいももらった。しかし本件との関係が否定されただけ。

正義の気持ちは晴れないままだ。

講堂から出ていく際に、駒岡と小浜の横を通った。小浜が手帳からなにかの写真を出し、披露している。駒岡が見るからにという笑顔を作っていた。

「わー、かわいいっすね。小学生と年中さん、でしたっけ」

「ああ。長い帳場にならないといいんだがな」

「それには早く犯人を捕まえることですよね。自分もがんばります」

正義の唇が歪む。おべんちゃらかよ、犬コロみたいに機嫌をとりやがって、と。

駒岡にばかり目立たれたくない。四年続けて昇任試験に落ちているような先輩には。自分こそが先に、手柄を立ててやる。

正義は、拳をぐっと握った。

# 十月六日

## 1　正義

その後二日が過ぎたが、捜査は難航していた。

被害者東山紫苑を取り巻く人物は多い。しかし未成年者がほとんどのため慎重に進めざるを得ず、情報がなかなか出てこない。

家族に関する捜査は、立川署強行犯係係長、笹木の担当だ。東京に残っていた母方の伯母には、家族と過ごしていたというアリバイがあり、息子の友人も家に来ていた。週に二回出入りする家政婦もまた同様に自宅におり、使用している車が駐車場にあることを第三者に目撃されてもいた。紫苑の周囲にストーカーの存在を感じなかったかという質問には、伯母も家政婦も否と答えた。両親も知らないと言う。紫苑の両親には、会社でトラブルのあった相手、クレーマー、元社員など、恨みを持ちそうな相手をリストアップしてもらう。

ホットシュガーからは、メールやサイトの掲示板、ＳＮＳなどの情報が集まった。葬儀の際に怪しげな人物が来ていなかったかもチェックした。

そういった人物を取りあえずのふるいにかけた結果、アリバイがなく、動機がありそうな者が数名残った。全員の写真が手に入ったため、事件当日以前の目撃情報を確認することとなった。遺体発見現場周辺の下見に来ていなかったかどうかは、引き続き正義と芦谷の担当だ。ただしNシステムによると、ふるいに残った者の車は付近で発見されていない。レンタカーを借りたという情報もなかった。

「あさっての方向を捜してる気がします。例えばサイトで攻撃してたヤツなんて、どこの誰かわからないのもいるでしょ。ふるいにかけようもないですよね」

正義は不満の声を上げる。

「それでも一応、ネットに詳しい捜査員が捜してるよ」

芦谷がいなし、前に立って歩いていく。

ハンマーマンなる呼び名はすっかり定着してしまった。巨大掲示板にスレッドが立ち、SNSでも好き勝手な投稿がされている。それらをチェックする担当者が、有益な情報が交ざっていないか見張っていた。だが、面白がったり恐怖を煽りたてるものばかりで、今のところヒントになりそうなものはないという。模倣犯が出ないことを祈るばかりだ。

「紫苑が犯人にピックアップされたと思われる盛り場を捜すほうが早いと思いますけど」

「それもやってるよ。担当の捜査員が。駅や街角、店先の防犯カメラをチェックして」

しかし見つかっていない。紫苑の自宅の最寄駅は吉祥寺だが、駅の防犯カメラには写っていなかった。カメラを避ける形で吉祥寺界隈で遊んでいたか、早々に車に乗せられたのではと思われた。最後にスマホの電源が切られた位置から考えて、駅近くには戻っていると思われるが、彼女の動きはまだつかめない。

「このリストの連中がたとえ立川に来ていたとしても、別の用があったって言われたらおしまいじゃないですか。イケアだの、音響設備のいい映画館だの、そっちが目当てでついでに散策しただけって、俺……いえ私だったらそう言い訳しますよ」

なおも愚痴る正義に、芦谷が同情の目を向けてくる。

「汐崎さんは刑事としてはじめて捜査に加わったんだよね。焦る気持ちはわかるよ。だけど私たちは兵隊のひとりにすぎないんだ。やれと言われたことを地道にやる。どんなに無駄に思えても、誰かが調べないと必要だったか必要でなかったかさえわからないよ。どぶさらいよりマシでしょう？」

凶器はまだ見つかっていない。近くにある多摩《たま》川の河川敷や水底もさらったが、なにも出てこない。当日の立川市内の雨はそれほどでもなかったが、上流で降っていたため水量は多かった。流されていたり、別の場所で捨てられていたら見つけるのは困難だ。

「藁の中から針を捜せと。わかってますよ、それは。だけど効率が悪すぎます」

芦谷に対しても、正義は不満を感じていた。兵隊のひとりにすぎないだの地道にやれだの、言われるまでもないことだ。淡々と一日の仕事を進めているだけの芦谷が、なにを上から目線で語っているのだ。そして思う。もっとやる気があり、仕事のできる人間と組みたかったと。いや愚痴っても仕方がない。自分でなんとかするのだ。あれから駒岡に目立った活躍がないことで、正義はどうにか心の平穏を保っていた。


朝から歩き回って目撃者を捜したものの、空振りばかりだった。

念のためここにももう一度、と立ち寄ったのがカフェ・コクーンだ。昼食は摂っていたが、若い正義は夕方ともなると空腹だ。入り口の扉を開けたとたん甘い匂いが漂ってきて、腹が鳴った。芦谷もいい匂いだな、とつぶやく。

「いらっしゃいませ!」

明るい女性の声がした。

見るともなしにカウンターの内側に目を向けた正義は、息を呑んだ。

優羽がいる。

声を出そうとした正義に、優羽は人差し指を唇の前に一瞬かざした。黙っていろと言いたいようだ。隣の芦谷を窺うと、そのしぐさには気づかなかったらしく、テーブル席を眺めている。訊ねるべき客がいないか確認しているようだ。最初にここコクーンを訪ねたときに話をした男女の老人がいた。男性のほうの弁田は、今日もニット帽を被っている。芦谷が親しげなようすで彼らに近寄っていった。

優羽が水の入ったコップをふたつ盆に載せて、カウンターを回り込み、お好きな席にどうぞと声をかけてきた。見ればエプロンまでつけている。

「持田さん、おふたりはお客さんじゃないよ」

宇宙が言う。宇宙は今日もバンダナを頭に巻いていた。前回来たときに彼が画家だと知った汐崎は、なるほどアーティスト的なファッションかと納得した。

「そうなんですか？　……えっと、どうすれば」

優羽が歩きかけの姿勢のまま、戸惑っていた。

「ああ、いや、こちらの席にください。少しおなかが空いていて。この匂い、なんでしょう。この時間にできるものがあればいただきたいのですが」

正義の答えに、優羽が宇宙に確認してから寄ってきた。カウンターの向こう、宇宙が笑顔で見ている。

「ワッフルです。美味しいですよ。お客さん……じゃないお客さん。えっと、やっぱりお客さん？」

優羽の言葉に、宇宙が噴き出していた。

「お客さんでいいですよ。ではそれを」

正義が答える。

「毎度ありがとうございます！　じゃあワッフルひとつ、入りまーす。あ、お連れの方もワッフルどうですか？」

芦谷が正義のほうを振り返り、曖昧にうなずいた。

「マスター、ふたつでーす！」

笑顔でそう叫び、弁田たちのひとつ向こうのテーブルにグラスを置いた優羽が、「あとで」と口パクで伝えてくる。

どう見ても店員の行動だと、正義は混乱した。優羽からは、なんの話も聞いていない。

「あの商売上手なお嬢さんは何者ですか」

芦谷が弁田に確認している。

「昨日から来た新しいウェイトレス。高校生だって。フレッシュでかわいいよねえ。オレ、木曜のこの時間は好きなドラマの再放送があるのに、ついつい来ちゃったよ。そしたらみんなも来てやんの」

「なにが違うんだ？　条ちゃんだって物見高く、どんなようすか見にきたんだろ」

「弁さん、違うわよ」

「あの子は昨日じゃなくて一昨日の夜に来たのよ。絵を教えてもらえませんかって」

四条が補足した。ふたりの会話で、正義はさらにわけがわからなくなった。絵を教えてくれとはどういうことだ。

ともあれ今は、優羽のことはおいておこう。正義は、手に入れて間もない被疑者候補の写真を手に、カウンターの宇宙へと近寄った。しかし宇宙は首を横に振り、頭を下げる。

「すみません。どの人も見たことがないですね」

優羽が横から覗き込んできた。

「なんですか？　これ。シオンの事件の犯人じゃないかってこと？　うわー、すごーい」

「持田さん、そんなに騒いじゃだめだよ」

はしゃぐ優羽に、宇宙も困惑気味だ。

「ごめんなさーい」

優羽が肩をすくめて謝っている。

「いつもの女性は辞めたんですか？　あの、おじいさんとご一緒の」

正義が訊ねる。

友永桃香のことだ。おじいさんこと昌男は、死体を目撃している可能性があるが、どうもはっきりしない。この写真を見せても、昌男は首をひねるだけだろう。桃香のほうはどうだろうか。警察に関わることそのものが嫌という雰囲気も感じる。補導歴でもあるのかもしれない。

いま病院に行ってるんですよ、と宇宙が答えた。

「桃香ちゃんがお願いして、やっと重い腰を上げたみたいです。そろそろ戻ってくると思いますが」

「病院とは、認知症のですか？　それはいったい何科にかかるんです？」

「神経内科や精神科、心療内科らしいですよ。僕もネットで検索しただけですが。どなたかお身内に、ご心配の方がいらっしゃるんですか」

「ただの興味です」

正義が首を横に振る。たとえ父の洋一郎に認知症の兆しが表れたとしても、自分も優羽ももう関係ない。昌男の認知症がどこまで進んでいるのか、あやふやな目撃証言に医者が判断をつけてくれるかもしれないと思っただけだ。

芦谷が、店にいる他の客にも写真を見せていた。表情から見て収穫はないようだ。芦谷はそのまま別のテーブルに腰を落ち着け、雑談に興じている。

「刑事さん、あと十五分ぐらい待ってるといいですよ」

突然優羽に話しかけられて、正義は驚いた。

「十五分？」

「昨日、友だちを連れてくるって言ってた高校生が、十五分後以降にやってくるはずです。わたしが行ってるところとは別の学校で、そこの学校からの移動時間から割り出しました。その子たちにも話が聞けますよ」

「持田さん、よく覚えてるね。たしかにあの制服を着た子たちが来るのは、そのぐらいの時間だな」

宇宙が感心した表情で、時計をちらっと見た。

ワッフルが焼き上がった。店内に漂う香りがさらに強くなる。口に入れると、外は香ばしく中はしっとりとして、さほど甘いもの好きではない正義でも満足の味だ。疲れには糖分が効く。

ガツガツと平らげた正義は、素知らぬ顔で優羽に声をかけた。

「お手洗いに案内してもらえますか？」

優羽も客に対する態度で、こちらですと先に立っていく。

「どういうことだよ。一体」

トイレは、カウボーイ映画に出てくるような寸足らずの両開き扉を経て、正面に洗面ボウルがあり、左右で男性用、女性用に分かれている。両開きの扉を入ったところで、正義は小さな声で優羽に話しかけた。

「バイトだよ。次のバイト探してるって言ってたでしょ。──あ、ペーパーの補充をしますね。少々お待ちください」

後半、優羽は声を張り上げ、洗面ボウルの頭上にある棚を開けた。

「だからって、なんでここなんだ。人手が足りないようには見えない」

「募集の貼り紙があったんだ。急なときに対応できる人、って書かれてたけど」

「急なときって、おまえ学校があるだろ。捜査の手伝いをしたいとでもいうのか？　たしかに願望絵の話はおまえから聞いた。しかしここに被害者は来ていないし、緑道からも距離がある」

「なんか怪しい気がする。女の勘」

「勘だと？　適当だな」

「この間、うちのボランティア部の子の連絡先を教えたよね。会えたんでしょ？　お兄ちゃんの仕事の役に立ちそう？」

「八月に複数の学校と一緒にやった募金の呼びかけに、麗優の生徒も来ていたそうだ。紫苑もいたらしい。だが、話さえしてないと言われた。収穫なしだ」

優羽から、ボランティア部が行う週一回の清掃活動の日を聞いていたため、全員の部員に当たることができた。といっても七人しかいない。刑事を名乗る人間が訪ねてきたとあって、みな一様に驚き、ひと騒ぎとなった。しかし、かわいいから紫苑とお近づきになりたかったけど無理だった、という部長の返事に一同がうなずいて、聞き取りは終了した。その後は彼らからハンマーマンに関する興味本位な質問を受けるはめになり、正義は閉口した。

「残念。じゃあなおのこと、わたしががんばんなきゃ」

「いやがんばらないでくれ。なにかあったらこちらから頼むから」

そう言うも、優羽はしれっとした顔で、「おじゃまいたしましたー」と、女性用の個室にトイレットペーパーを持って入っていった。

正義は息をつく。この間は喧嘩の当事者の不良に話を訊いてみるなどと、危ういことを言っていた。情報さえくれればそれでいいのだ。首を突っこまれては困る。

紫苑を目撃したかどうか曖昧な証言をした昌男と桃香に、一応は目をつけている。しかしふたりが、単独にせよ共同にせよ、犯人という筋は考えづらい。桃香の父親には未だ会えていないので、彼には当たりたいところだ。家族の証言ながら、アリバイあり。シロに近いグレーといったところだろう。

優羽を巻きこんだ責任は感じている。安全なところで探偵ごっこでもさせておこうか。それなら優羽も満足するだろう。この店でというのは悪くない。学校とは違って、トラブルが起これば辞めさせることもできる。

そう思いながら正義が男性用の個室を出ると、昌男と桃香の姿があった。やってきたばかりなのか、桃香は鞄を持ったままだ。芦谷が話しかけ、写真を見せている。

昌男も桃香も、首を横に振っていた。芦谷が礼を言っている。芦谷からは、空振り、と伝えられた。予想通りだと、がっかりするのはやめた。

やがて女子高生のグループがやってきた。写真を見せたが、きゃあきゃあ騒いだ割には、知らない、わからない、の嵐だ。ただし「高校生が現れるのは十五分後以降です」と優羽が言っていた、まさにその時刻だった。

芦谷より、優羽のほうがよほど観察力が鋭いじゃないか。正義はこっそりため息をついた。

## 2　優羽

「しつこいよ、お兄ちゃん。だからさっきから言ってるように、勘なの。なんとなく変な感じがする、それだけ」

夜、正義から電話がかかってきた。優羽は明るい声を出す。年上と話すときは、半オクターブほど声を高めるのが習い性になっている。兄にもだ。

「あのなあ、優羽。勘っていうのは今までの知識や経験がベースになってはじめて働くものだ。おまえにはその裏打ちがないだろ？」

正義の呆れた声が聞こえる。

「カフェって、情報が集まる場所じゃない。だから網を張っておくの。それに女の勘をバカにしないほうがいいよ。決め手の情報をつかんでも教えてあげないから」

「俺に教えずにどうするって言うんだ」

「それはそっか。いいよ、教えてあげる。けどそれなりの敬意は払ってよね」

わかったわかった、と正義は気のないようすだ。

コクーンで願望絵が描かれているという情報、奇術部の先輩の話、ボランティア部のこと、全部自分が教えたというのに。

「それにしてもおまえ、絵を習いたいなんて本気なのか。あの日之出ってのはそんなに才能あるのか？」

正義に訊ねられた。

「壁に飾ってある絵とか、上手だったじゃない。ためしにわたしの顔を描いてもらったけど、スケッチブックにさらさらっと鉛筆滑らせただけで、そっくりだったよ」

優羽の手元には、宇宙の描いた絵がある。自分でもよく似てると思う。

B4サイズほどのスケッチブックから破られたものだ。満面の笑みを浮かべた自分を見て、いつも笑顔でいるよう心掛けているものの、ここまで笑ってるだろうかと不思議な気持ちがした。宇宙の性格を反映したかのような控えめなサインと、日付も書かれている。

他の絵も見たいとねだると、スケッチブックを渡してくれた。九月末の日付からだったのでそう多くはないが、一日数枚ほどの肖像画が描かれていた。願望絵の客のスケッチや下描きだという。みな活き活きとして、今にも動きだしそうだ。

絵を習いたいと言ったのは、雇ってもらうためのリップサービスだった。けれどこんな絵が教わって描けるならすごいし、トライしてみたいとも感じた。

「壁にある絵は、日之出の死んだ親父さんのもあるそうだな。日之出泰輔だっけ、知らないが」

「お兄ちゃんってば、絵本とか読まないの？　例えばね――」

優羽は有名どころの絵本を数作挙げた。もっとも日之出泰輔が絵本の装画家として名前が売れだしたのはこの二十年ほどのことで、それ以前は芸術品として金持ちが取り引きしていたらしい。二十世紀末のバブル経済が終わり、そういう人相手の商売が立ち行かなくなり名前も消えかけていたが、やがて装画家として復活を遂げたのだと、常連の四条が教えてくれた。優羽の読んだことのある絵本もあって、つい興奮してはしゃいだ。そんな優羽を、宇宙も四条たちも嬉しそうに見ていた。とはいえ二十七歳の正義は、そのころにはもう絵本から卒業している。

「――ってわけで壁に飾ってある絵は、日之出泰輔のずっと昔の絵と、絵本の絵を描いてた時代のと、マスターのがあるわけ。マスターも美大を目指していたんだけど、お母さんが亡くなってお父さんの身体も不自由になって、受験を諦めて介護していたわけ」

「母親は火事で亡くなったんだろ。本人も火傷を負ったと聞いた。親父さんはもっと重傷だったのか」

「やだもう。わたしのほうがよっぽど刑事に向いてるじゃん。マスターのお父さんは、お母さんの後を追って自殺しようとしたの。でも死ねなくて車椅子の生活になった。全然知らないんだね」

　正義が驚いているようすが受話口から窺え、優羽は快感を覚える。

「たった二、三日で訊きだしたのか。それはなかなかのものだな」

「でしょー？」

「けど、火傷の話は俺も聞いてたぞ。本人には隠すつもりはなかったんだろう」

「あー、負け惜しみ」

　しかし優羽も、策を弄して聞いたわけではない。宇宙は自分のことを積極的に話すタイプではないようだが、訊ねれば答えてくれる。

「俺は必要がないと思ったから訊かなかっただけだ」

「わたしなんて、パソコンが使えるって言ったら、願望絵の受注ファイルの入力まで任されたんだからね。そうとう信頼されてるんじゃない？」

　優羽は鼻を高くする。

「古いデータは見たか？　東山紫苑の名前はあったか」

「ぬかるわけないじゃん。もちろんチェック済み。でも、ざーんねん。ありませんでした」

「期待させるなよ」

その言い方に、優羽はまたむっとした。せっかく手伝ってやろうというのに。すぐに手がかりがつかめるわけがないじゃないか。ひどーい、と甘えた声に紛らせて文句を言うも、正義は意にも介してないのか、悪い悪いとあしらってくる。優羽を軽んじているのだ。

「ついでにおまえの勘とやらで、あのじいさんのことを聞かせてくれ」

「じいさん？」

「友永昌男だ。彼はどれだけまともなことを言ってる？」

「わからない。昨日と一昨日は、病院に行って疲れたみたいでぼんやりしてた。あの人、学校の先生だったんだね。昔の教科書とか持ち出して、桃香さん相手に読んでる」

「教科書を？　今も教師のつもりなのか？」

「さあ。でも楽しそうだよ」

「教えていることはまともなのか？」

優羽は首をひねる。たしか国語の教科書だった。昌男が教科書を読み、解説し、桃香も真面目な顔で生徒役を務めていた、と思いだす。

「まともっぽいけど、内容が正しいかどうかはわからない。今度隣で聞いてみる」

「だけど優羽は、あの孫娘と入れ違いで仕事をするんだろ？」

「ゆくゆくはそうだと思うけど、今は引き継ぎって感じかな。桃香さんともいろいろ話してるよ。料理の話が多いかな」

「料理？　事件の話は訊ねてないのか？」

「してないよ。いきなりそんな話したら、怪しまれるでしょ。まずは仲良くならなきゃ」

そうか、という正義の声が、つまらなそうだった。捜査に関わるなと優羽に言いながらも、そのことしか頭にないらしい。

「それじゃまた連絡するね」

「ああ。そろそろ着替えをよろしく」

優羽は通話を切り、小さなため息をついた。

目の前に、次に持っていこうと思っていた着替えがあった。洗ってもなかなか消えないすえた臭いが、今までより強く感じる。

ひと睨みしたあと、よし、と小声で活を入れ、優羽はスマホをあちこち弄った。ハンマーマンや紫苑についての情報が飛び交っている。小学校時代の友人と作ったＬＩＮＥのグループまで騒いでいた。

# 十月七日

## 1　優羽

朝、兄から受け取った汚れ物の洗濯を済ませ、優羽は学校へと急ぐ。時間ぎりぎりに駆けこんで、なんとか息の整ったころ授業が開始される。教師の説明が子守唄のように聞こえてきた。はじめたばかりのコクーンでのアルバイトは、穏やかな雰囲気のおかげで楽だが、それでも緊張はあって、家に戻ると疲れが出る。しかし絶対に成績を落としたくないので、予習復習は欠かせない。自然、睡眠時間が少なくなる。

誰かが名前を呼ばれ、教科書の一節を読むよう指示されていた。優羽も姿勢を正す。授業で寝ていては本末転倒だ。ここは入試にもよく出るぞと、教師が声を大きくしている。

午前中いっぱい、優羽は眠気と闘った。昼ごはんを食べると眠ってしまうだろうか、それともさっと食べて残りの時間を図書室で寝てこようか。そう考えながら、まずはトイレにと席を立つ。周りは机を動かしていた。友人同士で机をくっつけて、一緒に弁当を食べるのだ。優羽にもよく一緒になるグループがある。ちょうど呼ばれたが、彼女らに交ざったら昼休みがお喋りで費やされる、と悩む。

望愛がひとり、自分の席に座ったままだった。スマホを手に固まっている。

「どうしたの？　なんかあった？」

優羽は声をかけた。望愛も同じグループで食事をすることが多い。たまに、読んでいる本の続きが気になると言って、ひとりで食べることもある。今もスマホでなにか読んでいたようだ。それにしても顔色が悪い。

「なんでもない」

望愛が消えそうな声を出す。

「そんな感じには見えないけど。一緒にごはん食べようよ」

優羽はグループのほうへと視線を向けた。望愛が小さく首を横に振る。

「いい、食欲がないの」

望愛が立ちあがり、ふらふらと廊下に出ていく。優羽は後を追った。教室の扉を出たところですぐに追いつく。

「あの子たちと喧嘩でもした？」

「してないよ。彼女たちとは関係ない」

「とは、って。じゃあなにがあったの？　ねえ望愛、顔色、真っ青だよ。保健室に行ったほうがいいよ。ついてってあげようか？」

望愛が硬い表情のまま、また首を横に振る。

「つか、超ヤバくね？　あいつ警察に取り調べられたらしいぜ」

男子生徒の声が聞こえた。数人が、笑いながら廊下を歩いている。彼らから漏れ聞こえるのは、緑道の喧嘩に関わっているのではと噂になっていたクラスメイトの名前だ。ずっと欠席している。

「きたきたー。で、犯人なの？」

「犯人ってハンマーマンってことか？　さすがにそこまでするか？　……こええよ」

ハンマーマンという言葉を聞いたとたんに、望愛がぴくりと肩を動かした。

「望愛、ハンマーマンのことと関係あるの？」

「……ない」

望愛の声がぎこちない。

「そう？　さっきスマホを見てたけど、なにか面白い記事でもあった？」

「知らない。私が見てたのはＬＩＮＥ。友だちとのやりとり」

「そっちのグループで喧嘩とか？　なにかトラブルがあるんだったら——」

「関係ない！　しつこいなあ。優羽が知らない子のグループなの！」

「ごめん。……そうそう、ハンマーマンといえば、今朝もお兄ちゃんに洗濯物届けてきたんだ。なかなか捕まらなくて怖いかもしれないけど、警察もがんばってるからちゃんと戸締りして寝るように、だって。毎回言うんだよ、毎回。耳にタコ。それよりさっさと怪しい人調べて、さっさと逮捕してほしいよね。どこががんばってるんだか」

あはは、と笑ってみせた優羽だが、望愛は乗ってこない。望愛の友だちとのやりとりは、かなり深刻らしいと推察した。

「警察……、お兄さんって、なにやってるの？」

潜めた声で、望愛が訊ねてくる。

「具体的なことは訊いてない。目撃者を捜したり怪しい人を取り調べたり？　シオンの関係者を片っ端から調べてるんじゃない？　モデルや学校関係でトラブルがなかったか。ってテレビドラマや小説の知識だけど。そういうの望愛のほうが詳しいんじゃない？　本、好きでしょ」

「学校のことって、どこまで調べるのかな」

「わかんない。だけどシオンは女子校だもん。女の子がハンマーマンってことはありえないんじゃない？」

「……うん」

「男兄弟やカレシがいる子とか？　あー、でもそうか、素手じゃ無理だから金槌だったのかな。女の子……ありかなあ、なしかなあ。ってことは、ハンマーマンじゃなくてハンマーウーマン？　ハンマーガール？　なんか座り悪いね」

「女の子でも、できると思う？」

「どうなんだろう。シオン、お酒飲んでたって話も聞くし、ふらふらしてたのかも。麗優の付属ってお嬢さん学校なのにね、そっちもびっくりだよ。……あれ？　そういえば望愛の行ってた私立中学って、麗優の付属じゃなかった？　シオンのこと知ってたりする？」

望愛が顔をそむける。

「えっ！　ま、まじ？　知り合い？」

優羽の声が大きくなってしまったので、廊下を行く生徒たちの視線が集まった。

しーっ、と望愛が睨んでくる。

「ごめん。つい。……でもホントに知ってるの？　シオンってどんな子？」

「知らない！　話したことない！」

望愛が叫んで、走って行ってしまった。

優羽は追いかけようとして、途中で足を止めた。放っておくほうがいいのかもしれない。

昼休みが残り十分になっても、望愛は教室に戻ってこなかった。優羽はスマホを取りだし、望愛にＬＩＮＥを送る。

――さっきはごめんね。同じ学校にいても、話をしたことのない人はたくさんいるよね。

しばらくして、スマホに音が鳴った。望愛からの返事だ。

――本当に知らない子。でも私が麗優中にいたこと、他の人に言わないで。お兄さんにも言わないで。

――わかった、言わない。

けれど望愛が麗優にいたことを知っているのは自分だけじゃないはずだ、と優羽は思う。優羽や望愛と同じ小学校だった子は、何人も南高に来ている。望愛が卒業した中学校は知られているだろう。

望愛が戻ってきたのは、五時限目のはじまる直前だった。黙ったまま席につく。

## 2　優羽

優羽は放課後も自転車を飛ばす。向かうはコクーンだ。

自転車置き場の隅に愛車を収めた。通用口はないので直接、店の扉から出入りしている。格子の向こう、ガラスの部分から店のようすが覗けた。客は数名ほどいるようだ。扉を開けると、笑顔の弁田におかえりの声をかけられた。彼はここ三日、優羽の来る時間は毎日店にいる。ただいまと言って、優羽も明るく手を振る。なんだかこそばゆい気分だ。

宇宙からもおかえりと言われ、カウンターの奥、住居部分に通じる扉を親指で示された。扉の先には廊下が続く。店で使う食材や季節の品物を保管するパントリー代わりの部屋が手前にあり、その奥に更衣室があった。通学鞄はそこに置いておく。更衣室ももとは倉庫で、今も、額に入った絵やキャンバスのままのものが、床や棚に重ねて置かれていた。店に飾る絵とローテーションで入れ替えていると聞く。廊下のさらに奥には、裏手にある母屋の扉があった。そこから先は宇宙のプライベートな空間だ。父親の泰輔が車椅子の生活だったため、廊下は広い。外の庭から見えるサンルームのようなところは泰輔の部屋で、アトリエを兼ねていたため荷物が多く、まだ片づけていないという。宇宙のアトリエはガレージだそうだ。母屋にも忍び込んでみたいと優羽は思うが、機会がない。

私服に着替えてエプロンをつけ、店に出た。桃香と昌男も来ている。桃香もエプロン姿だが、奥のテーブル席に昌男と座っていた。また教科書を読んでいる。机の上に、持ち込んだキャンディの袋まで載っていて、まるで自宅のリビングだ。

「お客さんが来たら手伝うから、ごめんね」

桃香がすまなそうな顔で優羽に言う。

「全然いいですよー。今日はなにを読んでるんですか？」

覗き込むと、社会の教科書だった。内容は日本の歴史だ。

「参勤交代か。家光の武家諸法度だね。家光が鎖国を実施して徳川幕府の形を確立したんだよね」

「優羽さんって頭良いんだねー」

桃香が褒めてくるが、いやそれ基本事項でしょ、と頭の中で突っこむ。

「新しい生徒だな。転校生か」

キャンディを口に含みながらもごもごと言った昌男のセリフは、冗談なのかボケているのか判断がつかない。

「おじいちゃん、時代劇が好きなんだよね。いっつも見てる。テレビでやってなかったら、ビデオとか引っぱりだして。画面がざらざらして古くなったやつ」

「つきあう桃香さんも大変だね。桃香さんはなにが好き？」

優羽が問うと、桃香は困ったような表情で答える。

「このモンドなんとかっていうやつ。それと、しゃって着物を脱ぐのも」

「モンドさん？　わたしも小学生のころに、おばあちゃんと一緒に見たことあるよ。中村主水《もんど》さん、『必殺』シリーズだっけ？」

「主水じゃない。紋所《もんどころ》だ。『水戸黄門』。『遠山の金さん』もよく見るぞ。江戸北町奉行、遠山金四郎景元《とおやまきんしろうかげもと》。いくつもあるが、やっぱり中村梅之助のものが一番いい」

昌男が口を出してくる。どんな顔の人だっけ、と思った優羽だが、説明されても困るので追究しないことにした。しかしすぐに俳優の名前が出てくるし、昌男は充分しっかりしているのではないか。

「桃香さんも時代劇ファン？　他のドラマは？　アニメとかは？」

「うーん、わかんない」

桃香が首を横に振る。

「わたし『恋恋《こいこい》』が好きだったなー。主人公の恋人は瑛男《えいお》か薇男《びいお》か椎男《しいお》か、誰になるのか中学のとき友だちと大揉めしたんだよね。桃香さんは誰派？　わたしはだんぜん瑛男派」

「高校で流行ってなかった？」


「えー。大ヒットドラマじゃん。三年前だから……、桃香さんは高一？　高二？　高校で流行ってなかった？」

「どうだったかなあ、見ていないの」

「まじ？　学校で毎週盛り上がってたよ」

桃香が困ったような表情になる。

もしかしたら友だちの少ない人だったのかもしれない。そうでなければいじめられていたのかも。優羽は急いでつけ加えた。

「高校だと流行ってなかったのかも。……わたしたち中学生だったからあんなに盛り上がったのかな」

桃香がほっとしたように笑った。

と、昌男にエプロンの端を引かれた。訊ねると、テレビが見たいと言う。

「テレビ、この店にはないみたいですよ」

「見る」

「ないんだ、ですけど」

「家に帰って見てくる」

昌男は今にも帰りそうに腰を浮かし、優羽は戸惑った。けれど常連の弁田たちも、桃香も、宇宙も驚いていない。

「桃香ちゃん、送っていってあげて。戻ってこられないならそれでもかまわないよ。持田さんもいるしね。電話してくれればいい」

宇宙が促したが、桃香は首を横に振る。

「今日は願望絵の人が二組もいらっしゃる予定だから忙しくなりますよね。なるべく戻るようにします」

優羽が呆気にとられている間に、ふたりは出ていった。よくあることなんだよ、と弁田がにこにこしている。やっぱり昌男は変なのかもしれない。

「じゃあ持田さん、今からワッフルを作ってみない？　昨日みたいに匂いにつられて注文してくれるお客さんがいるかもしれない。生地はできているから焼くだけだよ」

宇宙の申し出に、優羽は「はい」と明るく手を挙げた。

三十分ほどで桃香が戻ってきた。願望絵の客もやってくる。宇宙がテーブル席に移動して、その客と向かい合っていた。味が変わるから珈琲だけは自分が淹れると言われたが、他の注文は優羽と桃香に任された。桃香がチーズケーキに載せるトッピングや、ワッフルの飾りつけなど、丁寧に教えてくれる。

「ねえ、桃香さん、マスターのことかっこいいと思う？」

優羽は小声になって訊ねた。

「かっこいい？」

桃香が首をひねっている。

「うん。ちょっとおじさんだけど、優しいし、いい感じじゃない？」

「そんなにおじさんかな」

三十八歳なら充分おじさんだよ、と優羽は思ったが、すかさずごまかす。

「あー、それほどでもないか。若々しく見えるよね」

「お父さんと比べたら全然若いよ」

「桃香さんのお父さんっていくつなの？」

「四十……ええっと、六かな？」

「ふうん、うちよりずっと若いよ。わたしんち、五十六歳」

「けっこういってるね。オレと近いねー」

弁田が、わざわざカウンターまでやってきて、会話に加わってきた。

「わたし、上にきょうだいがいるんです。弁田さんはおいくつですか？」

た。笑いが起きる。

「七十」

全然近くないじゃないか、と優羽が思ったところ、四条が同じセリフで突っこみを入れた。笑いが起きる。

「お母さんはおいくつ？」

四条の問いかけに、優羽の笑い声は止まる。

「五十三、……でした。えーっと、死んじゃったんですよね。わりと最近」

「まあ、ごめんなさいね。変なこと訊いちゃったわ」

見るからにおろおろしはじめる四条に、優羽は笑顔を作ってみせた。

「だいじょうぶです。今ごろ天国で、祖父や祖母と楽しく暮らしていると思いますよ。久しぶりに会って、甘えて、ワガママもたくさん聞いてもらってるんじゃないかな。わたしは、うん、平気です。ただあまり日が経ってないので、なるべく思いださないようにしてます。平気は平気だけど、……うん」

優羽は言葉を詰まらせた。

四条が両手を合わせて拝むようにしてくる。

「あたしもいないよ。同じだね」

桃香が笑いかけてきた。優羽は顔を見合わせて、小さくうなずく。再び笑顔を作る。

「オレたちもいないよなあ、条ちゃん。って、この歳なら不思議じゃないけどな」

四条はフォローを入れる弁田にも拝んでいた。

「どんなオヤジさんなんだい？」

弁田の質問に、優羽は「厳しい人」と答える。冷たい人、薄情な人、傲慢な人、自分と母を捨てた人、言いたいことはたくさんあるが、厳しい人なら、無難で、嘘でもない。嘘をつくなら真実を交ぜること、本当のことを黙っているのは嘘ではない。優羽はそう思っている。

四条が疑問も挟まず、言った。

「きちんとしてるってことよね。優羽ちゃん真面目そうだし」

えへへへ、と優羽は照れ笑いをした。そう思いこませておけばいいだろう。

「いいなあ、うちはあまりきちんとしてない。お酒とか好きだし、この間なんて酔っぱらって転んじゃったし」

桃香の言葉を聞いた弁田が「いやいやいや」と手を横に振る。

「それは普通だから。許してやんなよ」

「弁田さんも、身に覚えがあるんですね」

優羽がからかうと、分が悪いなあと言いながら、弁田が四条を伴ってテーブル席に戻っていった。

優羽としては、この機会に桃香との距離を縮めたい。こういうときは家族の話より、恋バナだ。

「じゃあさあ、桃香さんはどういう人が好み？　わたしはさっき言ってた『恋恋』の瑛男役で、アイドルグループのマーズの子。イケメンだけどちょっとドジで、この間、バラエティ番組で間違って激辛カレー食べて真っ赤になってたの。かわいいったらー」

優羽がきゃいきゃいとまくしたてるも、桃香はぼうっとしている。

「好み……？」

「もしかしてわたし、うるさいかな。桃香さんと友だちになりたくて、一方的に喋っちゃったんだけど」

「そんなことない。楽しい。だって」

「だって？」

「ううん。なんでもない。……うん、いいね、友だち」

桃香がじんわりと笑った。

「なってくれる？　友だちに」

優羽はすかさず訊ねる。

「うん、友だち。うん」

「嬉しい。今度よかったら――」

どこか別の場所でゆっくりお喋りしない？　と、続けようとした優羽の言葉は、電話の音で妨げられた。桃香がカウンターに手を伸ばして、店の電話を取る。

「はい。カフェ・コクーンです。えーっと、……はい、それはあたしのおじいちゃんの携帯電話です。はい。……はい。行きます！　今から行くから、待っててください。警察とか、あの、おじいちゃん、よくわかってないだけなんです！」

桃香の声が焦っていた。宇宙がスケッチブックに描く手を止めて、心配そうに桃香を見ている。弁田たちも同様だ。

「警察って、なんかあったの？」

優羽が訊ねるも、桃香は「ごめんね」と言ってカウンター奥の扉に消えた。すぐさま鞄を持って出ていく。

## 3　桃香

桃香が出向いたのは、スーパーマーケットだ。

いつも行く店ではなくてほっとする一方、昌男はどうやって辿りついたのだろうと思う。玄関の鍵は掛けておいたのに、いつの間に家から抜けだしたのか。もしやリビングの掃き出し窓からだろうか。あれは内側から掛ける鍵だからどうしようもないと、桃香はため息をつく。

桃香は電話の相手の名前をレジ係に告げ、指示に従って店の奥の事務所に回った。

業務用のワゴンや段ボール箱に囲まれた中に、使い古されたスチールのテーブルがあった。険しい顔をしたワイシャツ姿の男性が手前の席にいて、肩を落とした昌男が押し込められるように奥に座っている。

テーブルの上に、封の開いた紙パックの生クリームが置かれていた。

「あんたが家族かい？　びっくりだよ。売り場で飲もうとしたんだよ、それ」

ワイシャツ姿の男性が言う。

「すみません！　おじいちゃんはたまに混乱することがあって」

「そうなんだろうね。それは僕も想像つくけどさ。けどそれそのまま飲むものじゃないでしょうよ。牛乳じゃなくて、生クリームだよ。案の定、わっとなっちゃって手を離して、周囲を汚してさあ」

「ご、ごめんなさい。掃除します」

桃香は扉から出ようとした。おいおい、と男性が止めてくる。

「もう済んでるよ。客商売なんだからそのまま放っておくわけがないでしょ。汚れた他の商品も売り物にならなくなったの。買い取ってね。消毒代もまとめて請求させてもらうよ」

男性の視線が足元に向いた。段ボール箱に、いくつもの生クリームが入っていた。チーズや牛乳も交ざっている。下のほうに菓子の袋が見えている。

「……はい。それであの、警察には」

桃香は、恐る恐る男性を見る。

「呼ぼうと思ったけどさ、つまりあれでしょ、ボケてるってことでしょ。今回はお金払ってもらえればいいよ。でも次はないからね」

「ありがとうございます。本当にありがとうございます」

桃香が何度も頭を下げた。昌男にも呼びかける。

「おじいちゃんも頭下げて。謝って」

「……それは私じゃない」

え？　と桃香は驚く。

「とぼけちゃダメだよ、じいさん。みんな見てたんだから。それとももう忘れたの？」

男性が呆れ顔で言う。

昌男のスウェットパンツの膝のあたりに、白い斑点のようなシミがいくつもついていた。生クリームだろう。男性の言ったことは嘘じゃない、と桃香は思う。

「本当にすみません」

桃香は再度、頭を下げる。昌男が、スウェットパンツのポケットから個包装のキャンディを出した。袋を開け、口にぽいと入れる。男性が目を剝いた。

「こ、これはいつもポケットに入れているんです。盗ったものではないです」

桃香は慌てて言い訳をした。

「あんたも大変だね。だけどもう目を離さないでよ。こういう人が線路に入り込んで電車を止めたとかいう事故、どっかであったじゃない」

男性が、やれやれとばかりに立ちあがった。桃香の肩を叩いてくる。叩くというより撫ぜるような手の動きだった。桃香が代金を支払って、段ボール箱を抱えて歩き出したときには、尻を触ってきた。昌男は見ていなかったし、声を上げてやっぱり昌男を警察に突きだすと言われては困る。桃香は黙るしかなかった。

「ばかやろう！　騙されたんだよ、おまえは」

英規の手が、桃香の頰で鳴った。

桃香たちが家についたとき、庭の横のスペースには車が停まっていた。英規がすでに帰っていたのだ。英規は台所で、残り物をつまみに焼酎を飲んでいた。桃香の抱えている段ボール箱を見咎めた英規が、それはなんだと訊ねてくる。コクーンに寄ってかなりの量を引き取ってもらったが、桃香はつい遠慮して、家で食べられる分は食べると言ってしまった。こんなことなら全部渡すんだったと思ったが、もう遅い。英規に責められた桃香は、代金や消毒代も含めて一万円ほどかかったことを告白するしかなかった。

「騙されてないよ。おじいちゃんが商品を勝手に飲もうとしたのは本当だもん。お店の人がそんな嘘つかないでしょ」

桃香は、昌男のスウェットパンツについていたシミのことを説明した。英規が舌打ちをする。

「それをいいことに余計なものまで売りつけられたって言ってるんだよ。なにが汚れたから売り物にならないだ。拭きゃいいだろうが。ちゃんと見ろよ。賞味期限の近いものばっかじゃねえか。菓子とか、魚とか、乳製品の売り場にあるわけないだろ」

「それは、おじいちゃんがカゴに入れて持ってたって話で」

「魚なんて包装し直せばいいだろうが。要らないって言って戻せ」

「そんなこと言えないよ。警察呼ばれたらどうするの」

「呼ぶかよ。警察が来たら来たで、そいつらも相当時間が食われるんだ。警察だって、ボケたじじいじゃ立件できなくて点数にならねえ。せいぜいお家に帰りましょうね、だ」

英規の説が正しいかどうかはわからない。だけど、自分は騙されたのだろうかと、桃香は疲れを感じた。昌男が「私じゃない」と言ったのは、生クリームを飲んだことではなく、カゴに入れた覚えのない商品を指してだったのだろうか。

帰り道、桃香がどうして生クリームなんて飲もうと思ったのかと昌男に訊ねたところ、昌男はコクーンで飲めなかったからと言った。コクーンでは、ミルクピッチャーに入れた生クリームを珈琲に添えて出している。以前、ミルクピッチャーから直接飲もうとした昌男に注意したことがあった。スーパーで、それを突然思いだしたのだろうか。

当の昌男は、英規が桃香に文句をつけている間に消えていた。部屋からいびきが聞こえる。昌男なりにショックだったのか、風呂にも入らず眠ってしまったようだ。

「さっき、刑事が訪ねてきたぞ」

英規が言う。

「刑事さん?」

「例の殺人事件のだ。若いのと俺ぐらいのとの、ふたり連れ」

あの人たちだ、と桃香は思った。汐崎、芦谷、そんな名前だ。

「写真を見せられたぞ。知らないって答えたのに、死体が捨ててあった日に、俺がどこにいたかなんて訊きやがった。おまえの言ったように、十二時に帰ってきたって答えたんだよ。なのにあいつら、車の中を見せろって言いやがった。クソムカつく」

英規の車は、サビの浮いたトヨタのハイエースだ。ときどき調子が悪くなる。そろそろ替えないといけない時期だが、なにもできずにいる。

「……見せたの？」

「怪しまれるからな。だが掃除もしてあるし、そうそう気づきやしないだろ。おまえのほうはなにもないか？」

「ないよ。あたしも写真を見せられたり、なにか知らないか訊かれた程度だよ」

「警察には一切関わるなよ。なにを見てても、知らないって言え。俺たちには関係ないんだからな」

「わかってる」

だけど自分は彼女を知っているのだ、と桃香は思う。最初に刑事たちがコクーンに来た日、宇宙にも、あのことは黙ったままでいてほしいと頼んだ。宇宙はなにも問わずにうなずいてくれた。だからバレないはず。そう思うけれど、怖い。

「そろそろ限界かもな」

ぽつりと、英規が言った。

「限界ってなにが？　おじいちゃんなら病院に連れていったよ。定期的に来るように言われたけど」

「は？　バカか。ボケは病院で治るものじゃないって言っただろ。金がかかるだけだろうが」

英規が睨んでくる。

「放っておけないよ。周りの目だってあるし。それにお金はもともとおじいちゃんのものだよ。年金だって、お父さんも言ってたじゃない」

「俺たちが面倒を看てやってるから生きてられるんだよ、じじいは。じじいだけの金じゃねえ」

「だけど」

「いいから聞け。この先、じじいはボケが進むだけだ。俺たちには手に負えなくなる。火事でも起こされたらかなわねえ。それとも足でも折って、家に閉じ込めるか？」

「お父さん。ひどいこと言わないで」

「そんなことは俺にはできない、って言ってんだよ。バカ」

英規が桃香の肩を突いてきた。よけるも、手首をつかまれる。

「離して」

「今のうちに終わりにするんだ。警察だってうろちょろしてる。タイミングを誤ったら命取りなんだよ。考えとけよ」

英規が桃香の右手を上に挙げた。外そうとして左手で引っかくと、その手もつかまれ、そのまま壁に押しつけられる。酒臭い息が桃香の首にかかった。桃香は顔をそむける。桃香の両の手首が、英規の大きなひとつの掌の内にあった。もう一方の手が、桃香のジーンズを押し下げる。

「やめて！　離して」

「うっせーんだよ。じじいは寝たよ」

「嫌だ。嫌。おじいちゃーん」

口元を殴られた。すぐに首を絞められ、足をばたつかせて蹴ると力任せに倒された。桃香の上に、英規の身体がのしかかる。

「黙れって言ってんだよ！　いつもいつもじじいのそばに逃げやがって。じじいのほうがよくなったか？」

「バカ言わないで」

「でなきゃ、あの宇宙ってヤツだ。あれとやるなら金取れよ。タダでさせるなよ。おまえが言えないなら、俺が話をつけてやる」

「よしてっ！　なにも話さないで」

「へっ、タダってことか？　今度まとめて支払ってもらうか」

「なにもない。マスターとは関係ないってば！」

「うるさい、騒ぐな」

桃香の口になにかが入ってきた。はみ出した部分の色が目に入り、自分が穿いていたショーツだとわかる。泣けてくる。

「素直じゃなくなったな。今までは喜んでたくせに。おまえはここに来てからおかしくなった。ダメなのはおまえだ。おまえだ。おまえがダメなんだよ」

英規が腰をぶつけてくる。肌と肌が鳴った。じょり、と陰毛のこすれる音が混じる。

「気持ちいいだろ？　声を出したいだろう？　じじいのそばに逃げなきゃいいんだ。ほら。もっとよくなるぞ。よくなるぞ。よくなるぞ」

そんな風に感じたことなど、桃香にはない。言うとおりにしないとおなかがすくから、英規に見捨てられたらどうすればいいかわからないから、応じてきただけだ。

終わった後、英規はすぐ風呂場に行ってしまった。後始末をしながら、桃香はふと気づく。

そういえば、最後に生理があったのはいつだっただろう。

## 4　正義

遂に、紫苑の殺害前夜の目撃情報が出た。

ここしばらくマスコミからも、「ハンマーマンはどこにいる、ハンマーマンを捕まえられないのか」と攻撃されてばかりの捜査本部が、久しぶりに沸きたつ。

九月三十日、夜の十時すぎに、紫苑は吉祥寺の「バル・K」という店で目撃されていた。スタッフによると、九時ぐらいに入店した女性ふたり客の一方だろうとのことだ。バルは、本国スペインでは時間帯によって酒も料理も出す食堂兼居酒屋兼カフェのことだが、日本では、スペイン料理にこだわらず洋風の料理を出す居酒屋に名付けることも多い。バル・Kもそうだった。

紫苑たちはその店に居合わせた男性客ふたりと意気投合したらしく、カラオケ店へと流れていった。女性ふたり、男性がふたりの二対二だ。

「カラオケ店のスタッフによると、男性は一方の年齢が三十代ほどで白いシャツ、ただしサラリーマン風のワイシャツではなくくだけた雰囲気のシャツ。もうひとりがビッグサイズの緑のTシャツで、同じぐらいか少し下。女性ふたりも二十歳以上に見えたため、年齢確認はしなかったそうです。言い訳でしょうが。入店が夜十一時前。その後、十二時半ごろに四人一緒に出て行ったとのこと。先の飲食店で目撃された男性たちの服装とも一致します。同じグループとみていいでしょう」

カラオケ店の防犯カメラのデータです、と、捜査一課の草加が説明を止めて写真を出してくる。やはり手掛かりは盛り場のほうにあったじゃないかと、正義は文句のひとつも言いたかった。今さら遺体発見現場の周辺で、新しい情報など出るはずがないのだ。無駄な時間を消費させられたと、憤りさえ感じる。

草加が写真の説明を続けた。

「ご覧のように、東山紫苑はカツラを被っていました。カツラといっても薄毛を隠すためのものではなく、ウィッグと呼ぶ、お洒落用です。前髪を眉の上で、後ろを首のあたりで切りそろえたストレートの、いわゆるおかっぱの髪型。同一商品の写真を用意したのでご確認ください」

鑑取りを仕切っている捜査一課の小浜が、草加に代わって立ちあがった。

「紫苑はこのウィッグやエクステ――付け毛のことですが、こういったもので印象を変えていました。彼女のモデル仲間にも確認したところ、これらは化粧と同じような感覚で用い、身元を隠すための用心にもなるとのことです。紫苑も、学校バレ対策、読者モデルとしての顔バレ対策かと思われます。紫苑の部屋にエクステがあったことから、もしやと思い過去のクレジットカードの履歴を確認したところ、カツラの購入履歴が見つかりました。カードは家族カードですが、両親は把握していなかったとのことです」

そのため紫苑に関する目撃情報が集まらず、街中の防犯カメラのデータチェックもすり抜けていたのだった。カラオケ店の防犯カメラやバル・Kの目撃証言では、紫苑はカツラに加えてスカート丈より長いロングカーディガンも身につけていた。自宅を出て間もなく防犯カメラに写った紫苑は、タータンチェックのワンピース姿で、大ぶりのケリーバッグを持っている。カツラもカーディガンもそのケリーバッグに入っていたものと思われた。一度チェックした防犯カメラのデータを精査し直す必要がある。なお、遺体発見現場になかったケリーバッグは、ナシ割り班が質屋を中心に調べているものの、まだ見つけられていない。

男性二名については、鮮明とは言えないものの、顔のわかる写真が残されていた。ふたりとも人当たりのよさそうなすっきりした顔立ちだ。しかし紫苑と一緒にいた女性は写りが悪い上に、姿勢も悪いのかうつむきがちで、大きな丸い眼鏡に隠れて顔が見えづらい。身長は紫苑より低く、痩せても太ってもいない。そのうえ長い髪で耳も見えない。人間の耳というのは案外特徴があり、手軽に形を変えられるものでも化粧でごまかせるものでもないので、人物の特定に役立つのだ。

「紫苑の親しい友人には、この写真の人物と思われる女性がいませんでした。ただ化粧で印象が異なる場合もあり、紫苑と同様にカツラを被っていた可能性もありますので、アリバイのない女性は慎重に調べてまいります」

小浜が言う。

正義は写真に目を凝らした。カツラの可能性も考慮して、外に現れている鼻先と顎に注目してみる。今までの聞き込みで会った相手のなかには、思い当たる顔がなかった。

「女性ではなく男性ということはないでしょうか。自分は女性だという認識の男性、女装癖のある男性など」

立川署強行犯係係長の笹木が発言した。笹木の発想は柔軟だと他の署にも知られていたが、さすがにざわめきが起きた。

「街を歩いてるだけならともかく、男にナンパされてるんですよ。一緒にカラオケに行ったらバレます。なにより紫苑より背が低い」

小浜の反論に、笹木がさらに反論した。

「若い子なら身体も細く肌も綺麗でしょう。また、背が低いということが逆に、思い込みとなるんじゃないでしょうか」

「カラオケ店から出た後、男としてはそこでサヨウナラ、じゃないんじゃないですか？　ホテルかどこかに連れ込むつもりでしょう。やっぱりそれはないのではと」

強行犯係の先輩、駒岡が発言した。駒岡と同意見なのは癪に障るが、正義も同じことを思っていた。何人かの人間がうなずいている。

「その段になって気づかれ、トラブルに発展したということは考えられませんか？」

「待ってください、係長。だったら殺されるのはその男性でしょう。紫苑じゃない」

正義はやっと発言することができた。しかし笹木も引かない。

「すでに二手に分かれていた、たまたま紫苑が先に死んでしまった、その男性もどこかで殺されている、さまざまなケースが考えられると思います。可能性は除外すべきではないと考えます」

「もうひとり殺されていたというケースは、ごめんこうむりたいですね」

司会も務める捜査一課の係長、倉科が口をはさんできた。そして続ける。

「紫苑は鈍器、多分金槌状のもので、嬲り殺しにされています。乱暴の痕はない。当日の性交渉もなく、首のあたりに第三者の唾液が認められる程度です。性交渉を目的としてどこかに連れ込み、拒絶されて殺したにしても、殺害方法の派手さが気になります。みなさん気負いなく、担当を超えて自由に発言してください。どんなに突飛でもかまいません。なにがヒントになるかわからない。捜査に関わっている全員で考えてください」

笹木の発言以来ざわついていた会議室で、さらに言葉が飛び交う。

「手口が派手とのことですが、脅している間にエスカレートしたというのが、一番あり得るのでは？」

「紫苑の荷物は持ち去られています。男たちは強盗目的だったんじゃないですか。どちらにせよ最初から殺すつもりで」

「だったらカラオケはないだろ。防犯カメラをつけている店がほとんどだ。写真が残る」

「殺し方から考えると被害者やその親に恨みのある人間じゃないでしょうか。ナンパ男のふりをして近づいたとか」

「紫苑と一緒にいた女性こそが鍵を握っているのでは。紫苑の友人に該当する女性がいないということは、誰かが目的を持って彼女に近づいたということも考えられます」

「そうですね、それはあり得ると思います。私は一緒にいた人物は女性だと思いますが、一応男性の可能性も含めて」

最後に発言したのは、倉科自身だ。

「倉科さん、その女装した男性というのは、アリでいいんですか？」

管理官の北見が呆れている。

「笹木さんが言われたように、筋を書くときに落としてしまってはいけませんので」

「私には理解できませんが、みな、頭の隅には置いておいてくれ」

北見の言葉に、参加者が一様に首肯する。

紫苑の目撃情報が出たためか、場の雰囲気が明るくなっていた。柔軟な発想をした笹木、それにストップをかけることなく自由な発言を促した倉科、正義はふたりに尊敬の念を抱いた。犯人に一歩ずつ近づいている実感もある。女装説にはうなずけないが。

「カラオケ店で紫苑と一緒にいた男性二名と、女性と思われる一名の人物特定を早急に行うこと。新たに手に入った写真を元にして、吉祥寺駅周辺、それを中心にラブホテルやその他の施設、遺体発見現場周辺など、改めて確認を行う。いいな！」

北見が檄を飛ばす。その言葉からみて、自分はまた同じことの繰り返し、聞き込みにつぐ聞き込みをしろと言われるのだろうと、正義は一転、残念な気持ちになる。正義が何度も訪ねたせいで、またかと呆れている相手もいた。持っていく写真を替えたところで、怪しい人物など知らないという答えが変わるはずがない。

「芦谷さん、どう思います？」

隣の席の芦谷に、正義は小声で話しかけた。

「どうってなにが？　女か男かって話かい？」

「違いますよ。我々が訪ねた相手からは、もう新しい証言が出ないってことです。新たにカラオケ店での写真を持っていったところで、ゼロはゼロ。いないを、いた、に変えることはできませんよ」

ああ、と芦谷がやっと理解できたという顔をした。だが返ってきた答えは予想を大きく外れていた。

「聞き取りをした中に顔見知りも増えたからね。この先は楽だと思うよ」

なにが楽だ。勘弁してくれよ、と正義は呆れる。警察が楽をしてどうするんだ。

今日も終日、芦谷とともに、今まで会えなかった相手を求めて歩き回った。収穫はゼロ。正義はそれを嘆くが、収穫がなかったという確認ができたからいいじゃないかと、芦谷は平然としている。芦谷はダメだ。のうのうと捜査に参加しているだけの人間だ。何度も感じた思いを、正義はまた突きつけられる。

芦谷と一緒ではストレスが溜まるばかりだ。むしろ足を引っぱられかねない。担当を替えてもらえないだろうか。

正義は、意を決して進言にいくことにした。地取り班の統括を任されているのは草加だ。聞き込む場所も捜査員も多く抱えているから、他の捜査員と組ませてもらえるかもしれない。だがそれでは同じことの繰り返し。飲食店やラブホテルも、今までひと通りは調べているはずだ。新たな発見は望みづらい。やはり紫苑や両親の周囲を調べたい。両親に恨みを持つ人間は、今までの報告以上にいるのではないか。会社のトップに立つまでの過去は調べてあるのだろうか。

草加の頭越しになるが、正義は倉科に直接話そうと思った。倉科は聞く耳を持つ人間だ。

捜査会議が終わっても、捜査一課のメンバーは机を囲んで話をしていた。正義はようすを窺いながら近づく。人の陰になって見えなかったが、駒岡がいた。なんであいつが一緒にいるんだ、と正義は聞き耳を立てる。

「カツラの件、こいつが気づいたんですよ。いやカツラじゃなくてウィッグ。エクステを持ってるならウィッグを持っていてもおかしくない、って。若いだけあってそういうことに詳しい」

小浜も四十ほどなので、本人が言うほど歳でもないが、やたら駒岡を持ちあげている。駒岡が得意そうにしていた。

「お手柄だね。立川署はなかなかいい人材が揃っているようだ」

そう答えた倉科が、人と人の間から正義へと視線を向けて、「なにかな？」と訊ねてきた。

「あ、は……、はい。自分は立川署強行犯係の汐崎正義ですが」

「存じてますよ、緑道で起きた喧嘩の少年を捕まえてきた。あの件ではご苦労さま。他になにか、気になることでもありますか？」

倉科が静かな声で訊ねてくる。

「いえ、気になるわけではないのですが、その……、何度も緑道付近の聞き込みをしており、カラオケ店から写真は出たものの、新たな目撃者が出るとはなかなか思えずにいます」

「それを見つけだすのが仕事だろう」

草加が非難めいた口ぶりで言った。正論だが、成果が出ないのは自分のせいではないと正義は思う。

「モチベーションが上がらないかな。古臭いことを言うようだが現場百回、何度も確認して、はじめて見えてくるものもあるからね」

倉科が笑顔を見せる。

「はい。……ただあの、ひとつ気になっております。今日の会議でも出ましたが、殺し方から怨恨の線が強いのではと思われてなりません。紫苑の両親には、もっと敵がいるのではないでしょうか。現在所属する会社ではなく、過去にも目を向けるべきだと考えます」

だから自分が、とまでは正義も続けられなかった。倉科がそうか過去か、と反応するだろうからそれを受けて売り込もう。そのほうが自然だ。

「彼女の家族については、笹木さんに調べてもらっています。父親が会社を興したのは十年ほど前。それ以前にいた同業のIT会社をいま辿っています。母親が役員を務める会社は大学卒業当時から勤めていた化粧品会社のエステティック部門が独立したものなので、退職した人間も含めて社員の把握ができています。目立つ人物が見当たらず、全体に報告していないだけですよ」

正義は言葉に詰まった。笹木の捜査に漏れがあるとは思えない。

「手伝っていただく必要が出てきたら、そのときに声をかけます」

見透かしたように倉科が言った。言葉は柔らかいが断られているのだ。腋から汗が出てきた。顔も赤くなっているのではと、正義は焦った。

「よろしくお願いいたします」

正義は、それだけ言うのがやっとだった。場を離れるとき、駒岡が自分を眺めてにやついているのが見えた。

この野郎。

恥ずかしさと嫉妬で身体が熱い。このまま、ただ当てのない聞き込みを続けていてはいけない。なんとか犯人逮捕に結びつく情報を得なくては。男女三人を見つけださねばと、正義は奥歯に力をこめる。

その夜正義は、優羽にメッセージを送った。

——優羽の学校の集合写真はないか？　全学年全クラスのが欲しい。他の学校の分も、友だちに頼んでくれ。生徒が写っているものならなんでもいい。おまえが持っている写真もあるだけ見せてくれ。

しばらくして、正義のスマホが震えた。何度も震えて止まらない。

# 十月八日

## 1　優羽

土曜日なので学校はないが、優羽は朝から忙しい。立川警察署に中学校の卒業アルバムを届けにきた。兄の正義が、送った写真データだけでは足りないと言ってきたのだ。

昨日、コクーンで桃香と友人になった話や、昌男がスーパーマーケットに迷惑をかけて呼び出された話もしたが、正義は関心がないようだ。それよりも、と遮られ、正義のほうからも写真データを送ってくる。

男性がふたりで女性がひとり。女性は眼鏡が大きくて顔がよくわからない。

「この三人を捜してる。おまえの知り合いにはいないか？」

「いないよー。シオンはこんなのにナンパされたの？　これカラオケ店の部屋でしょ。わ、お酒じゃん。シオン、ここで飲んでたんだ」

声が大きい、と正義があたりを見回した。休日の早朝とあって、車の通りは少ない。

「ナンパの話は内緒の情報だ。カラオケ店の話も、飲酒の件も」

「飲酒のことは以前から噂になってたよ。みんなわかってるって。遊んでる感じの女の子が連れていかれて殺されたんだから。でもこの人たち、なんだかなー。おじさんだよね」

「おじさんか？　俺より少し上な程度じゃないか？　それにふたりともイケメンだ」

「イケメン？　……人の感覚って、違うね」

優羽には、イケメンにはまるで見えなかった。読者モデルをやっていたシオンの周囲にはもっとかっこいい人がいただろうに、と残念に思う。

「この子も一緒なの？」

優羽は女性のほうを示す。

「ああ。ただ、カツラを被っているかもしれない」

「それじゃあ、たとえ知り合いでもわからないよ。眼鏡かけてるし、写り悪いし」

優羽がそう言うと、正義も苦笑を返してきた。これは渡せないがと言いながら、もう一枚写真を見せてくる。ショートボブにしたシオンだった。

「被害者もカツラを被っていた。聞き込みもやり直しだ」

「ひゃあ、大変だね」

「だから協力してくれ。もちろんおまえが聞き込むんじゃないぞ。写真の三人が店に来るようなことがあったら、すぐに知らせてくれ。万にひとつの確率かもしれないが、ないよりましだ」

「ないよりましって頼み方はひどいんじゃない？」

「悪い悪い。くれぐれもその写真のことは内緒な。俺が連絡したらすぐさまデータを消せよ。流出させるなよ」

正義がそう言って、早足で警察署の中へと戻っていった。

優羽は再び自転車を飛ばし、警察からコクーンへと移動した。土曜日曜と祝日は朝七時から営業していて、モーニングセットを出しているという。次々にトーストを焼くので忙しいと、宇宙が言っていた。来られる時間から来てくれればいいと言われたが、早く行けばその分、多くの情報に接することができる。

開店の七時より前だというのに、店の扉は開き、灯りが全部ついていた。

「常連さんが早く来ちゃうんだ。外で待っててもらうのもなんだしね。準備をしながらでいいって言うから入ってもらってる」

そう笑いかける宇宙だが、卵はすでに茹でられている。キャベツの千切りも用意され、あとはパンを焼いて珈琲を淹れるだけ。それは準備中とは言わないのではないかと、優羽は呆れる。

「マスターって人がいいですね」

「常連さんに助けてもらっている店だから」

にこにこと宇宙が答える。

「桃香さんは来ないんですか？」

「昌男さんのご機嫌次第だからね。そのうち来るよ」

本当に人がいい。優羽はつくづく思った。

客が来て、珈琲の注文が続けて入った。そうこうしているうちに、桃香が昌男を伴ってやってくる。桃香は顔色が悪かった。昌男がいつもの奥の席から、桃香を不安げに見つめている。

「体調でも悪いの？　持田さんもいるし、うちに帰ってもいいんだよ」

宇宙が心配そうに言う。優羽も、任せてと添える。

桃香が、首を横に振った。

「だいじょうぶ。寝不足なだけ。ここにいるほうがいいんです」

ならいいけれど、と宇宙が見守るような視線を向けていたが、それ以上の追及はしない。

働いているうちに桃香の顔色はよくなっていったが、ため息をついたり、盆を取り落としたりと、心ここに在らずのようだ。身体の不調ではなく、不安があるのではと、優羽は感じた。

十時すぎになり、モーニングの客が落ち着いた。ランチのにぎわいにはまだ間がある。人が少なくなったのを幸いと、優羽は桃香に声をかけた。

「心配ごとでもあるの？　おじいちゃんのこと？」

桃香が間を置いてから、重そうに口を開いた。

「優羽ちゃんって、調べたいことがあったらどうするの？」

「調べたいことってなにを？」

「うーんと、なにを調べたらいいかわからないんだ。でも調べなきゃダメだと思う」

要領を得ない。桃香にはときおりそういうことがあり、優羽は同じアパートに住む滝藤の子供と話しているような気分になる。

「まずは検索かな」

優羽が答えたところ、桃香は首をひねっている。

「検索？」

「ネットにいろんなデータがあるでしょ。そのいろんなものの中から、自分に必要なことがらや情報を探し出してくること。ネットができる前から検索って言葉はあるから、本の中から探し出すことも言うけど、今はたいていネットからかな」

現在十七歳の優羽が生まれる前から、インターネットは一般化している。

「どうすれば検索できる？」

「そりゃあケータイかパソコンで……って、そうか、桃香さん、ケータイ持ってないよね。おじいちゃんのケータイはネットできるやつ？」

昌男の首からかかっている携帯電話は、二つ折りで古そうなものだった。桃香は渋い顔だ。

「やったことないからわからない」

「じゃあ、わたしのスマホ使う？　教えてあげるよ」

優羽がそう持ちかけると、桃香の表情が明るくなった。

「優羽ちゃんって優しい。大好き」

「えー、嬉しい。わたしも桃香さん、大好きだよ」

早速とばかりに検索アプリを立ちあげて、桃香に渡す。

「マイクのマークを触って話しかけて、出てきた文章にタッチすると調べてくれるよ。たとえばほらこうやって。追加で調べたいときや出てきたものをさらに調べるときは、ここをこうして」

優羽の説明に、桃香がうなずいている。聞こえないよう外に行ってきなようながすと、桃香はスマホを手に出ていった。

あ、しまった！

優羽の腰が浮く。正義から預かった写真がスマホに入っている。他にもまずいものがいろいろと。

検索のやり方さえ知らないぐらいだから、桃香に他のアプリを見ることはできないはず。そうは思うけれど、優羽の胸は不安にざわつく。扉の外を眺め、焦れた。

ややあって、桃香が店内に戻ってきた。優羽にスマホを返し、買い物に行きたいんだけど、と言う。

桃香はなにも気づかなかったようだ。優羽はほっとした。

「午後から願望絵の人が来るから、行くなら今じゃない？」

「マスターにお願いしてみる。あたしが出かけてる間、おじいちゃんを見ててもらってもいい？」

「うん、任せて」

桃香が宇宙に頼んでいる隙に、優羽はスマホを確認した。検索アプリを開き、履歴をたしかめる。

妊娠、という二文字が優羽の目に入った。どういうことだろう、と思ってさらに履歴と、開いたままのブラウザアプリを探っていく。桃香は妊娠検査薬について調べているようだ。買い物とはそれだろうか。

桃香が妊娠しているってこと？　相手は誰？

優羽は、宇宙と話している桃香を眺めた。

## 2　桃香

ドラッグストアで妊娠検査薬を買ってきた桃香は、更衣室に籠って説明書を読んだ。書かれていることがよく呑みこめなかったが、とにかく尿をかけろということだと判断した。

店から声をかけられたので、検査薬をエプロンのポケットに入れてカウンターに立った。客の空いた時間を見計らってトイレに入り、チェックをしてみる。

結果は陰性だった。桃香はほっとする。

肩の力が抜けたとたん、眠気が押し寄せてきた。昨夜は不安で眠れなかったのだ。宇宙に寝不足と答えたのは嘘じゃない。

チェック済みのスティックを箱に戻し、更衣室に置いた鞄に入れる。扉から出ようとしたとき、優羽が入ってきた。

「優羽ちゃん、今から休憩?」

「……うん、ってわけじゃないんだけど」

「そう?　あたし戻るね」

待って、と優羽が腕をつかんできた。じっと目を見て、しかしまた伏せる。

「なあに?」

「桃香さん、好きな人いるの?」

なにを言ってるんだろう、優羽ちゃんは。それがまず、桃香が思ったことだった。好きな人、特に思い当たらない。

「いない、かな」

そう答えると、驚いた顔で優羽が見てくる。

そこまで驚かれることなんだろうか。

「あの……、ごめんね、気づいちゃったんだ。妊娠検査薬」

言いづらそうに、優羽がつぶやいた。

いつ見られたんだろう、と桃香は不思議だったが、説明書や薬をエプロンで隠しながら持ち歩いたときに見えてしまったのかもしれないと納得した。

「そうなんだ。でもだいじょうぶだよ」

どう答えたらいいのかわからないが、桃香はそのままの気持ちを答える。

「だいじょうぶっていうのは、子供ができていなかったって意味？」

「うん」

優羽が戸惑いの表情を浮かべている。

「よかった。で……、えーっと、相手は？　って訊いてもいいのかな」

「いいけど、言えない」

優羽がますます困っている。けれど問われた自分も困る。相手は父親だ、などと言ったら、優羽はどんな目で見てくるだろう。誰にも知られたくない。

「もしかして、誰かに無理やり、なの？　それとも行きずり？」

「行きずりって？」

「ええっと……、あの、非難してるわけじゃないよ」

「うん」

「……非難されてるとは、思って、ないみたいね」

「どうしてそんなに、優羽ちゃんは訊ねてくるの？」

優羽が黙ってしまった。何度か口を開きかけて、ふいに抱きついてくる。

「優羽ちゃん？」

「どうしてって、心配だからだよ。決まってるじゃない。桃香さんはどうして平気な顔してるの？　本当は誰かに襲われたんじゃないの？」

優羽の声が優しかった。女の子の身体は柔らかいんだなと、その感触にほっとする。父親が自分に求めているのは、この安らぎなのだろうか。そういうことが行われる以前から、よく父親には抱きしめられてはいた。自分も不安感から腕を求めたことはある。どこからおかしくなったんだろうと桃香は思う。

「だいじょうぶ。だいじょうぶだから」

「桃香さん、本当に？」

「うん」

「……ごめんなさい。立ち入るようなこと訊いて。大人だもんね、そういうこともあるよね。でもひとつだけ教えて。相手って、マスター？」

桃香は驚いて、突き飛ばすように身を離した。やっと見えた優羽の顔が、困ったように歪んでいる。桃香は慌てて首を横に振った。

「違う。全然違うから」

「違うんだ」

「なんでマスター？　違うよ。マスターはそんな人じゃない」

優羽がもう一度、桃香の目を見てくる。

「そんな人じゃないって、それってやっぱり、レイプとかそういうことなんじゃないの？」

桃香は答えない。答えられない。

「……ごめん。変なこと言って。忘れて。わたしも忘れる」

「うん。あ、優羽ちゃん、誰にも言わないでね」

「もちろん。だって忘れるもん。言わない」

扉の向こうから、桃香と優羽を呼ぶ宇宙の声がした。どちらか来てくれるかな、と呼んでいる。

「わたし行ってくる」

「あたしも」

そう言って、ふたり揃って扉のノブに手をかけた。手を引っ込めた桃香は、つい口元を緩めた。優羽もまた、照れくさそうに笑っていた。

夜まで働いた桃香が昌男とともに家に帰ると、父親が待っていた。昨日、騙されて売りつけられたとさんざん文句をつけたチーズをつまみに酒を飲んでいる。食卓の上、巨大なペットボトルの焼酎がかなり減っていた。

「遅い。夕方には帰るって話じゃなかったか？」

「今日はお客さんが多くて。おじいちゃんもまだいたいって、マスターが作ったごはんが食べたいからって」

英規の文句を、桃香はいなす。

昌男がすかさず口を出してくる。

「うまかったぞ、ナポリタンスパゲティ。バターを多めにするのがうちの特徴だって言ってたな」

昌男が、跳ねてしまった胸元のシミをこすりながら言う。

「おまえも食ったのか、それ」

桃香のほうを向いて、英規が訊ねた。

「みんなで食べた。優羽ちゃんも一緒だ。あの子は優しい子だな」

昌男が答えたが、英規はそれを無視して「食ったのか？」と桃香に問い直してくる。

「食べた。おなか空いてたから。今日は忙しかったね、みんなお疲れさまって言って、大盛りにしてくれた」

「俺は食ってないぞ」

英規が舌打ちをする。その代わり飲んでいるじゃない、と桃香は思ったが、冷蔵庫へと向かい、中を確認した。

「お豆腐がある。卵も。今からなにか作るよ」

「じじい。今日は土曜日だ。おまえも飲むんだよな？　飲めよ」

英規が桃香の返事を無視して、昌男の湯飲みに焼酎を注いだ。そのまま胸元に押しつける。

「薄めないと飲めない」

「いいから試しに飲んでみろって！　飲め！」

「お父さん、そんな無理やり」

英規が、もう一方の手で食卓に置かれていた醤油差しを取り、桃香へと投げつけてくる。中身はあまり入っていなかったが、それでも桃香の腹から下が、茶色く汚れた。どうして昌男を脅すのに自分が巻きこまれるのだろうと、桃香は声が出ない。

昌男が桃香に歩み寄ろうとすると、英規が昌男へ、再度湯飲みを突きだした。

「飲めよ！　飲め！　話はそれからだ」

昌男は脅しに屈した。湯飲みをあおり、むせる。

「おじいちゃん、やめて。変なとこ入っちゃうから無理に飲まないで」

布巾で服を拭いながら、桃香は止める。

「美味いだろ、な」

英規が笑っている。

「お父さんは飲みすぎだよ」

「いいんだよ、親子酒だ」

自分の言葉に、ウケたように英規は笑い、昌男の湯飲みに焼酎をついだ。自らもあおる。

昌男は倒れ込むように眠ってしまった。

そうするのが目的だったのだと、英規にのしかかられながら桃香は思っている。桃香の目に涙が浮かぶが、英規は頓着もせず腰を振る。

英規はますます乱暴になっていく。ここまでひどい父親じゃなかったのにと、桃香は声を上げて泣いた。リビングの床の上、背中が痛い。

この家に来たのが、間違いだったのだろうか。

「お父さん聞いて。あたし、今日妊娠検査薬を使ったの。おかしいなって思ったから。妊娠はしてなかったけど、もしそうなったら大変だよ。もうやめてよ、ねえ」

「してなかったんだろ。いいじゃねえか」

「よくないってば。このままじゃ、いつそうなるかわからない」

英規が頬を張ってきた。右に、左に。

「そうならないようにしてやるから、文句を言うな」

「おかしいって言ってるの！　親子なのにダメだって言うの！」

桃香はようやく叫ぶ。

その口を、拳で塞がれた。

「うるさい。おまえは俺に従ってればいいんだ」

3　優羽

桃香はどこかずれた人だと、優羽は最初から感じていた。

朝、具合が悪そうだったのは妊娠を心配していたからだろう。違っていたとわかってほっとしたのはいい。だけど、好きな人はいない、行きずりでもない、レイプされたのでもない、それってどういうことだろうと優羽は首をひねる。

相手は誰なのかと訊いてしまったから、ごまかしているのかもしれない。「マスターはそんな人じゃない」という、桃香の言葉も気になる。マスター「は」そんな人じゃない。じゃあ誰がそんな人だというのか。

優羽は、桃香たちの後をつけることにした。

コクーンの前で手を振って別れ、自転車を漕いで逆方向へ進むふりをして、すぐに戻ってきた。自転車ではとっさに隠れられないと、置いていくことにする。自転車置き場は、店の表に並べてあるプランターの置き場にもなっていて、宇宙が閉店後にしまっている。まだしまわれていないので、宇宙に怪しまれないようすぐ脇の庭に入り、手入れのされていない茂みに自転車を入れた。ガレージから車を出されても見えないよう、寝かせておく。

昌男を連れての、歩みの遅い桃香だ。すぐに追いついた。

桃香たちは寄り道もせず家に帰っていった。友永という表札も出ていたし、間違いないだろう。家の庭に面した部分から、すでに灯りが漏れていた。居間かなにかだろうと推測する。敷地には車もある。父親が同居しているそうだから、その人の車だろうか。桃香は、父親に昌男を任せて出かけるかもしれない。恋人——ではないかもしれないが、セックスをした相手と会う可能性もあるだろう。優羽は門のそばに隠れた。

突然、なにかを落としたような音が聞こえた。喚き声もする。

なにが起きたのか気になって、優羽は静かに門扉を開け、庭へと入っていった。メッシュのフェンス越しに見えていた庭は、さほど広くない。道を行く人に見咎められないよう、身を低くする。

しばらくは笑い声が続いた。やがて、昌男を心配する桃香の声が聞こえた。野太い男性の声が、だいじょうぶだとか、運ぶの運ばないのと言っている。なにかを片づけているような音がして、再び、ものの落ちる音がした。

桃香の悲鳴がした。

何度も懇願する桃香の声、床を鳴らす音がする。

掃き出し窓にはカーテンが引かれていた。だが薄く、開いている。

そっと、中を覗き込んだ。中で行われていることを、優羽は見てしまった。続く、声と、音。

息を呑んだ。

相手は誰なんだろう、そう思っていたら、桃香の呼びかけで知れた。

お父さん。

なにそれ。オトウサン？

優羽の足は震える。

桃香の声がすすり泣く。優羽はたまらずその場を離れた。門を出るまで足音を潜めていたが、そのあとは走った。なにかに追われるように、懸命に走る。まかないで食べたナポリタンの味が、喉の奥によみがえった。我慢して呑み込む。

コクーンの前まで来てやっと、優羽は息を整えた。

茂みの中に寝かせておいた自転車を起こしかけ、手を滑らせた。あたりに音が響く。

店の灯りは消えていたが、二階が明るかった。その窓が開く。

「あれ？　持田さん？」

宇宙の声だ。灯りを背にしているので表情はわからなかったが、声はいつものように柔らかい。

「なにやってるの？」

「手が滑りました！　や、夜分すみません。ごめんなさいっ！」

優羽は焦った声を返す。

「だいじょうぶだけど、持田さん、だいぶ前に帰らなかった？」

「えーっと、あの、忘れ物を。家に帰ってから思いだして」

「ちょっと待ってて。今開けるから」

窓が閉まり、宇宙の姿が消えた。

優羽は、急ぎ鞄の中を探った。なにを忘れたことにするのが一番いいだろう。明日もここに来るのだから、その間なくても問題ないようなものでは困る。先になにか仕込んでおくんだった。

優羽はアパートの部屋の鍵をキーホルダーから外し、掌に隠し持った。

コクーンの灯りがつく。

「どうぞ、入って」

宇宙が扉を開けてくれた。優羽は駆け寄り、するりと中に入った。

「なにを忘れたの？」

当然訊ねられる質問だ。優羽も用意していた答えを返す。

「鍵です。家の鍵。キーホルダーの金具が甘くなってたみたいで、なくなっちゃってて。多分更衣室だと思います」

「それは大変だね。焦ったでしょ」

「はい。お家の扉の前で、ひゃーって声が出ました」

宇宙がカウンターの奥の扉を開けてくれる。優羽はありがとうございますと言って、急いで中へと進んだ。廊下から更衣室に入って、あちこち捜す真似をする。慌てたふりをするために棚に身体をぶつけたら、上からスケッチブックが落ちてきた。開いたページに描かれていたのは人物画だ。だいじょうぶ？　と、宇宙が近寄ってくる。

「あ、ありましたー」

優羽は掌の鍵を指先まで移して、さも今拾ったかのように、腕を突きあげた。

「よかった。これでお家に入れるね」

疑いの欠片も持たないような顔で、宇宙が言った。優羽もほっとした笑顔を返す。

「ありがとうございます。遅くにすみませんでした」

「気にしなくていいよ」

マスターは本当に人がいいなと、優羽はこっそり息をついた。


車で送っていくよと、宇宙はさらに人のいいことを言う。郵便受けに併記した兄の名に気づかれないよう、近くのコンビニででも降ろしてもらおうと優羽は思った。

母屋の一階にあるガレージへと案内された。つんと、油絵の具のにおいがする。アトリエを兼ねていると説明されたとおり、壁際に、描きかけのキャンバスが置かれていた。車はホンダのアクティ・バン。ワンボックスカーだ。宇宙が車の後ろのスペースに、優羽の自転車を入れてくれた。

「遅くなっちゃったね。お家のひとも心配してるでしょう」

宇宙が運転席から声をかけてくる。優羽は助手席だ。

「仕事で、もっと遅いからだいじょうぶです」

「ああそうか、家に入れなかったんだもんね。持田さんはひとりで怖くないの？」

「全然ですよ。アパートだから顔見知りの人もいるし。マスターこそ、広いお家にひとりきりじゃないですか。庭は草ぼうぼうだし……あ、と。ごめんなさい」

宇宙が笑いだす。

「庭か。たしかに綺麗にしないとって思うんだけど、ひとりだとどうでもいいというか」

「結婚しちゃえばいいのに」

優羽が煽ると、バックしていた車のスピードが突然速くなり、すぐに停まった。優羽は悲鳴も出ない。

「ご、ごめん。びっくりして足が滑った」

「落ち着いてくださいよ、マスター。あー、驚いた」

「だっていきなりなんだもの。相手がいないよ」

宇宙が焦っている。

「そんなあー。マスター、おじさんっぽくないし、仕事もちゃんとしてるし、お家もあるし、条件いいじゃないですか」

「条件？　大人みたいなこと言うね。今どきの女子高生ってそうなの？　僕が高校のときなんて、容姿と性格ぐらいしか考えなかったよ」

宇宙がなおもあたふたした声を出す。桃香の家を覗いてからずっと緊張していた優羽は、反動もあって、妙に楽しい気分になった。いつも穏やかな宇宙だが、ふいをつかれるのに弱いようだ。さらにからかったらどんな反応をするのか、試してみたくなる。

「今は生きていくのにも大変なんですよ。目だって厳しくなります。じゃあマスター、高校のころ彼女とかは？」

突っこむなあ、と宇宙がひきつったように笑う。

「彼女ねえ、高嶺の花ばかり好きになっていたかな。当時のことはご想像にお任せするよ。でも僕、高校三年生のときに母親が死んで、そのあとすぐ父親の介護をすることになって、いわば人生が一変して、結婚なんて考えられなかったんだよ」

「……あ、すみません」

「いやいや、いいんだよ。過去のことだから。だけどほら、相手の女性を介護に巻きこむことになるじゃない。申し訳ないし、条件で言えば悪すぎでしょう」

「マスターも言ったけど、それ、過去ですよね。今は違うでしょ。今は結婚できますよ！」

優羽は声を大きくする。

「そりゃまあそうだけど」

「ですよ」

「じ、じゃあ持田さん、僕と結婚してくれるの？　……なんて、あははは、もちろん冗談だよ」

宇宙の声がひっくり返っていた。見れば汗を拭っている。カーブの曲がり方も急だった。なるほどね、と優羽は推し量る。

「冗談だよ、って後ろにくっつけなくてもいい相手に、言ってみたらどうですか？」

優羽の言葉に、宇宙がごくりと喉を鳴らす。

「好きな人には好きって言わなきゃダメだと思います」

優羽は真面目な声で続けた。

「本当に突っこむなあ。今、僕は焦っているよ。汗で手が滑りそう」

「やだ。怖いこと言わないでください」

「ごめんごめん。僕、こういうときにすぐドキドキするほうなんだ。持田さんはそんなことなさそうだね。女子高生って本当に無敵だな。羨ましいよ」

「無敵ですよ。だって言わなきゃ伝わらない。行動しなきゃ、なにも手に入りません」

「……持田さん」

「女子高生とか関係ないですよ。誰だって同じです」

宇宙の苦笑が聞こえる。

「深いこと言うね。でも僕はそう強くなれないなあ」

「マスターは優しいから……。でもそんなマスターだからこそ、好きな人を守ってあげられると思うんです。……ちゃんと守ってあげてください」

窓の外、ふいにクラクションの音がした。ふらついた宇宙の車に警告を鳴らしている。

4　正義

街角の防犯カメラとNシステムにより、東山紫苑を乗せた車が判明した。三菱アウトランダー、大型の4WD車だ。持ち主が割り出され、吉祥寺のカラオケ店で紫苑とともにいたふたり組の男性の外見と一致することがわかった。工藤京太郎《くどうきようたろう》、埼玉県朝霞市《あさか》に住む三十歳。親が経営する薬局の三代目で、本人も薬剤師の免許を持っている。白いシャツのほうだ。交友関係をあたったところ、ビッグサイズのTシャツの男性も判明した。脇田《わきた》将《たすく》、同じ埼玉県朝霞市の二十八歳、建設作業員。彼も親族の営む建設会社で働いている。

ふたりは高校の先輩後輩の間柄で、週末ごとにつるんでは東京に遊びに来ているという。朝霞市は、武蔵野市との間に別の市と区を挟んでいるが、吉祥寺までは直線距離で十キロ少しだ。車なら遠くない。

参考人という形でふたりの身柄を確保し、捜査本部のある立川署まで連れてきた。工藤を十四係の係長である倉科が、脇田を主任の小浜が取り調べている。補助者として、捜査一課のメンバーや立川署強行犯係係長の笹木が取調室に入っていた。

夜九時半。外回りの仕事を終えて戻ってきた捜査員がほとんどで、講堂で取り調べの結果を待っていた。そんな中で、駒岡が暢気《のんき》なことを言う。

「記者会見、夜中にするのかな。視聴率とかどうなるんだろうな」

「問題は視聴率じゃないですよ。殺人犯を逮捕したという事実でしょ」

正義は声を高めた。

駒岡を下げ、自分を上げたい。無意識のうちに、そんな気持ちが働いていた。捜査一課の人間はいないが、周囲には他の警察署の捜査員がいる。応援に駆りだされた優秀な刑事たちだ。

応援のなかには芦谷のようなものもいるが、と正義は心で毒づく。芦谷は今日も、カラオケ店の防犯カメラから入手した写真を持って、一度チェックをつけた地図を頼りに歩き回っていた。

正義はその隙を見て、紫苑と一緒にいた女性を捜すため、優羽からもらった高校生の写真を確認していた。カラオケ店の写真と同じ髪型にして眼鏡を描き足してみると、似ていなくもない少女が数名いる。正義は優羽に、その少女たちの詳しい情報を知らせるようメッセージを送った。というタイミングで、男性ふたりの身柄が確保されたと知らせを受けたのだ。

先を越されたか、と正義はまた悔しさに歯噛みする。

彼らが捕まったことによって、捜査は終了となるだろう。しかし、女性はまだ確定されていない。彼らが知らなければ、正義の持っている情報にも価値が出る。まだまだだ、諦めずに粘らなければと思う。

優羽からの返事はなかなか来ない。なにをしているのかと、正義は焦れる。

「時間、かかってるな」

誰かが言った。他の警察署の捜査員だ。彼らも暇ではない。手伝いに来ている分、自分の署が手薄になっている。早く帰りたいはずだ。

「誰か見てきたらどうだ」

「ほらそこ、立川署の若いの。ちょうどふたりいるじゃないか」

はやし立てる捜査員たちの視線にかんがみて、駒岡と正義を指しているようだ。

「見るって、中になんて入れませんよ」

駒岡が返事をする。

「バカか。どうせ北見さんとかが外からようすを窺ってるんだろ。ここの署長も」

「飲み物持ってきました、とかなんとか言えばいい。ほらそこのペットボトル持って」

それはいい方法かもしれないと正義は思う。署長の機嫌が悪いと、雷が落ちることになるが。

駒岡と目を合わせた。どうする？　と向こうも目で訊いてくる。

ふいに講堂の扉が開いた。

足音高く、噂の的になっていた北見管理官が入ってくる。すぐ後ろから、倉科、小浜、草加と続く。

場がざわめいたが、北見が前に立ったところでぴたりと静まった。前を向くものたちの表情が期待に充ちている。

しかし北見の顔は、げっそりしていた。童顔なだけに、逆に十も歳を取って見える。

「ふたりは、東山紫苑とカラオケ店に行ったことは認めた。しかし事件とは関係ない、と言っている」

先ほどよりも大きく、講堂がざわついた。どういうことだ、たしかに写真の男たちだろう、嘘をついているだけじゃないのか、声はどんどんと大きくなる。

バン、と机が鳴った。拳を押し当てたのは北見だ。

「説明してやってくれ」

小さくうなずいて、倉科が一歩前に出た。彼の穏やかな顔も、疲れが滲み出ている。

「九月三十日、夜の十時ごろ、工藤京太郎と脇田将は、吉祥寺の飲食店バル・Kにて、東山紫苑他女性一名と意気投合、そのままカラオケ店に流れています。入店が夜十一時前、その後、深夜十二時半ごろに店を出て、徒歩で駐車場へと移動。運転手は工藤で、本人はアルコールを口にしていなかったと証言しています。嘘である可能性は高いですが、現時点では証明できていません」

正義は、倉科をじっと見つめた。周囲の捜査員も、爛々とした目を向けている。

「しばらくの間、周辺の道をあちこち走り回り、井の頭恩賜《おんし》公園の周辺に車を停めて工藤は紫苑と性行為に及ぼうとした。ネットでラブホテルを探していたが、空室がなかったとのことです。走行中の車中では、後部二列目のシートにいた脇田ともうひとりの女性がすでにことをはじめていて、工藤によると、紫苑のほうから、自分たちもその辺に停めてヤろう、と言ったそうです」

失笑が起きた。倉科がちらりと睨む。

「ところが紫苑は酒を過ごしていて、工藤に向けてすぐに嘔吐。運転席にのしかかって抱き合う体勢だったため、紫苑が上の位置にいて、工藤が吐瀉物を丸ごと浴びる形になったとのことです。運転席のシートにもかかったが、紫苑本人にはあまりかかっていない。紫苑の服に吐瀉物が付着していたが、目立つほどの量ではなかったのはそのためだと思われます。吐瀉物の件はマスコミに発表していません。いわゆる関係者のみが知り得る事実で、信用できる供述です」

そこで倉科は、わずかに笑った。

「一緒にいた女性が、実は男性であったという説は消えましたね」

つられて何人かが笑ったが、北見の空咳でやんだ。女装説を唱えた笹木が、小さく頭を下げる。

「紫苑に吐かれた工藤は激怒し、紫苑を車から引きずり降ろした。そのあとのことは知らない、と言っています」

どよめきが起こった。あり得ない、言い訳だ、口々に声がする。

「そんなバカな話があるか、私も取調室に入り、そう問い詰めたが、工藤は頑として言を変えない。だが脇田のほうも同じ話をしていた。細部まで一致している」

北見が口を挟んできた。

じゃあもうひとりの女性はどうなったのだ、と正義は疑問を持った。それに応えるかのように、倉科がうなずく。

「紫苑と一緒にいた女性は、吉祥寺駅近くで降ろした、と言っています。女性に、駅でいいなと訊ねると、かまわないと答えたと。紫苑の荷物は車内に残っていたため、その女性に預けた。それが十月二日の午前一時すぎ、紫苑を降ろして間もなくとのことです。女性がその先どうしたかは知らない、確認して頼られては面倒だから、と話しています」

「どこまで信用できるんですか。ふたりの話は一致しているとのことですが、具体的な証拠は？」

「女性が誰かはわかっているんですか？」

連続して声が上がった。

「女性の身元はわからない。紫苑は女性をノンちゃんと、女性は紫苑をシーちゃんと呼んでいたそうです。酔っていたためか、紫苑が車から降ろされてもけたけたと笑っていたという」

倉科が答えた。

ノンちゃん。

「の」がつくのは名前か苗字か、どちらなんだろうと正義は思う。倉科の説明は続いた。

「工藤と脇田は、もうひとりの女性を降ろした後、都道一一三号線を東向きに進んだ先のコンビニで着替えのTシャツや水などを買い、駐車スペースで車内を掃除したと言っています。取り急ぎ確認したところ、たしかに十月一日、深夜一時半すぎに客が来ています。脇田が着ていたTシャツの柄を記憶していて、車を停めてなにかしらの作業をしていたのも覚えているとのことです。車種は三菱アウトランダーと、こちらも一致で、防犯カメラを回収予定です。汚れたシャツ類はコンビニのゴミ箱に捨て、すでに処分業者の手で焼却されたもよう。紫苑が着ていたロングカーディガンもここで捨てたとのことです。車内を掃除した際に見つけ、もうひとりの女性に預け損なったと気づいたが、吐瀉物を拭き取るタオル代わりにしたと」

「その時点で車の中に紫苑を隠していたとも考えられます。彼らにも犯行は可能なんじゃないでしょうか」

正義はここぞとばかりに発言した。

「わかっている！」

北見の声が飛んだ。彼は存外、キレやすい。幹部陣のなかで最も若く、怒鳴ることによって自分を大きく見せているようだ。ドーガン北見と揶揄されるように、外見も気にしているのだろう。しかし正義とて、叱責を覚悟の上で言ったのだ。アピールをしたかった。

北見が倉科に視線をやり、倉科が神妙な顔でうなずいた。

「コンビニを出てからは高速道路近くの道端で、トラックの列に交ざって車中仮眠をしていたと主張しています。この辺りの時間を使えば犯行はギリギリ可能かもしれません。どの会社のどんなトラックがいたのか、彼らは覚えていないそうですが、そのルートを使う業者を洗いだしてください。また、工藤、脇田、ふたりの話は細部まで一致していますが、口裏を合わせる時間は充分ありました。紫苑と一緒にいた女性を捜す必要があります。彼らが本当のことを言っているなら、紫苑のスマホの電源を切ったのはその女性ということになります。電波が消えた場所と時間は一致する」

「しかし遺体の近くに携帯電話の類がなかったという情報は、マスコミに流している。知った上で、自分たちの都合のいいストーリーと合わせたのかもしれない」

北見が、苦しい声で言った。目撃者の情報を集めるために発表したのだ。新聞にも載った。

「一旦、ふたりは帰し、監視をつけます。紫苑を降ろしたのは井の頭公園付近とのことですが、その後、誰かが紫苑をピックアップしたのか、本当はふたりの犯行なのか、どちらの可能性も否定できません」

倉科がまとめかけ、そういえばと続けた。

「以前、紫苑は誰かにつけられているような気がすると言っていた、という証言がありましたね。その後、捜査は進んでいますか？」

「申し訳ありません。まだ見つけられていません。粘着質なファンレターや雑誌の掲示板への書き込みも、匿名のものの中には、誰かわからない人物が残っています」

小浜が頭を下げた。それらを調べているのは駒岡だ。彼も身を縮めている。

紫苑の周囲を再度洗い直せ。もうひとりの女性を早急に見つけろ。井の頭公園の周辺を重点的に聞き込め。北見が唾を飛ばして叫ぶ。

正義のスマホがポケットで震えていた。優羽からのメッセージが来ている。写真の少女たちの名前と住所が書かれていた。正義はほくそ笑む。これで先んじてやるぞと思う。

残念ながら、「の」のつく名前の少女はいなかった。

# 十月九日

## 1　宇宙

宇宙は悩んでいた。今日の天気のように、気持ちも曇ったままだ。

——好きな人には好きって言わなきゃダメだと思います。

昨夜の優羽の言葉が誰を指しているのか。宇宙にわからないわけはなかった。優羽がアルバイトに来て、まだほんの数日だ。なのに早くも見透かされてしまうとは。女子高生とは怖い生き物だと感じる。

そういえば願望絵を描いてほしいと頼みにくる女の子たちも、誰が誰を好きで、こっちとあっちがいい感じでなどと、男女をパズルのように組み合わせて語っていた。興味を惹かれて判断の理由を訊ねたことがあったが、雰囲気、空気、目線、しぐさなど、証拠にもならないものを出してくる。特殊なサーチ能力が備わっているのではないかと、思ったことは一度や二度ではない。

しかしそれも人によるのだろう。女子高生に限らず、おばあちゃんと呼ばれる年代でも噂話に興じつつ鋭いことを言う女性もいる。二十年前に死んだ母が生きていたら、どんな老人になっただろう、と宇宙はたまに考える。もっとも母は、おっとりしていた。雰囲気といった曖昧なもので間柄を読み解く能力には長けていなかったと記憶している。

桃香もまた、ぼんやりしていて、人と人の関係に聡くない。優しく、我慢強く、穏やかだ。

宇宙は桃香に、母の姿を見る。マザコンではないと思う。母親単独ではなく、父と母の関係に憧れているのだ。父は我が強く、気まぐれで威圧的だった。絵が売れなくなってからは生活にも苦労したはずだ。そんな父を、母は優しく温かく支えていた。昌男に接する桃香は、生前の母と被る。

自分を支えてほしいと、そこまでは宇宙も思っていない。父を介護していた過去の自分なら、そんな気持ちも混ざっただろうが、今は、宇宙が桃香を支えたい。互いに支え合っていきたい。……それが理想の愛の形だろう、と宇宙はつぶやいた。

「なんか言った？　宇宙くん」

常連客の四条が、カウンター越しに話しかけてくる。いつもは弁田とともに、テーブル席にいる客だ。

「なんでもないです。今日はおひとりですか？」

「弁さんのとこは、連休で孫が遊びに来ているんだって。どうせ鼻の下がこーんなに伸びてるわよ」

皺だらけの顔の下半分を、四条が両手で引き下げて笑った。

「羨ましいですか？」

つい、宇宙は口に出した。

「珍しく今日は突っこむわねえ。たしかにうちのは全然結婚するようすがないから、孫も生まれようがないわ。宇宙くんこそどうなの。言っちゃなんだけど、泰輔さんが亡くなって自由になった今がチャンスよ」

「チャンス、ですか」

「そうよ。私もつてを探しましょうか。泰輔さんの介護をずっと続けて、最後は入院してる病院に毎日通って。なかなかできるもんじゃないわよ。宇宙くんの人柄は私たちみんなで保証するし」

「いえいえ、結構です。ゆっくり考えますから」

手を横に振って、宇宙は断る。誰でもいいわけではないのだ。

「ゆっくりしてたら、じきに四十になるのよ」

四条が言う。

たしかにそろそろ潮時かもしれない。もうしばらく待とうか、昌男の状況も変わるかもしれない、などと考えていたが、確約ぐらいは手にしてもいいかもしれない。ふたりから後押しをされて、宇宙の気持ちも動く。

言わなきゃ伝わらない。優羽もそう励ましてくれた。

四条に気取られないよう、宇宙はそっとテーブル席を窺った。いつもの奥の席で、昌男がぼうっとしている。桃香は別のテーブルの客につかまって世間話をしていた。桃香の口元が、ほんの少し赤くなって腫れていた。昨日はなかったものだ。朝会ったときに、どうしたのかと訊ねたところ、ぼんやりしていて閉まったままの扉にぶつかったと答えていた。今もにこにこと笑いながら、客を相手にその話をしている。

宇宙が笑顔の桃香を見つめていると、表に置いたプランターに水をやった優羽が扉を入ってきて、にやりと笑った。

昼を過ぎ、客足が減った。

昌男がテーブル席で船を漕いでいる。桃香と優羽は、別のテーブルでまかないの昼食を食べていた。明日まで残しておきたくないパンを使ったフレンチトーストだ。優羽からは、美味しいからメニューに載せるべきですよと力説された。

カウンターにいた客が帰り、四人だけになった。

「パントリーのチェックをしますね。他にも賞味期限が近いものがあるかもしれないし」

優羽がフレンチトーストの残りを口に詰め込み、そそくさとカウンターの奥の扉に消えた。

気を利かせたつもりなのだろうか。昨夜、優羽から言われたことを、宇宙はまた思いだす。

桃香とふたりきり。

意識した途端に、宇宙の心は焦る。

客が途絶える時間は存外多い。昌男はよく居眠りをしているので、以前から、桃香とふたりきりのようなものだったというのに、今日は胸が騒いでならない。

今までに、いろいろなことがあった。桃香に対する気持ちは、日を追うごとに増している。優羽に指摘されたせいばかりではなく、自分の気持ちは高まっている。――そう、宇宙は思う。

宇宙は意を決して、桃香のいるテーブルに向かった。と、なんでもないところで蹴躓《けつまず》いてしまう。

「どうしたんですか、マスター。だいじょうぶ?」

桃香が訊ねてくる。

「だ、だ、だいじょうぶだ。平気」

宇宙は滲む汗を拭き、桃香の真向かいに座った。

桃香がカウンターの向こうの扉に目をやる。優羽は戻ってこない。やはり気を利かせてくれているのだ。チャンスだ。

「優羽ちゃんって、よく働きますね」

桃香が言う。

宇宙はごくりと唾を呑んだ。いざ、と思う。

「そ、それは桃香ちゃんもだよ。昌男さんのことを看て、お店でも働いて、いつも笑顔で、感心するよ」

「あたしバカだから、優羽ちゃんみたいに、ぽっぽって動けない。ぼんやりしてますよ」

「いやそれがいいんだよ」

「……ぼんやり、が?」

ぽかんと口を開けて、桃香が訊ねてくる。その顔を見ると、宇宙は切なくなる。

「桃香ちゃん、僕のことどう思っているのかな」

「どうって？」

桃香が首をかしげる。

「ぼ、僕は、僕は桃香ちゃんが好きなんだ。桃香ちゃんのことを守ってあげたいと思っている」

「守る？」

「そうだよ、桃香ちゃんの周りのすべてから。桃香ちゃんが昌男さんの世話を任されていることは知っている。これからも僕が手助けするよ。だからなにも心配しなくていいんだよ！」

宇宙は、テーブルに身を乗りだした。桃香と目を合わせる。心臓が口から飛び出そうになる、とはこのことか。

桃香が口元を緩めた。柔らかなほほえみだ。

拒絶されていないのだと、宇宙はほっとする。幸せな気分が身体の内から湧いてきた。

「ふたりで一緒に生きていこう。ぼ、僕にはもう両親がいないからあれだけど、桃香ちゃんのお父さんに挨拶をして、それから——」

「待ってください」

桃香はゆっくりと首を傾げた。

「よくわからないんだけど、挨拶とか、それは」

「焦りすぎだよね。ごめんね。つい将来まで考えてしまって」

落ち着け、と宇宙は自分に言い聞かせる。桃香のようすを見る限り、NOではないはずだ。早すぎると言うなら、待つと答える。昌男のことで引け目を感じているなら、だいじょうぶだと繰り返そう。

「今すぐじゃなくてもいい。でも僕はそのつもりなんだ。も、桃香ちゃんと、この先ずっと一緒にいたい」

桃香が驚いたように目を見開いた。口角が上がり、一瞬嬉しそうな顔をしたあと、目を伏せる。

「無理、です」

宇宙は耳を疑った。

「いや、今すぐじゃなくて、だよ」

「無理です。マスターとずっとはいられない」

視線を落としたまま、棒読みのように言う。

「もしかしてお父さんに反対されそうってこと？　僕、ちゃんと説明するから。気に入られるようにするよ。ふたりで昌男さんの世話をするなら、文句は言われないはずだ」

困ったような顔で、桃香が首を横に振った。

「ごめんなさい」

宇宙は、全身から力が抜けていくような気がした。

「ごめんなさい」

桃香がもう一度言う。

「……僕、の問題だったかな。僕じゃダメってこと？」

桃香が顔を上げた。宇宙と目が合った。困惑の表情から、悲しそうなさまに変わっていくように見える。

「ダメじゃありません」

「じゃあどうして」

「言えないんです。ごめんなさい」

桃香が立ちあがり、カウンターの奥の扉へと駆けこんでいった。先のほうで扉の閉まる音がする。更衣室に入ったようだ。

宇宙には、まったくもってわけがわからない。なぜだ、という思いだけが頭を巡る。

しばらくして奥の扉が開いた。おずおずと、優羽が出てくる。

「あの……、なんかあったんですか？」

宇宙は笑顔を向けた。桃香が残していった皿をカウンターの流しに運んで、勢いよく水をかける。

「いや。なんでもないよ」

水が跳ね、宇宙の顔にまでかかった。肩先を上げて拭う。動揺を気取られてはいけないと宇宙は思ったが、手が震えていた。食器にも音を立ててしまう。優羽は聡いタイプだから、気づかれるだろう。

「だけど桃香さん、なんていうか、表情が強張ってて」

「……さっぱり、わからないなあ」

「ホントに？　あの……桃香さん、なにか悩みがあるんじゃないでしょうか」

「女の子の悩みは、僕にはお手上げだよ」

「そんなこと言わないでください。桃香さんがマスターを頼りにしてること、見ていたらわかります。相談に乗ってあげてください」

期待のこもった優羽の視線を感じる。このまま会話を進めたらフラれたことさえ告白してしまいそうだと、宇宙は思う。

でも桃香はなぜ、ダメじゃないと言いながら、ごめんなさいと断るんだ？　言えないってどういうことだ？　自分の知らないところで、桃香になにかが起きている、そういうことなんだろうか。

桃香は優しく、我慢強く、穏やかだ。

……本当にそうなんだろうか。ぼんやりしていて、人と人の関係に聡くないと思っていたけれど、全部わかっていて、それでもなお自分の身の内に、さまざまなものを呑み込んでいるのかもしれない。

宇宙が口を開きかけたとき、優羽のポケットから音がした。

## 2　優羽

すみませんと断って、優羽はポケットからスマホを出した。奥の扉を通ったとき、メッセージを受信してスマホが震えたことに気づいてはいたが、宇宙が気になって無視していた。相手は焦れたのか、電話までかけてきた。

「ごめん。今、バイト中。あとでかけ直すね」

短くそう応じると、切らないで、と大きな声がした。目の前にいる宇宙にも聞こえたようだ。話してもいいよと促してくる。

「どうしたの？　そっちも部活じゃないの？」

優羽は小さく頭を下げて、カウンターの外に出た。電話をかけてきたのはクラスメイトだった。よく昼食を一緒にする仲間。

「学校？　校舎の窓がどうしたの。……え？　望愛が？」


宇宙に謝って、優羽はアルバイトを抜けた。もしかしたら戻れなくなるかもしれないと両手を合わせて拝むと、かまわないよと言われた。

自転車を飛ばしに飛ばして南立川高校に到着する。今日は日曜日だが、部活動で登校する生徒のために、校門は開いている。曇天だが雨はまだ降っていない。グラウンドには掛け声や叱咤の声が飛び交っているはずだった。

しかしフェンス越しに見えるグラウンドに人はいない。サッカー部が使ったままなのか、ボールがいくつか転がっている。

優羽は自転車置き場に向かった。何台もの自転車が乱雑に乗り捨てられ、持ち主が急いでいたことが窺えた。優羽もまた適当な場所に停めて、人だかりのある教室棟の下へと走る。制服姿のもの、スポーツウェアのもの、そして私服のものが集まっていた。

みんな、上を見ている。

「危ないからー、戻りなさーい」

誰かの声がした。サッカー部の顧問だ。

視線の先は、三階にある優羽のクラスの教室だ。制服姿の望愛が、窓の外に出ている。教室棟の外壁はのっぺりと平らではなく、窓枠を支える段がある。それが隣の窓、隣の窓、さらに隣の教室の窓へと続いている。望愛は、その段に足を乗せていた。

電話をかけてきたクラスメイトが人だかりの中にいたので、優羽は声をかけた。

「どうなってるの？　教室に先生はいないの？」

「上にいる子から、教室の扉が開かないよう、なにかが嚙ませてあったってＬＩＮＥがきた。それは外せたみたいだけど、近寄ったら飛び降りるって言われて、刺激しないよう遠巻きにしてるんだって」

「だったら隣の教室から行けばいいのに」

優羽は走りだした。教室棟の入り口へ向かう。途中、教師や生徒が列を作って、体操部のマットを運んでいるのとすれ違った。警察への通報も済んでいるようだ。

教室の前の廊下は、黒山の人だかりで、教師が中に入ろうとする生徒を止めていた。両隣の教室にはまだ入れるようで、何人かが扉の向こうに消える。優羽も隣の教室に入った。

当然ながらそこにも教師がいて、優羽のクラスとの壁境にあたる前方の黒板に近寄らせないようにしていた。何人かの生徒が、遠い窓から顔を出して、望愛のようすを見ている。

優羽は生徒たちの間に入り、同じように窓からようすを見た。望愛は窓の外に出ていたが、両手で窓枠をつかんでいる。及び腰で足が震えていた。教室の中から、戻れという呼びかけが聞こえる。

「近寄らないで。そこから来ないで!」

望愛が、顔だけを声のほうに向けて叫んでいた。

優羽は誰かの机へと上った。靴は上履き用の前ゴムタイプだ。窓の外へと出て、同じ段に足をかける。

悲鳴が、教室の中と、足元から聞こえた。「持田やめろ!」と、同じ教室にいた教師が慌てる。そのクラスの担任だ。窓から手を出してくるので、優羽は言い返す。

「だいじょうぶです。体育はずっと評価9です。先生、手を引っ込めてください。かえって危ないです」

ホールドアップの格好で、教師が固まる。

優羽はちらりと足元を見てしまった。寒気が走る。膝が震えかけたが、段の幅は三、四十センチはあるようだ。踏み外しはしないだろうと覚悟を決める。

「移動するから、みんな、顔、引っ込めて」

鈴なりに顔を出している生徒たちに依頼し、優羽は足を少しずつずらしながら望愛のほうへと進んだ。窓ガラスに手をそわせ、ゆっくりと移動する。優羽たちの教室との境目までくると、くだんの教師が小声で声をかけてきた。

「隣まで行く気か？　警察ももう来る。無茶をしちゃダメだ」

「望愛は足が震えてます。あれじゃいつ足を滑らせるかわからない。雨も降ってきそうだし、危ないです」

「せめて命綱をつけろ。さっき誰か行くべきじゃないかと用意したんだが、巻きこまれるのが恐ろしくて行けなかったんだ」

「わかりました。望愛から見えないように持っててください」

優羽は手渡された太いロープをジーンズのベルトに通した。オーバーブラウスで隠す。少しほっとした。

再びそろそろと進む。騒がしい下からの声や、指さしがあって、望愛も優羽に気づいたようだ。こわごわと姿勢を変えて、優羽のほうを見てくる。

「来ないで！　帰って！」

少し離れたところで、優羽は足を止めた。笑顔を作る。

「望愛。中に入ろうよ。危ないよ。落ちたら死んじゃうよ」

「死ぬために来たの」

「バカ言わないでよ。絶対、痛いよ。それにその格好、下着が見えちゃうよ。恥ずかしいじゃん」

「もっと恥ずかしい噂、立てられてる」

望愛が小声で言った。

「え？　よく聞こえない。近づくよ。近づいてもいいね？」

優羽は、手を伸ばされても巻きこまれないギリギリまで近づく。

「なにがあったの？」

「優羽が入っているLINEのグループでは回ってない？　裏サイトの掲示板とか」

「わたし、新しいバイトはじめたって話したよね。超忙しくて、家に帰ったらすぐ寝ちゃってなにもチェックできてない。その噂って、どんな？」

望愛が目を伏せた。

「私が麗優の中学にいたって話。シオンとも知り合いで、一緒になって遊び回ってたって噂。遊ぶって言っても、買い物とかじゃないよ。もっと、その、男の人とエッチなことして……」

「望愛が、男の人と？　ないでしょ」

「もちろん嘘だよ。全部ウソ」

「だよねえ。ちゃんと嘘だって突っぱねればいいじゃない。中学のとき知り合いだったとしても、今はつきあいがないんでしょ」

「ない」

「だったら！」

「……私がシオンと喧嘩したって話が出てる」

望愛が唇を噛む。

「喧嘩、したの？　でも、喧嘩ぐらいすることあるじゃん。中学生だったんだし」

優羽は明るい声を出す。

「仲違いして恨んでるって。でも違うの。恨んできたのはあっち。それで嫌な目にも遭わされた。被害者は私。なのにどうしてあることないこと」

「ないこと、なんでしょ？　相手にしちゃダメだよ。矛盾してるよ？　喧嘩して恨まれて、でも一緒に遊び回るの？　あり得ないでしょ」

「それがあり得るのが噂なんだって」

「たしかにそうだけど」

優羽は納得した表情を返す。攻撃されて心が弱っていたら、気にせずにはいられないはずだ。

「優羽じゃないの？　優羽は関係ないの？」

「関係？　関係ってなんの？」

「お兄さん。刑事だって紹介してきた人。本当に私のこと、喋らなかった？」

望愛が覗き込むようにしてきたので、優羽も視線を合わせる。

「喋ってないよ。話さないでって望愛が言ったから、話してない。お兄ちゃんがなんか言ってきたの？」

「会いに来たのは警察の別の人。中学の名簿を元に来たっていうから、優羽からじゃないのかもしれないけど、疑われた。今度ゆっくり話を聞かせてほしいって」

紫苑と一緒にカラオケ店にいた女性を捜しているのだと、優羽にはわかっていた。だがそれは正義から内緒の情報だと言われている。口には出せない。

「望愛をハンマーマンだと疑ってるってこと？　いっそうあり得ないじゃん」

「そうだけど、でも……」

「でも？」

「……私、アリバイがないの」

望愛の声が震える。

「嘘」

「言ってなかった？　お母さんもお父さんも、北大に行ってるお姉ちゃんのとこに出かけてたの。それが三十日の朝」

「そういえば、そんなような。だけど夜中だよね？　みんな寝てるよ。望愛だって寝てたでしょ？」

「……私、私、なんで学校サボらなかったんだろ。金曜日一日ぐらい、サボって一緒にお姉ちゃんのとこに行けばよかった。そしたら、そしたら疑われなかったのに。変な噂だって立てられなかったのに」

望愛が泣きだす。足元がふらついている。

「落ち着いて。望愛は真面目で、夜遊びする子じゃないってこと、みんな知ってるよ」

「そんなことない。知ってたら噂なんて立たない」

「面白がってる人がいるだけだよ。わたしは信じてる。誰がなんて言おうと信じてる」

「……優羽」

「だから戻ろう。変なこと言ってくる人がいたら、わたしが守るから」

「うん。……うん」

望愛がしゃくりあげる。そのたびに身体が揺れる。

優羽は窓ガラスの向こう、教室の中を見た。遠巻きにしていた教師や、いつの間にか来ていた警察官が、じりじりと近づいてきている。

優羽は望愛を先に中に入れ、自分も入っていった。窓枠を越えて、机の上に乗る。ほっとして、いまさらながら足が震え、膝の力が抜けそうになる。

クラス担任が優羽を見てきた。机に乗っていることを咎められるかと、優羽は慌てて飛び降りた。

「危ないじゃないの、持田さん。あなたまで落ちてしまうかもしれないのに。わからなかったの？」

「わかったうえでやったんです。だってあのままじゃ望愛が。それにわたし、ほら、命綱つけてます」

腰から伸びるロープを見せると、担任がため息をついた。

「あなたって人は毎回まったく。友だち思いもいいかげんにしなさい。担任としては褒めるわけにいかないわ。……だけど、お手柄ね。お疲れさま」

呆れたように、担任は笑う。

優羽は満面の笑みで、うなずいた。

## 3　正義

「バカ野郎！」

正義は、優羽の頰を叩いた。


正義がその連絡を受けたのは、果てしないようにも感じる聞き込みの最中だった。車に入った無線連絡が、南立川高校で生徒の飛び降り騒ぎが起きているため近くの車両は応援に向かうようにと告げた。地域課なり生活安全課なりに任せておけばいい話だが、飛び降りようとしているのが高校生だということが気になった。

東山紫苑と関わりがあるかもしれない。

芦谷とも、その見解は一致した。車を回す。

今にも雨が降りだしそうだった。そんな中、南立川高校の生徒たちが見上げているのは空ではなく、校舎の窓だ。

すでにパトカーが入っているようだ。飛び降りても怪我が少ないよう、救助空気クッションも用意されている。さらに近寄っていくと、窓の外にはふたりいることがわかった。

ひとりは制服姿で、もうひとりは私服だ。私服のほうは、腰からロープのようなものが伸びていた。まさか助けようとしているのかと周囲の生徒に訊ねると、ふたりの名を口にした。

飛び降りようとしている制服のほうが花井望愛。説得に向かっているのが持田優羽。どういうことだと、正義は混乱した。

先に来ていた警察官たちが、三階の教室に到着していたようだ。ほどなく制服のほうが引っぱりこまれるように中に入っていった。続けて優羽が教室へと入る。

正義はほっとしたが、しかし、と思い直す。

望愛《のあ》、だと？

最前の生徒から、漢字も読みも、両方聞いた。「の」のつく名前だ。あんな危険な真似を、優羽とて誰とも知らない相手に対して行うはずがない。あの子はきっと友だちだ。

そこで正義は思いだした。優羽の奇術部の先輩とコンビニで会ったときに、望愛という同級生が通りかかった。自分はその生徒と会っていたのだ。なのに昨日は記憶に上らなかった。なんてことだ。

正義は必死で望愛の顔を思いだそうとする。送られた写真を見逃してしまったのか。あまりに多くを見すぎて、浮かばない。たしかめなくてはと歩きだす。

「汐崎さん、どこへ行くの」

芦谷が話しかけてくる。

「教室です。飛び降りようとした生徒と、紫苑との関係をたしかめないと」

「先に接触している捜査員がいたようだよ」

「え？」

「名前を聞いて、本部に確認してみた。花井望愛、十七歳。ここ南立川高校の二年生だけど、中学は麗優女子大学付属に通っていたそうだ。付属高校には進学せず、都立を受験してこっちに。どうやら紫苑と同じクラスだったことがあるようだよ」

芦谷の手にはスマホが握られている。まさに今、聞いたばかりのようだ。

「じゃ、じゃあ例のカラオケの女性かもしれないってことですか？　アリバイは？」

「それがないらしい」

「ない？　家族の証言だけってことですか？」

「当日の夜、他の家族は旅行で不在にしていて、アリバイを証明する人間がまったくいないんだよ。本人は家にいたと言っている」

正義の胸は沸きたつ。これは本命かもしれない。これ以上は嘘をつけないと、自殺を図った。そうじゃないか？

「急ぎましょう、早く話を訊かないと」

土足のまま昇降口を上がり込んだ正義に、ダメだよ、と芦谷が止めてくる。靴を脱ぎかけると、靴のことじゃないよ、と言う。

「そんなに興奮しちゃいけないよ。相手はまだ十七歳で、事情聴取のせいで自殺を図ったのかもしれない。先に接触した捜査員も、自分の対応がまずかったのではとショックを受けているようだ。慎重に扱わないと」

「扱いますよ、大事に」

芦谷が首を横に振る。

「きみの経験じゃ無理だよ」

「なんですって？」

「汐崎さん、きみはずっと焦っているじゃないの。そりゃ、腐る気持ちはわかるよ。聞き込み聞き込みで成果が出ないものね。だけど今、窓から飛び降りようとした女の子は、事件との関連性もはっきりしてないんだ。これ以上傷つけたらどうするの」

「だからその関連をはっきりさせたいんじゃないですか。目の前にいるのに、みすみす」

「野に放とうと言ってるんじゃないよ。経験のある捜査員に任せなさいって言ってるだけだ。対応を間違えたらとんでもないことになるよ」

なにを諭してきてるんだ、こいつ。

おざなりの捜査しかしようとしないくせに。楽な道を選び、疑問も感じず唯々諾々と上に従うだけで。それが経験のある捜査員のすることか?

そんな正義の不満が顔に出ていたのだろう、芦谷がなおも続けた。

「彼女は、きみの手柄のためにいるわけじゃないよ」

言われなくたってわかっている。睨みつけそうになり、正義は思わず顔をそむけた。これでは自分がふてくされた少年のようだ。そう思うと、余計に腹が立った。

「……わかりました。話しかけはしませんが、顔は見ておきたいと思います」

「そうか。一緒に行こうか」

芦谷が言う。監視役のつもりかよと、正義の奥歯が鳴った。

教室のある三階への階段を上っていると、警察官の制服を着た一群が下りてきた。自殺未遂の女の子は、先生たちが保健室に連れていきましたと言う。

近くにいた生徒をつかまえて場所を訊き、正義と芦谷は方向転換をした。芦谷がわざとらしく腕時計をたしかめている。正義は無視して進んだ。

受付の奥が職員室になっていて、廊下のその先に保健室があるという。廊下に集まる生徒たちを教師が追い払っていた。警察手帳を示して中へと入る。狭い部屋には教師が数名、制服の警察官が二名、そして白衣の女性がいた。警察官が敬礼を送ってくる。

カーテンに囲まれた向こうにベッドがあるようだ。すすり泣きの声がする。

「ようすを見にきただけです。落ち着かれたあと、別のものがお話を伺う予定です」

芦谷が先制してくる。

白衣の女性はうなずきながらも、わずかに敵意を覗かせていた。保健室の先生だろう、生徒をいじめさせないとでも言いたいようだ。

「お顔だけ拝見できますか。落ち着かれたかどうか」

「ですが」

戸惑う白衣を無視し、正義はカーテンの隙間から中を覗き見る。

制服の少女がベッドに腰掛け、うなだれていた。その奥、少女の陰に、ジーンズに包まれた長い脚が見えている。優羽だ。制服の少女の肩を抱いて慰めている。

正義は制服の少女、望愛の顔を見つめた。髪型は違う。だがうつむいた細い顎のラインは、カラオケ店の防犯カメラに写っていた女性と似ていなくもない。カツラを被ったら、眼鏡をかけさせたら、案外似るんじゃないか？

だがこの顔は、優羽が送ってきた写真にはなかった。

なぜない？

視線を感じたのか、望愛と、遅れて優羽が望愛の陰から顔を出して、正義を見てきた。望愛は視線を避けるようにまたうつむく。優羽は、正義に声をかけるべきか戸惑っているような表情だ。

「汐崎さん、そろそろ」

芦谷が催促をしてきた。正義はしぶしぶカーテンから離れる。保健室から出てしばらく歩いたところで、後ろから呼び止められた。

「あの」

優羽の声だった。

芦谷が口を開こうとする寸前に、正義は優羽の手をつかんだ。周囲を歩く教師らしき大人に、知ってる子だから、と言って引っぱっていく。

受付の横に渡り廊下があった。その先が生徒用の昇降口になっている。反対側の中庭に何台か、飲料水の自動販売機が並んでいた。その向こうにいけば人の目から隠れるようなので、スリッパのまま優羽を連れ込む。

雨粒が落ちはじめる中、耳元に口を寄せる。

「なぜあの子の情報を寄越さなかったんだ」

「……なんの話?」

優羽が困った顔になる。だがそのなかに混じる後ろめたいものを、正義は見逃さなかった。

「あの子は紫苑と同じ中学だったんだよな? 犯行時刻のアリバイもなかった」

「アリバイなんて、わたしが知るわけがないじゃない」

「中学のことは知ってただろう。たしか小学校が一緒だったと言ってたしな。あの子は写真の女に似ている。おまえにも見せただろう」

「似てないよ。全然違うじゃん」

優羽が首を横に振る。

「いや似ている。こっちはプロだ。俺が見れば似ているとわかる。なによりおまえ、彼女の写真を送ってこなかったな。生徒たちの写真を送れと言っただろう」

望愛の写真があれば、自分が最初に辿りついていた。正義はそう思う。つかみそこねた情報だけに悔しい。

「……写真嫌いなんだよ、望愛。持ってない」

「そんなわけないだろう、今どきの女子高生が。みんな友だちと撮り合ってるだろ?」

優羽は答えない。

「おまえはわかっていて隠したんだ。自分にできることがあればなんでもやるなんて言いながら、コクーンなんて見当違いの店に入り込み、俺を攪乱《かくらん》させた」

「攪乱って。でもあそこはあそこで問題が」

「問題ってなんだ」

「桃香さんのお父さんが、……あの、ら、乱暴で」

優羽が眉を寄せ、口ごもる。もともと小声で話していたのだが、さらに小さくなる。

「その親父が紫苑を襲った犯人だとでも？　十二時ぐらいに帰宅したと聞いている」

最初は娘の桃香に訊ね、一昨日、七日の夜に本人に会ってたしかめた。印象は悪かったが、紫苑の写真になんの反応も示さなかった。

「その犯人じゃないかもしれないけど、だけどあの」

もごもごと口の中だけで言おうとする優羽に、正義は苛ついた。

「その犯人を捜しているんだよ、俺は！」

声が、思ったより大きくなってしまった。優羽が身体をぴくりとさせる。

「わざと写真を送ってこなかったんだな？」

「望愛は関係ないと思う。望愛が夜遊びなんて、絶対あり得ない。そういう子じゃない。お酒も飲めない。パフェに入ったマロングラッセで酔ったことがあるぐらいだよ」

「わざとなんだな？　なぜだ」

「疑われたくなくて……。だけどお兄ちゃん、望愛に会ったことあるじゃん。写真なんてなくても」

地雷だった。正義が損ねてしまったものだ。他人から指摘されたくなかった。

「バカ野郎！」

優羽の頰が鳴った。

殴ってすぐ、正義は後悔した。自動販売機の陰とはいえ、自殺騒ぎの後だ。たくさんの人がいるだろう。芦谷が捜しているかもしれない。

正義は優羽から身を離した。すぐに優羽が、目を赤くしながらも言った。

「ごめんなさい」

「……あ、俺も殴ったのは悪かった」

気まずさに、正義は目を逸らした。と、昇降口のそば、視線の先に芦谷がいた。しまった、見られたか、と思う。どう説明すればいいのだろう。

芦谷が硬い表情をして近づいてくる。正義の横を、優羽がすり抜けた。

「いつも兄がお世話になっております。妹の優羽です」

優羽が頭を下げた。コクーンでアルバイトをしている女子高生だということに、やっと気づいたのだろう、芦谷が驚いている。

「用があるので失礼します」

それだけ言って身をひるがえし、優羽はいくつも並ぶ靴箱のひとつへと走っていった。

雨の音が、突然大きくなった。

# 十月十日

## 1　正義

ちょっとした兄妹喧嘩だと、正義は芦谷に問われて答えていた。優羽がコクーンで働きはじめたのは偶然だが、あそこの人々には話さないでくれと口止めをする。芦谷はうなずいていた。翌日十日には、正義が妹を引き取るために独身寮を出たという話を立川署の笹木から聞いたようで、汐崎さんも大変だねと声をかけてきた。

きみがいない間は妹さんはひとりでいるの？　と続けられ、正義は九月三十日の夜は自分が一緒にいましたと答えた。事件の起きた夜だ。芦谷は苦笑していた。優羽は東山紫苑より背が高い。もともと問題の女性の候補にはならない。

工藤京太郎と脇田将に花井望愛の写真を見せたところ、「似ているような気がする」と言った。

それぞれを取り調べていた捜査一課の小浜と草加は色めき立ち、細かく追及したが、やがてふたりの話に齟齬《そご》が出てきた。小浜がねちねちと重箱の隅をつつき、草加が凄んでどやすと、ふたりは「似てはいる」「でも違うかも」「わからなくなった」と言を変えた。彼らには、望愛以外にも数人の写真を見せていたが、どれにも「似ているような気がする」と答え、追及されると「やっぱりわからない」と首をひねる。顔立ちや身体に特徴はなかったかという質問にも、記憶が薄れていて覚えていない、と繰り返す。

「彼らはその女性も殺していて、別の場所に捨てたに違いありません。もっと締めあげるべきだ」

十日夜から行われた捜査会議では、その意見が再燃した。工藤たちが仮眠をとっていたと主張する時間と場所では、周囲に気を配っている車が少なく、彼らの乗ったアウトランダーの目撃情報が出ていなかった。それも彼らの殺害犯説を後押ししていた。

しかし立川市付近でも、十月一日の未明から早朝のNシステムに、アウトランダーのデータが見当たらない。彼らが紫苑の遺体を捨てたとは立証できないままだ。

「一方を人目につく場所に捨て、しかし一方は完全に消してしまうというのは、不自然だと思いますよ」

倉科が言った。納得する空気が場に漂う。倉科は鋭いと正義も思った。

「だったら一緒にいた女性は、吉祥寺駅周辺で降ろされてからどこにいたって言うんだ。

工藤たちの証言が正しいと仮定すると、三鷹《みたか》方面であれば終電に間に合う時間だが、それらしき女性は防犯カメラに写っておらず、乗車の記録はない。始発までしばらく時間がある。タクシーに乗ったのか朝まで営業している店にいたのか、はたまた誰かを呼び出したのか」

北見が不機嫌そうに訊ねる。目撃証言はまだ出ていなかった。笹木が手を挙げる。

「紫苑と同様、駅から徒歩圏内に住んでいる可能性もあるのではないでしょうか。自宅を知られるのが嫌で、駅を指定する女性もいるでしょう。吉祥寺駅近くという降車場所を決めたのは工藤たちですが、異議を唱えなかったところをみると同様の心理が働いたかもしれません」

一理あるなと、北見がうなずく。

「一緒にいた女性も重要ですが、なによりも殺された紫苑です。ストーカーや尾行者の絞り込みは進みましたか？」

倉科の視線の先は、小浜だ。

「身元のわかった人物が数名いたのですが、すべてアリバイがあり……」

「遅い！　もっと早く潰しておけ！」

北見が怒鳴る。草加が立ちあがった。

「自分は行きずりの犯行だと思います。深夜です。道を歩いている紫苑に、知人が通りかかる可能性は低い。井の頭公園付近の聞き込みをさらに強化したいと考えます。紫苑を車から降ろしたという情報を得たのが、死体発見の一週間後。時間が経っているせいもあって拾いきれていません」

「それを言い訳にするな！　井の頭公園は東山家の徒歩圏内だろうが！　本来真っ先に調べるべきところだ。なにを後手後手に回ってるんだ！」

北見は雷を落とし続ける。

正義の担当ではないが、応援の武蔵野署を中心として、これまでにも井の頭公園周辺は調べられていた。万全ではなかったということだ。

結局この日は、紫苑の遺体からみつかった唾液と、工藤の唾液のＤＮＡ型が一致したことだけが進展事項だった。

明日朝からの担当が発表され、捜査会議は終了となった。前日からの雨は、夕方には上がっていた。講堂を出て外へ食事にいくもの、残って話を続けるものと、バラバラになる。

正義の担当は、相変わらず立川市周辺の聞き込みだ。人員の関係で、遺体発見現場周辺からさらに範囲が広げられたが、仕事の内容は同じだ。工藤たちか、紫苑の周囲の人間によるものか、行きずりの人物か。誰かが紫苑を殺害し、緑道に捨てた。その糸口は、紫苑が車から降ろされた井の頭公園付近か、捨てられた緑道付近か、どちらかだ。しかし今までと同じことをしていては前に進まない。

新たな手掛かりを求め、正義は資料を手に取った。死体となった紫苑から、なにかわからないだろうか。解剖結果によると、胃の中に食べ物はない。身体は複数箇所を殴られており、右の腰骨、右の鎖骨、左手の指と手首を骨折。目の周り、口元、両手首と両足首、膝下に粘着テープの痕。

正義は首をひねった。両の手首を固定しつつ、一方の手を折ったのだろうか。しかしよくよく読むと、それらは死後に殴られて折れたようだ。テープも剝がしてからだろう。紫苑の身体には生前の打撲痕と死後の打撲痕が交ざっている。死んでもなお殴り続けたい恨みがあったのか、死んでしまったことに気づかなかったのか、そこはわからない。

死体遺棄現場付近の遺留品は多かった。近くにあったものをひと通り採取してある。写真に撮って番号がつけられ、現物は別に置いている。全体像を把握しようと写真のファイルを見る。紙屑、チューハイのアルミ缶、お菓子の袋と、ほぼゴミ。指紋、掌紋がついたものや毛髪もあるが、データベースと一致するものはなかった。現場は、吹き溜まりになっていたのだ。

おや、と正義の目が留まる。

個包装のキャンディの袋からは指紋が採取できなかったとある。写真を見ると中身が入っているようだから、大袋からでも落としたのだろうか。

……キャンディ？

「このキャンディ、見たことありませんか？」

講堂を出ようとしていた芦谷を引っぱってくる。訊ねるも、不思議そうに首をひねるだけだ。

友永昌男、あのじいさんだ。と、正義は記憶を辿る。最初にコクーンに聞き込みに行ったとき、店を出る直前に、昌男からキャンディを手渡された。あれも個包装だった。芦谷はあのとき、扉を出ていくところだった。見ていないのかもしれない。

もらったキャンディはどうしただろう。たしかポケットでとけては厄介だと思って、早々に食べた。捨ててもいいと思ったが、歩き回って疲れていた。包みは捨ててしまった。あれから一週間強が経っている。どこに捨てたかも定かでないし、ゴミも残っていないだろう。別の商品かもしれない。だが。

「汐崎さん、どうしたの？」

芦谷が訊ねてくる。

「ちょっと相談してきます」

正義は、まだ残っていた捜査一課の集団へと足を向けた。

## 2　桃香

夜の十時半を過ぎて、この家にやってくる人などいない。桃香は半年ほど住んで知っている。

インターフォンが鳴って、相手が警察だと名乗ったとき、桃香は身構えた。このまま逃げ出そうかとも思った。

けれど目の前まで来ている以上、逃げ出すことはできない。

「もう眠ってます。明日の朝にしてください」

昌男への用だと言うので、インターフォンに向かってそう答える。帰ってくれるのではと期待した。

「お時間は取らせませんので」

逃げられそうにない。居留守を使えばよかったと気づいたが、部屋の電気がついているのにそんなことをしたら余計怪しまれるだろう。桃香は仕方なく、玄関を開けた。

目の前にいるのは、汐崎と芦谷。よくコクーンに来るふたりだ。もしや外にはたくさんの警察官がいるのではと、桃香の心に不安が忍び込む。テレビドラマで、道いっぱいにずらりと並ぶ警察官の姿を見たことがある。あれではどう逃げても捕まってしまうと思っていた。

「夜分恐れ入ります。友永昌男さんに確認したいことがあってまいりました。呼んできていただけませんか？」

「だから寝てるんです。おじいちゃん、寝起きはいつもよりもっとぼんやりしています。お話できないかもしれない」

かまわないからと、汐崎が言う。桃香はかまうのだが、強引に上がり込まれてはかえって困ると、従うことにした。

ぐずる昌男を起こして、なんとか玄関まで連れてくる。昌男が玄関先に立っている汐崎たちを見て、ぽかんと口を開けた。

「なにをやっているんだ、そんな狭いところで。中に入ればいい」

桃香は昌男を止めた。

「ちょ、ちょっとおじいちゃん」

「お心遣いありがとうございます」

言質を取ったとばかりに、汐崎と芦谷が靴を脱ぎ、上がり框《がまち》を越えてくる。昌男がリビングを指さした。汐崎が続き間になっている台所に興味を示し、きょろきょろと見回している。

「何の用だ」

昌男がソファに座る。ふたり掛けの長椅子のほうだ。勧められないので、汐崎も芦谷も立ったままだ。桃香も座る気になれず立っていた。逃げることは無理にせよ、動きやすい体勢でいたかった。

「こちらのキャンディについてお伺いしたいのです。これはあなたのものですか？」

芦谷が、ビニール袋に入った個包装のキャンディを掲げ見せてくる。桃香はわけがわからなかった。おおげさに見せてきたのがそれなのかと、緊張からの反動で、われ知らずほほえんでしまう。

「これのことか？」

昌男がスウェットパンツのポケットからキャンディを出してくる。個包装であることは同じだがメーカーが違い、描かれている柄も違う。

「おじいちゃん。布団に入るときはポケットから出してねって言ったじゃない。べたべたになるから」

桃香は注意をして、ふいと思いだした。同じ会話をした覚えがある。あの日、あの朝、死体を発見したときだった。もしや、あの場所で落としたのだろうか。

「今お持ちのものとは別ですが、こちらの商品を買ったことはありますか?」

昌男が首をひねるので、汐崎の視線が桃香に向いてくる。汐崎の表情は、今までにないほど怖かった。

「わかりません。安売りしているものを適当に買うんです。覚えてません」

どこで購入したのかと訊ねられ、近所のスーパーの名前を答える。芦谷が律儀にメモをしていた。レシートを保管していないかと問われたが、ない、と首を横に振る。

「そのキャンディがどうしたんですか」

桃香の質問に、予想通りの答えが戻ってきた。東山紫苑の遺体の近くに落ちていた、と。

「あのっ。もしもそれがおじいちゃんのキャンディだとしても、あの道はたまに通ります。いつ落としたかわかりません」

汐崎がにっこりと笑って、そのとおりですねと言った。そして続ける。

「では、いつ通ったのでしょう」

「人がいっぱい、いたとき。そ、そう、たしかまえもそう答えましたよね?」

「十月一日の午前でしたね。しかしそのときには立ち入り禁止のテープなどで遮断されていて、遺体のそばには近寄れなかったはずです」

「その前日のお昼にも通りました」

桃香は反射的に答えた。それで正しかったっけ、とあとから考える。

再び紫苑の写真を見せられた。服装ばかりか髪型も違ういろいろな写真だ。中には別人に見えるものもあったが、すべてに見覚えがないと答える。昌男も同じことを訊ねられている。桃香は緊張した。

昌男が桃香をちらちらと見ながら、すべての写真に知らないと答えていた。

「九月三十日の夜から一日の朝にかけてはどうされていましたか？」

汐崎は、いったい何度同じことを訊くんだろうと桃香は思う。記憶を辿りながら、眠っていた、別の部屋だけど昌男も一緒にいた、父親は十二時ぐらいに帰ってきた、と答えた。以前の答えと違っていないはずだ。

「お父さん、友永英規さんは、今どちらにいらっしゃいますか」

すべて見透かされているようで、桃香は不安だらけだ。

「仕事に。今日は、遅い日です」

「単発アルバイト、いわゆる日雇いのお仕事でしたよね。今日の職場はわかりますか？」

「わかりません」

桃香は嘘をついた。知ってはいるが、きっと車の中で酒を飲んでいるだろうし、余計なことを言って話を長引かせたくない。

「携帯電話の番号は?」

「持っていません」

これも嘘だ。

「そんなことないでしょ。だったらどうやってアルバイトを見つけるんですか。今はたいていネットで探すでしょう?」

「ツテとかがほとんどです。あ、あとおじいちゃんの携帯電話。必要なときだけ借りるんです。本当です。検索っていうやつで」

優羽から教わったばかりの言葉を使う。昌男の携帯電話でできるかどうかまで、考える余裕がなかった。

汐崎が疑いの目を向けてきたが、それ以上は訊いてこなかった。

「では戻られたら連絡をください」

「真夜中になるかもしれません」

「何時でもかまいませんから、お帰りになったら電話をください。ちなみに表に車がなかったけれど、お父さんが乗って出かけたのかな」

「はい。いつも車です」

答えたあとで、答えないほうがよかったのだろうかと桃香はまた不安になる。

「あなたは車の運転ができますか？」

「いいえ」

運転をしたことはある。それなりにできる。だが、これは答えてはいけないことのひとつだと頭に叩き込まれていた。桃香は首を横に振った。

「おじいさんは運転しますか？」

「いいえ」

「するぞー」

昌男が手を挙げて答える。

「どちらですか？」

「できるけど、事故が怖いから運転させませません」

口の中がからからで、頭も真っ白で、桃香は倒れそうになっていた。ほとんどの質問に、わかりません、いいえ、で答える。芦谷が横から、それでは遅いのでそろそろ、と言ってくれたときには思わず拝みそうになった。

ところで最後に、と汐崎がふいに問いかけてくる。

「吉祥寺のバル・Kというお店を知っていますか？」

「いいえ」

なにも考えずに、今までと同じように反射的に答えた。

# 十月十一日

## 1　正義

正義は倉科の許可を得て、友永家を張り込んでいた。

キャンディの包みからは指紋も掌紋も出ていない。今後スーパーのデータを調べる予定だが、同じ商品の購入記録があったとしても、昌男が持っていたものだと確定することはできない。落とした時間もあやふや。証拠になるものではなかった。

昌男は運転免許証を返納していなかった。とはいえ、紫苑に声をかけて車でさらい、拘束して執拗に殴って殺し、粘着テープや凶器といった証拠品を処分する。そんな行為が今の昌男にできるか、甚だ疑問だ。

しかし英規になら可能だ。当日は十二時には帰宅したというが、口裏を合わせて時間をごまかしているのかもしれない。紫苑との接点はまだ見えないが、明日、ふたりを署に呼び、追及する。正義は電話で倉科にそう説明した。

倉科は、納得いくまでやってみろと言ってくれた。ただ、みな忙しく、交代の人員は割けない。そこまでする必要はないと言っていた芦谷だが、しぶしぶながらもつきあってくれるという。ひと晩は長い。いないよりマシかと、正義も甘えることにした。

友永家の門が見える場所に車を停め、じっと待つ。真夜中、十二時を過ぎて、さらに朝まで。結局、英規の車は帰ってこなかった。桃香からの電話も入らない。

「夜中になるというのは間違いで、夜勤かな」

正義はつぶやいた。助手席を倒して眠っていた芦谷が身じろぎをする。肩を鳴らし、起きだした。

「あれから一睡もしなかったの？」

「ええ」

「さすがに若いね。その後動きはあった？」

芦谷が助手席の窓を開けた。驚くほど冷たい空気が入ってくる。秋の朝は寒い。

「まったくありません。訪ねてみませんか？」

「五時半……、日の出前だから早いんじゃないかな」

芦谷が時計をたしかめている。

「老人は起きてますよ。周囲の家からも物音がしはじめている」

ちょっと待ってて、と芦谷がペットボトルを手に外に出た。口をすすいでから戻ってくる。

インターフォンを鳴らしたが、しばらく待たされた。リビングの掃き出し窓が開いて、昌男が顔を覗かせる。

「あんたたちか。なんの用だ」

正義と芦谷は、門扉を開けて庭に入った。

「車がないようですが、英規さんはまだお帰りになっていないのですか？」

正義が訊ねるも、昌男はそっけない。

「ないならそうだろう」

「お孫さんを呼んできてくださいませんか？」

「寝ている」

そう応じられても、ではまた今度とは言えない。粘ると、根負けした昌男が奥へと引っ込んでいった。

ところがいつまで経っても返事がない。どうしたものかと何度かガラス窓を叩いて、やっと昌男が現れた。表情が強張っている。

「桃香は出かけている」

正義は芦谷と顔を見合わせた。

「どちらにお出かけになったんですか？」

「喫茶店だろう」

昌男が悄然としたようすでつぶやく。桃香が出かけていないことは、正義が一番よく知っている。

「六時にもなってませんよ。あの店は、平日はこんなに早くから開いていませんよね」

「知らん。私も出かける」

昌男が掃き出し窓から外に出ようとする。

「どこへですか」

「桃香を捜しに行く」

「ちょっ、ちょっと待って。家の中を確認させてください」

正義は慌てて止める。芦谷が玄関に足を向けるが、たしか以前、昌男が外に出ないよう玄関の鍵を閉めていると言っていた。

「上がりますよ」

靴を脱ぎ、正義は掃き出し窓から中へと入り込んだ。芦谷が続く。リビングのようすは昨夜と変わらない。テレビのリモコンも、同じ位置にあった。

「汐崎さん、夜じゅう起きていたんですよね？　私は、自分が見張っていたときは寝ていない。なにも起こってなかった」

芦谷が小声で訊ねてくる。

「同じくです。ずっと見ていました。玄関は開かなかった。ここの窓もです。友永さん。おたく、裏口や勝手口はあります？」

「ない」

芦谷とふたりで、二階にも上がって家じゅうを捜す。昌男が文句を言ってきたが無視した。裁判所による家宅捜索の許可を得ずに行うのは違法だが、昌男ならごまかせると考えた。

桃香はどこにもいない。英規もだ。だが隣の家に面した、表の道からは見えない部分に窓があり、鍵がかかっていなかった。格子柵などの防犯対策は取られていない。つまりそこから出られるということだ。外に出て回りこんでみると、隣の家との間を抜けて、裏側にある道まで進めることがわかった。

「まさか、抜けだしたってことか？」

正義はつぶやく。芦谷も言葉がないようだった。

「あんた、友永さん、本当に気づいてなかったんですか？」

昌男に問い質すも、首を横に振るだけだ。

「殺された女の子の写真を見せたよね？　本当に知らない？　お孫さんと関係ないの？隠し立てすると後で大変なことになるよ。警察に来てもらうよ」

昌男がぶんぶんと首を振る。

「息子さんの昨日の職場はどこかな？　メモかなにかない？」

芦谷も問うが、昌男は答えない。ずっと首を振り、唇を嚙みしめている。芦谷が、よしなさいよと止めてもまだ振る。

やがて、あー、と声を上げて泣きはじめた。


捜査本部へ連絡した。昌男には、事情を聞くため署に来てもらうことになった。このまひとりにしておくのもためらわれた。

最後にもう一度家の中を見たが、桃香の荷物はほとんど消えていた。着替えや小物が少し残っている程度だ。英規の荷物はそれよりも多く、型の古びたスーツにネクタイ、黄ばんだ下着などが残されていた。しかし真夜中に、自分の目の前で引っ越しさながらの荷物を運び出せるだろうか。玄関も通らず、家と家の隙間から。

どう考えても無理だと、正義は思った。芦谷も同じ意見だった。事前に準備を進めていたか、もともと荷物が少なかったか、だ。

桃香が夜中に英規と連絡を取り、ふたりでいなくなったに違いない。なにが、携帯電話は持っていない、だ。どうしてもっと追及しなかったのかと、正義は自分を責めた。

立川署へと戻る途中、回り道をしてカフェ・コクーンの前を通る。平日のモーニングはやっていないという話のとおり、入り口は閉まり、中に人の気配はなかった。あとで確認しなくては。

桃香が、紫苑と一緒にいた女性の候補になり得るかどうか、正義も考えたことがある。導き出した答えは否だった。防犯カメラに残された写真には似ていない。なにより桃香には、左の八重歯が欠けているという大きな特徴がある。工藤も脇田も、女性の顔に目立つものはなかったと言った。

昌男の携帯電話を見たが、桃香や英規らしき番号の登録はなかった。正義は優羽に、桃香の携帯電話の番号を教えるようメッセージを送った。だが優羽から戻ってきたのは、彼女はケータイもスマホも持っていないという返事だ。

桃香のほうは、本当に持っていないのかもしれない。しかし、今どきそんな十九歳がいるとは驚きだ。

立川署に着くと、昌男がぐずりはじめた。車から降りたくないと言い出す。地域課からの応援の捜査員に、徘徊老人の対応経験のあるものがいた。取り調べを代わってくれるという。正義は任せることにした。正直、どう扱っていいかわからなかったのでほっとした。

英規の乗っていたハイエースのナンバーは控えてあった。ただ、九月三十日の夜から十月一日にかけて、東山紫苑を運んだ可能性のあるルートのNシステムにはヒットがない。

「大回りして移動したのかもしれない。こうなると無関係とは言い切れないし、範囲を広げてもらえないかな。それからこのナンバーで過去になにかなかったかも」

正義は担当者に頼み込む。

主要銀行、大手の携帯電話会社にも、友永英規、友永桃香という人物が口座を持っていないか、回線を持っていないかという問い合わせを出す。銀行には給与が振り込まれる。短期のアルバイトや日雇いといえども、今や現金取引は少ない。日雇い派遣は禁止となったが、短期アルバイトを仲介する会社はある。正義にはその細かな違いはわからないが、雇う側も働き先を探す側も、便利に使っているようだ。英規がそういった会社を利用していれば、昨日の職場が判明するかもしれない。

これらは、捜査関係事項照会書という書面をもって依頼をする。今は、電話一本で訊くことなどできない。書類とともに捜査員が出向き、回答を急がせることもできるが、相手も個人情報保護の観点から、返事を渋ることもある。まだ被疑者とも言えない人物との連絡がつかないだけなので、人員を割いてもらえなかった。

と、Nシステムを調べていた担当者が近づいてきた。

「この車、盗難車だよ。一年ぐらい前に青森市で盗まれている」

「青森？　友永英規は立川に戻るまでは九州にいたと聞いてますよ。誰かから譲り受けたってことかな」

「譲り受けるにせよ、名義変更しようとするはずだ。本人が盗ったか、盗難車と承知の上で手に入れたかだろう」

盗難車と聞いて、紫苑の事件と関係があるのではと一瞬胸が躍ったが、それにしては時期が古い。正義は首をひねった。

住民票や戸籍の確認は、身上調査照会書という書面に警察署長印をもらい、当該の役所に問い合わせる。顔見知りの署員に使いを頼んで立川市役所からもらってきた回答書によると、友永英規は、昌男が十二年前に世田谷区から立川に越してきた四年後、つまり八年前に、横浜市神奈川区から父親と同じ住所に、本籍と住民登録を移していた。

コクーンの客や宇宙から聞いた情報によると、英規と桃香は、今年の二月か三月ぐらいから昌男と同居しているようだ。それ以前は、英規は家電メーカーに勤めていて、九州への赴任だったという。ところが住民票に、九州に移動した跡がない。八年前から変化なしだ。勤めていたという会社の名前は訊き損なっていた。正義が英規本人と会ったのは一度きり。十月七日の夜で、その際は九月三十日夜の帰宅時間の確認と、人を横たえて乗せられる大きさの車だったため中を確認しただけだったのだ。せっかくナンバーを控えたのにと、今さらながらほぞを噛む。

英規の戸籍は、自身を筆頭者としていた。昌男の戸籍もまた、昌男が筆頭者となっている。婚姻によって新しい戸籍を作ったため、別々になっているのだ。桃香の名前は、昌男の戸籍にも英規の戸籍にも入っていなかった。住民票もないという回答だ。

正義は考え込む。

「離婚後に戸籍を移すと、除籍の跡が見かけ上はわからなくなりますよね。いわゆるバツ印を消す方法。それを使ったんでしょうか。離別か死別かわからないが、戸籍上も妻はいないようだ。しかし娘の桃香が戸籍に入っていないのは、どういうことなんだろう」

芦谷がうなずいた。

「妻のほうの戸籍に入ったんでしょう。本来、子供の戸籍は手続きをしない限り、従前のまま、今回のケースであれば友永英規の戸籍に残る。そのため離婚時に妻側、正しくは婚姻時に改姓した側が子供を自分の戸籍に入れたいと考えた場合は、自分を筆頭者とする戸籍を作って、家庭裁判所に子供の氏を変更するという申し立てをしてから子を入籍するんですよ。ちなみに妻側は婚姻中の姓を名乗ってそちらで新しい戸籍を作ることもできる。そのケースなら、娘が友永の姓を持っていて、かつ英規の戸籍に記載されていなくても不思議はない。以前住んでいた横浜市神奈川区に照会してみればわかりますよ」

そういえば優羽の戸籍もまた、母親の暁子が自身を筆頭者とする戸籍を新たに作って、優羽の氏を持田に変更した跡があった。なんとなくわかった気になった正義だが、それでも疑問が残る。

「じゃあ桃香は、母親の元を出て、親権のない父親の元に来たということですか？　十九歳だから、親権もすぐ不要になるだろうけど」

「親権と戸籍は必ずしもイコールじゃないんだけどね。まあ、家庭の事情があるんでしょう。八年の間に母親が他界して、そのままになっている可能性もあるだろうし」

芦谷が応じる。

「にしても英規の行動は不思議ですよ。住民票を移動しないまま転勤している」

「会社員でそれをすると納税や社会保険が面倒そうだね。現住所じゃなく、住民票のある住所と手続き書類をやりとりすることになるから。単身赴任ならともかく、会社も嫌がるだろう」

「八年間の住民税。そうか、そこから前の会社がわかる!」

正義は改めて、問い合わせの書類を作った。役所の閉庁時間が迫っていた。横浜市神奈川区には明日出向くしかないが、立川市役所には再度の確認ができた。

英規の過去八年の納税は、なかった。

単純に考えれば、非課税金額未満の収入しかなかったということになる。正義はわけがわからなくなってきた。

昌男を自宅に送り届けたついでに、正義はリビングに積まれたままの郵便や各種使用料のお知らせ、雑多な紙類を探ってみた。これも違法な捜査だが、英規の情報がほしかった。

電気、ガス、水道、その他すべてが昌男の名義で口座振替されていた。ATMの利用明細も出てきて、それらから取引銀行がわかった。息子の英規が同じ銀行に口座を持っていないか、明日、直接訪ねてみようと思う。

コクーンから桃香に支払われていた給与は手渡しだった。宇宙との電話で確認済だ。宇宙は雇い入れの際に、履歴書も身分証明書もなにも求めなかったという。

携帯電話会社からの通知が残されていた。昌男宛てだが、彼が使っている携帯電話の番号ではない回線がもう一本、昌男を名義人として今年二月から契約されている。その際の手続き書類だ。請求書は見つからなかった。

優羽の言った、桃香は携帯電話を持っていないという話が正しいなら、英規が使っているものということになる。

正義はその番号にかけてみたが、電源が入っていないというアナウンスが流れただけだった。

## 2　宇宙

コクーンは早じまいをした。

宇宙は仕事のできる状態ではなかった。夕方になってやってきた優羽が客に謝って店を閉め、宇宙が誤って割ったカップを片づけ、戸締りまでしてくれた。帰り際には何度目かの励ましをもらい、自分の半分も生きていない女の子から同情されるとはといたたまれなかったが、ショックのほうが強かった。

常連客からその一報が届いたのは、昼前、宇宙がランチの仕込みをしていたときのことだった。

「昌男さん、逮捕されたよ。宇宙くん、事情知ってる？」

宇宙は手元の包丁を取り落としそうになった。まな板に置いたきゅうりが、刃先にぶつかって転がる。

「逮捕？　逮捕ってどういうことですか」

「オレらにもさっぱりわかんねーのさ」

弁田が肩を落としている。

「その情報、いったいどこからの話ですか？」

「友永さんちの近所の人さ。朝、車で連れていかれる昌男さんを見たって言うんだ。例の、何度かここにも来ていた若いのと四十絡みの刑事さん。あのふたりが連れてったようだ」

宇宙はポケットからスマホを取りだした。

「も、桃香ちゃんは？」

「それがいないみたいなんだよな。警察かねえ。宇宙くんとこには連絡ねえのかい？」

「電話はしたんですが、で、出なくて。……昌男さんの機嫌が悪いからかとばかり」

宇宙が知らされている連絡先は、友永家の固定電話だ。もう一度かけてみる。出ない。

昌男の携帯電話にもかけてみた。コール音はするが、誰も応答しない。

「逮捕って、そんなばかな。……昌男さんが？　桃香ちゃんも？」

宇宙は混乱する。あり得ない。あり得ない。その言葉ばかりが脳内で繰り返される。

「桃香ちゃんは違うんじゃねえの？　近所の人が見たのは昌男さんだけだそうだし。あれ、なに捜してるの？　宇宙くん」

「め、名刺を。あの刑事さんの名刺をもらったので。若いほうの」

領収書類の入っている引きだしをひっくり返す。

名刺をもらったのは、彼らがはじめて店に来た日だ、と宇宙は思いだしていた。

あのとき桃香宛てに、昌男を引き取りに来てくれという突然の電話が入った。桃香は昌男だけでなく、ふたりの刑事を伴なっていた。

桃香は店に来ると、真っ先に宇宙に駈けより、小声で頼んできた。

「緑道で殺された女性の写真を見せられて、つい知らないって言ってしまったんです。マスターも知らないって言ってください。お願いします」

――と。

宇宙はようやく汐崎の名刺を捜し当てた。書かれた番号をスマホに打ち込んでいく。指が震えていた。

「桃香さんがいなくなった？　それ、どういうことなんですか？」

午後四時すぎに、優羽が学校から直接やってきた。桃香の話に驚いた顔をする。

「僕にもわからない。どういうことか訊きたいのは僕もなんだよ」

宇宙は肩を落とす。汐崎への電話はつながったが、はっきりした説明をしてくれない。逆に、そちらに桃香がいないかと訊ねられた。

「昌男さんが保護された、これはたしかなことなんだ。最初、逮捕されたって弁田さんが言ってきたから、本当にびっくりしたよ。だけどひとりで置いておけなくて、訊きたいこともあるから警察に来てもらっただけだって、そう言われた。昌男さんが悪いことをしたわけじゃないって」

警察が必ずしも本当のことを言うとは思わないが、そこは信用してもいいだろう。よもや昌男が、殺人に関わったなどと考えはしないはずだ。

だが、桃香は？

宇宙は溢れだす不安で溺れそうになる。優羽になにかを問われたようだが、聞こえなかった。訊ね返す。

「だいじょうぶですか？　マスター」

「……あ、ああ？」

「なにか壊したとか盗んだとかじゃないですよね？　って言ったの。この間それに近いことがあったじゃないですか。スーパーマーケットで」

「違うと思う。そういう話は出てなかったし」

「桃香さんのこと、警察からは他になにを訊かれました？」

「昨夜、桃香ちゃんが来なかったかって」

「それ、夜の間からいないってこと？　まさか昨夜、コクーンから帰っていないんですか？」

「僕も気になって訊ねたら、家に帰ったのはたしかだって言われた。姿が見えなくなったのは、夜の十一時から翌朝五時半までの間。そんな時間にどこへ行くのって思うよね。だからうちに来なかったかという質問になったみたいだ。……でもここには……来ていない。桃香ちゃんの行きそうなところを知らないかって問われたけど、それもわからない。持田さんは、知ってる？」

　優羽が首を横に振る。

「わかりません。わたしがマスター以上のことを知ってるとも思えないし」

　宇宙は笑った。我ながら、力のない笑い方だと思う。

「そんなことないよ。僕は、自分で思っていたより桃香ちゃんのことを知らなかったんだと思う。桃香ちゃんはいつも笑っていたから、彼女の悩みとか、苦しみとか、そういうのを、全然ね」

うつむくと涙が出そうになって、宇宙は慌てて顔を上げる。冷静に、と心で自らに声をかける。

「じゃあ桃香さんのお父さんは？　お父さんはどうしてるんですか？」

優羽が思いだしたように訊ねてくる。

「お父さんも、いない。警察も捜しているそうだ」

優羽が目を丸くしていた。

「ふたりでいなくなったってことですか？」

「……警察は、その可能性もあると思っているみたいだ。もう……、なにがなんだか。桃香ちゃんがうちに置いている私物を見せてほしいとまで言われた。気が進まないんだけど」

「なにが置いてあるんですか？」

「予備の服――Tシャツとかその程度と、教科書だね。正確には昌男さんのものだけど」

「教科書？　そういえば奥の席で、おじいちゃんと一緒に読んでましたね」

「桃香ちゃんが生徒役になってたね。ニコニコしながらつきあってあげてて」

ひだまりのような情景を思いだし、宇宙はまたため息をつく。

「どうすれば、桃香ちゃんを見つけることができるかな。……僕」

宇宙は続く言葉を呑み込んだ。優羽は、自分の桃香に対する気持ちを知っているが、高校生に泣き言を吐くわけにはいかない。

「マスター、桃香さんがどうしていなくなったのかはわからないけど、待っててあげましょうよ」

「うん……」

宇宙は再び、力ない笑いを浮かべた。

そうこうしている間に警察が現れ、桃香の荷物を確認したあと、預からせてくれと言った。いつもの二人組の刑事ではない。一度は渋ったものの応じるしかないと渡す。客が来ても満足な対応ができず、優羽に頼ることになった。だが珈琲の味が違うため、優羽に促される形で早じまいとなったところだった。

「しっかりしてくださいね、マスター。桃香さんは絶対、戻ってきますから。わたしたちが待たなきゃ、誰が待つんですか。ね？」

優羽が最後にそう言って、帰っていった。

## 3　正義

昌男に桃香の顔写真の提出を求めたが、あるのないのと返事は曖昧だ。結局、優羽からもらうことにした。だが送られてきた写真は鮮明ではなかった。優羽がツーショットで自撮りをしようと誘ったが、桃香に拒否され、優羽の背後に小さく写りこんだものしかないという。桃香がいなくなったと知って驚いていた優羽だが、マスターから聞くまでは知らないふりをすると言っていた。

紫苑とカラオケ店に行った工藤と脇田に桃香の写真を確認させたところ、事件の夜、紫苑と共に行動していた女性に「似ているような気がする」と認めたという。

夜八時からの捜査会議は、最初にその話が出て、場が盛り上がった。

「待ってください。私は似ていないと思います」

多くの捜査員が騒ぐ中、正義は異を唱えた。剣呑な視線が集まる。

「友永桃香の写真は小さく、横顔なのでわかりにくいかもしれません。しかし私は本人と会っています。防犯カメラの写真のどれからも、似ている部分を発見できません」

花井望愛に関しては、似ていなくもないように正義は感じていた。しかし桃香は違う。

同一人物とは思えない。自分がそこまで見逃していたとは、信じたくない。

「しかし工藤と脇田、両者ともに似ていると言った。桃香の九月三十日夜から十月一日朝のアリバイは曖昧だ。昌男と一緒だったにせよ、じいさんはあの調子だ。父親の英規の帰宅時間もまた家族の証言しかない。嘘かもしれない。確実なのは、アルバイト先のコクーンを出たのが夜七時すぎということだけ。これは店主と常連客の両方が証言したとのことで信用が置ける。九時に吉祥寺駅近くにいることは、じゅうぶん可能だ」

脇田の取り調べをしていた小浜が反論する。

英規の帰宅時間については、正義も嘘ではないかと感じていた。やっと先ほどわかったことだが、英規はそれ以上に大きな嘘をついていた。早くそれを披露したかった正義だが、捜査会議の報告順に口を出せる立場にはない。重大発表にふさわしいタイミングはないかと焦れている。

「桃香は、左の八重歯の先が欠けています。大きな特徴です。気づかないはずがない」

正義はなおも主張する。

「脇田は覚えていないと言っている。そこまでは見ていないと」

「カラオケを一緒に歌っているのにですか？」

「関心があったのはその先のことじゃないの？」

誰かがヤジを飛ばした。あたりが失笑に沸く。工藤と脇田の目的はナンパだ。紫苑ともうひとりの女性もまた、同様だ。サカリのついた男女が相手を探していたのだ。

「友永英規と桃香が怪しいって言ってるのは汐崎さんでしょう。実際、突然逃げちゃったわけだし。紫苑と彼らとの結びつきは不明にせよ、桃香がもうひとりの女ってことでいいんじゃないですか？」

駒岡が発言した。駒岡は、小浜とともに行動していた。脇田の調べに同席している。

「いいんじゃないかは安易ではないでしょうか」

正義は答える。むしろ適当すぎると言いたい。

「安易？　しかしそれが一番自然だろ」

嘲りへの不満が、駒岡の表情に滲んでいた。

「自分も桃香のことを怪しんでいます。ですが、もうひとりの女には見えません」

「じゃあ、紫苑と彼らの間にどんな接点があるの。紫苑はボランティア部だったけど、老人の相手はしていないんだろ」

「接点はまだ、わかりませんが」

「わかってから反論しろよ」

呆れたような駒岡の言い方に、正義はキレそうになった。やっと糸口が見つかったところだ。ここから調べていくんじゃないか。

「芦谷さんも、友永桃香と会っていますね。どう思われますか？」

正義と駒岡の争いを断ち切るように、司会の倉科が芦谷へと話を振った。

「私もカラオケ店の女性とは似ていないように感じます。コクーンや自宅で会った桃香は、化粧をまったくしていませんでしたし」

芦谷の言葉に、正義は少しほっとした。桃香は化粧をしていない。友永家にも化粧品は残っていなかった。

「化粧をしたら似ているかもしれない」

駒岡がまだこだわっている。

「彼女は化粧品を持っていないのではないかと思われます。昌男もそう言っています」

正義の発言に、十九歳でそれはあり得ないだろうとの声が上がり、講堂がざわめく。

手を打ち鳴らす音がした。倉科だ。

「科捜研に依頼し、残っている写真を元に、同一人物かどうか検証してもらいましょう。ただ、ひとつ疑問なのですが、もしも別人なら、なぜ工藤と脇田は、桃香が該当の女性に似ていると言ったのでしょう」

「彼らの証言で作ったモンタージュは、両者の印象がバラバラで、似顔絵として使えないレベルでしたね」

小浜がため息混じりの声を出す。

「似ている似ていないは、あくまで個人の印象です。……しかし彼らは、花井望愛に関しても同じように似ていると答え、結局は記憶が薄れていてわからないと言を変えましたよね」

倉科が、そう言って考え込む。

「そこは自分も追及しています。一度薄れた記憶が復活したとはずいぶん都合がいいなと。桃香の写真を見て思いだしたのだと、本人は返答しましたが」

工藤の取り調べをしていた草加も、眉を顰めている。

正義はひらめいて、立ちあがった。

「工藤と脇田のふたりは、紫苑は殺していない。だが、もう一方の女のほうを殺した。だから女の身元が割れないよう、適当に答えているんじゃないですか？」

「バカ言えよ」

駒岡から声が飛ぶ。

「でもそれなら、以前倉科係長がおっしゃっていた、一方を人目につく場所に捨て、しかし一方は完全に消してしまう不自然さについて説明がつくと思います」

「友人同士が同じころに、別々の相手に殺されたって言うのか？　そんな偶然あるか？」

草加が疑問を投げかけてくる。

あ、と小浜が思いだしたような声を上げた。

「その件に関連するかどうかわかりませんが、ひとつ報告があります。紫苑は女王様然としている一方で、アルコールが作用すると、気の合った人間とすぐに仲良くなるようです。男女問わず声をかけ、ナンパにも乗る。その日会ったばかりでも盛り上がり、財布の紐も緩める。自宅を出たのが七時過ぎで、スタッフによると、バル・Kの入店が九時ごろ。一緒にいた女性はそれ以前の時間に、当日どこかで会ったばかりの可能性もあります」

「そういえば工藤にカラオケ店でのようすを訊ねたときに、女ふたりで曲を入力し合っていたものの、選曲を外してばかりだったって話をしていたな。逆に好きな曲が被ったときは、異常に盛り上がったと。互いの好みをわかってなかったんじゃないか？」

肩を怒らせる草加に、倉科が続ける。

「ふたりをもう一度締めあげるべきですね。もうひとりの女性を殺したかどうかはともかく、その女性に関して供述が揺れる理由がなにかありそうです」

すごいじゃないか、俺は。——正義はそう思う。興奮が止まらない。

見たか、駒岡。俺はおまえのようなおべんちゃら遣いじゃない。洞察力で勝負してるんだ。他人の意見に反対することしかできないくせに、自慢げな顔をするな。

桃香と昌男に、最初に目をつけたのは俺だ。工藤と脇田の証言の裏も暴こうとしている。そしてもうひとつ――

今こそ、と正義は声を張り上げた。

「友永英規に関しては、もうひとつ報告があります。彼は自動車の運転免許証を持っていません」

どよめきが聞こえた。正義が知ったばかりの、英規の大きな嘘とはこれだ。言葉を続けながら、快感が走る。

「データがなかったため失効したのかもと記録を遡っているところです。彼は、明らかに怪しい。なにか深いものが隠されていると思われます」

友永英規の乗っていたハイエースが見つかったのは、その日の夜遅くのことだった。福《ふっ》生《さ》市を流れる多摩川の近くに放置されたままの車があると、管轄する福生警察署に通報があった。ナンバーが照会され、盗難車であることと、立川市緑道女性殺人事件に関係するかもしれないと捜されていることがわかった。

車のドアを開けたとたん、アルコールのにおいがしたという。五百ミリリットル入りビールの缶が五本、三百五十ミリリットル入りチューハイの缶が二本あった。すべて空だ。車の運転手はいない。ひととおり周囲を探索したとのことだが、日没後とあってままならない。翌日に持ち越すこととなった。

翌、十月十二日、午前八時すぎ。中年男性の遺体が、多摩川にある昭和用水堰《しょうわようすいせき》の手前、水際付近の草むらで発見された。福生市より下流、昭島市《あきしま》をはじめ、複数の市が入り交じるあたりだ。

# 十月十二日

## 1　正義

友永英規と思われる遺体が発見されたのは、昭島警察署の管轄区域だった。昭島署は立川署と同じ第八方面本部所属で、捜査本部へも応援の捜査員が来ていた。

英規の死は事故なのか事件なのか、事件だとすれば東山紫苑の件と関係があるのか否か、角田捜査一課課長や北見管理官をはじめとする上層部の決定がまだ出ない。しかし遺体は、すぐさま司法解剖に回された。

英規の死の報を受け、正義は昨日家に帰した昌男を、再び立川署に連れてきた。重ねて事情を聞くとともに、遺体の身元確認をさせるためだ。英規の顔を知る正義と芦谷が見分し、間違いないだろうと判断したが、確実を期する必要がある。

しかし昌男に息子の死を告げても、遺体の写真を見せても、きょとんとしている。正義が日ごろの英規について訊ねても、淡々として、知らない、覚えていない、を繰り返す。

のれんに腕押し、糠に釘、そんな言葉を思い浮かべながら、正義は取調室を出た。

と、そこに捜査一課の草加が、ハーレーの異名のごとく、突進してくる。

「解剖の結果が出た。アルコールに加え、血中から抗ヒスタミン剤を検出。英規が風邪を引いていたかどうか知ってるか？」

抗ヒスタミン剤は市販の風邪薬にも含まれる成分で、アルコールとともに服用すると眠気が強く出る。

「七日の夜に、芦谷さんと自宅を訪ねた際には、そのようすはありませんでした。昌男に確認しましょうか」

正義は答える。

「そうしてくれ。酒は飲むほうだったんだな？」

「かなりのようです。七日も、車のボンネットが温かかったにも拘わらず、呼気からアルコール臭がしました。問いかけると、帰宅してすぐ飲んだと答えたのでそのときは追及しませんでしたが、常習的に飲酒運転をしていた可能性はあります。死因は結局、溺死なんですか？」

ああ、と言いながら、草加が手元の書類に目を落とした。ごつい手だ。彼が持つと、書類が小さく見える。

「肺から、遺体発見現場やハイエースが見つかった付近で採取された川の水と同じプランクトンや微生物が検出された。溺死は間違いないが、その前に大量のアルコールを摂取している。血中のアルコール濃度からみて、酩酊状態だったろう。抗ヒスタミン剤もその効果を上げる。酔って、雨で増水した川に落ちた可能性は否定できないが、風邪でもないのに薬を飲んでいるなら、誰かが酔わせて落とした可能性が高い。まずはトラブルのあった人間を捜すことになるが、あのじいさん、息子の職場もわからないと言っているそうだな」

「はい」

「じいさんに殺せるか？　娘はどうだ？」

桃香と英規に力の差はありそうだが、酩酊状態になった相手ならできなくもないと、正義は思った。草加も同じことを考えているのだろう。目で語りかけてくる。

「死亡推定時刻はいつですか？」

「屋外で、水に漬かっていたため幅を持たせているが、十月十日の夜から、十一日の朝だろう」

「自分たちが、友永の家に話を訊きに行った時間が含まれます。それが夜十時半過ぎです」

「その後、娘のほうは裏側の窓から逃げた。その時間は判明しない。そうだな？」

「はい。申し訳ありません」

正義は重い顔のままうなずいた。

そのとき、草加のポケットからコール音がした。スマホを耳に当てる彼の顔が、驚愕に歪んでいく。そんなばかな、というつぶやきが聞こえた。

「なにかあったんですか？」

正義が訊ねると、草加は呆然とした顔で見返してくる。

「おまえが段取りをした、横浜市神奈川区への身上調査照会書、あれの関係だ」

英規の、以前の本籍地だ。昨日整えた書類を携えて出向く予定だったが、当の英規の遺体が発見されたため、正義は動けなかった。草加に相談の上、生活安全課の捜査員に使いを頼んでいた。

「娘の戸籍が英規のほうになかったので、離別の妻がいて別の戸籍を作っていると推測したのですが」

「その考えのとおり、英規は離婚している。元妻は旧姓に戻って、娘とともに新たな戸籍を作った。住所は同じ神奈川区内だ。筆頭者が幡京香《はたきようか》、これが元妻だ。そこに記載されているのが、長女の桃香。桃香の住民票は、母親とともにある。元夫が死んだのだから、その幡京香にも関係することと判断し、その足で捜査員が会いに行った。本人がいたそうだ」

草加の言う本人が、誰を指しているのか、正義はすぐにはわからない。

「本人って、元妻の京香がですか？」

「桃香だ」

「母親の元に戻っていたんですか！　では連れてきていただかないと」

逃げていた事件関係者が見つかったのだ。どうして草加が喜んでいないのかと、正義は不思議でならない。

「幡桃香は現在、横浜で大学に通っている。父親とは、八年近く会っていないらしい。立川市自体に来たことも、ここ数年はないという」

「……どういうことですか？」

草加がゆっくりと首を横に振る。

「わからないが、我々が友永桃香だと思っている女性とは別人だ。ちなみに幡桃香に、兄弟姉妹はいない」

その後、仕事に出ていた幡京香と連絡がつき、戸籍を調べに行った捜査員が英規と桃香の写真を見せると、両者ともに見覚えのない人物だ、と言った。英規の写真は、遺体となった状態のものだ。

京香は気持ち悪そうに眉を顰めたが、それでもしっかりと見て、元夫ではないと告げた。京香も、八年ほど元夫に会っていないと言う。離婚からほどなく、元姑、昌男の妻が他界し、その葬儀や法事で会ったのが最後になったとのことだ。その数ヵ月後、約束していた桃香の養育費が振り込まれなくなった。元夫の会社を訪ねると、英規はすでに退職しているという。立川の友永の家に足を延ばすも、息子は家を出ていった、行方は知らない捜すつもりはない帰ってくれと、昌男にすげなく扱われた。昌男とは婚姻中からうまくいっていなかったため、友永家とはそれきりだという。

友永桃香の写真には、見たこともない女の子だ、のひとことだった。娘の幡桃香にも見せたが、同じ返答だった。東山紫苑の事件は知っていたが、本人を知らない、読者モデルだということも知らなかった、とのことだ。

元夫の写真は全部捨てたという京香だが、英規の血液型は覚えていた。O型だ。運転免許証は取得していなかったという。

昭和用水堰の手前の草むらで見つかった中年男性の遺体は、AB型だった。ふやけた指から指紋を採取してデータベースにかけたが、該当者はない。

## 2　昌男

あのふたりはいったい誰なんですかと、目の前の男が問うた。

昌男は考える。

さて。誰だったのだろう。昌男にもわからない。だがあるとき、家にやってきた。

最初に「英規か？」と問いかけたのは、昌男自身だ。あの男は、英規の服を着ていたのだ。正確には昌男の服、こげ茶色のコートだ。英規が自分のコートを破ってしまい、一着だけサイズの合う昌男のコートを、借りるといって持っていった。職場をクビになって、新しいものを買う金がないらしい。それなのに、仕事もないのに養育費を振り込まねばならないという。なぜ離婚してからも嫁の尻に敷かれているのか、あんな気の強い嫁を連れてきたおまえが悪いのだと、英規と喧嘩になった。

友永さん、友永さんと、誰かが呼ぶ。

「友永さん、聞こえてますか？　もう一度伺いますよ。あのふたりは、自分たちは息子と孫だと言って近づいてきたんですね？　あなたはそれを信じた。そうですね？」

目の前の、ごつい身体をした男が、身を乗りだしてくる。いつも見る若い男ではないが、英規よりは若い。たしかこの部屋に入ってきてすぐ、草加と名乗った。いつもの若い男は、近くの机でパソコンを打っている。

昌男が周囲を認識するスピードは、ゆっくりだ。しかし認識できないわけではない。昌男自身は、全部をわかっている。……つもりだ。

「そういうことだろうか」

昌男は首をひねる。

「だろうか、……ですか？　いや、誘導するつもりはないんです。ただちゃんとお話ししていただかないと、こちらも対処のしようがない」

「対処とはなんだ」

昌男の言葉に、草加が困っている。

「ではまず、ふたりと一緒に暮らすようになった経緯から伺います。彼らとはいつ、どこで、会いましたか？」

昌男は記憶を探る。

――寒かった。あれは冬だ。そう、英規がコートを着ていたから冬に違いない。一月、いや二月だったろうか。

そうやって、ひとつずつ絡まった糸を解いていく。

「家にいた。ごはんを食べていた」

昌男が答える。

「友永さんが、ですね？」

「違う。桃香だ。桃香が台所でごはんを食べていて、私もごはんを食べた」

昌男のなかに、情景がゆっくりと浮かび上がる。

「おじいちゃんおはようと、桃香が言った」

「おはよう？　朝ですか？」

朝だろうか。いや、あれは真夜中だ。とすると、この記憶は正しいのかどうか。昌男はまた混乱する。

「よくわからない」

「桃香さんとは、その前にはいつお会いになりましたか？」

「覚えていない」

「本物の桃香さんは、子供のときだったと。おばあさんのお葬式のあとの法事、多分四十九日法要が最後だったと言っています。八年前。小学生ですから、顔立ちも変わっているでしょう。あなたはなぜ、その女性が桃香さんだと思ったんですか？」

なぜだろう。だが昌男はそうだと思ったのだ。英規が連れているなら桃香だろうと。

「わかったからわかった」

草加がこっそりと、ため息をついた。

「では英規さんと、再会する前、最後に会ったのはいつでしょう。どのようなようすでしたか？」

さらなる記憶の旅を求められ、昌男は戸惑う。何年戻らないといけないのか。

桃香と会ったのが妻の四十九日法要だとしたら、英規は家に戻ってきていた。だが荷物があるというだけで、実際はどこにいたのか。仕事はもう辞めていたのだったか。それとも家からでは通えないと、ウィークリーなんとかという名前の部屋にいたのだったか。曖昧模糊としている。

昔から英規とは、ことあるごとに衝突をした。細かなことが互いに気になった。しかしなによりも、立派に育てて大学院まで出したはずの息子が、まともな仕事を見つけてこないことに昌男は腹を立てていた。

「友永さん、答えられませんか？」

「……覚えていない」

「八年前でしたら、あなたはまだ七十一歳ですね。今でも、頑丈そうな体格をしていらっしゃるようだ。当時は、力もずっと強かったのではないですか？」

草加の顔の下から、なにかが現れる。昌男はそんな印象を受けた。

「身体は丈夫だ」

「三十代後半の男性と力比べをしたらどうでしょう」

「なんの話をしているのかわからない」

昌男の答えに、草加が笑う。下から現れた顔は薄気味悪く、昌男をたばかろうとしているかのようだ。

「本物の英規さんはどこにいらっしゃいますか？　幡京香さん、英規さんの元妻によると、あなたは、息子は家を出ていった、捜すつもりはない、とおっしゃったとのこと。そのころも、その後も、行方不明者届——平成二十二年四月一日以前は、家出人捜索願という名称でしたが、その届け出がありません。どうしてなんでしょう」

「覚えていない」

「届け出なかった理由を訊いているんですが」

「さあ」

なぜだったのだろう。昌男は自問する。

「友永さん。実はここまでで、自分は疑われているのかとピンとくる方が多く、その反応も拝見したかったのですが、どうやらあなたは言葉にしないとわからないようです。あなたが英規さんを手にかけたということは、ありませんか？」

草加の目は真剣だった。真剣すぎて、昌男は笑えてきた。喉の奥、くく、と音が出た。

「冗談で言っているのではありません！」

「……ああ、すまない。だけどそんなことはない。英規は戻ってきた」

「いつですか？」

「この間の、冬」

「戻っていませんよ。あなたが暮らしていた男性は、どこの誰ともわからない人物です。英規さんではない」

「じゃあ英規はどこにいるんだ？」

「それを、こちらが訊ねているのです。最後に会ったのはいつでしょう。その際の服装、ようす、お話しした内容は覚えていませんか？」

草加が、再び根気強く問うてくる。

「服は……わからない。だが私のコートを持っていった。だから私は……」

だからあの男を英規だと思ったと、昌男の思考はひと回りした。

夜中に目覚めたとき、台所に人の気配があった。懐中電灯をテーブルに置いて、少女が食事をしていた。夕食の残り物だ。昌男は部屋の灯りをつけた。背中を向けていた男が、ぎょっとしたように肩に力を入れる。コートに見覚えがあった。「英規か？」と昌男は呼びかけた。ゆっくりと振り向いた男の顔は、頬がこけていた。英規か、英規でないのか、昌男は混乱した。それでももう一度「英規か」と訊ねると、「そうだ」と答えた。

英規ではないのかもしれないと、翌朝になって思った。

だが話しかけると、英規のような気がしてくる。優しい声で、体調を気にかけてくる。やはり英規だったのかと思った。桃香はさらに優しかった。昌男はちょうど、風邪を引いていた。昔から体力に自信があり、滅多に風邪など引かなかった昌男だが、このところ、たまに引く。微熱も続いていた。

身体が怠いと言うと支えてくれたり、茶を運んでくれたり、なにくれとなく世話をやいてくれる。

数日経っても、英規たちは出ていこうとしなかった。一緒に食事をして、同じ屋根の下で眠った。英規だろうと英規でなかろうと、どうでもいいような気がしてきた。

昌男にはもう妻がいない。娘の智子はオーストラリアだ。結婚を反対したのが尾を引いて、妻の死後は行き来がない。英規もいなくなった。どうして出ていったのだったか、それは忘れた。しかしいないのだ。誰も昌男のことを看てくれない。

この先、どうなるのかわからない。ただの風邪ならいいが、動けなくなるほどの病気になったらどうする？　転んで頭でも打ったら、誰が気づいてくれる？　自分は元教師だ。物覚えも頭もいいはずだった。だが時折記憶が途切れる。すべてが不安でたまらない。

だから。

「桃香はいい子だ」

昌男は唐突に言った。

「友永さん。今は、英規さん――ということにしますが、その英規さんと再会する前、最後にお会いしたときの話を伺っているのですが」

「あれは出ていった。真面目に働けと言った、それが最後だ」

「いつですか？」

「覚えていない。だが戻ってきた。相変わらず真面目ではない。優秀ではない。優秀な人間は、埃にまみれて働かない。頭を使って働く。英規も昔は優秀だった。そのはずだ。私の息子が優秀でないはずがない」

草加が呆れたように眉を顰めたが、すぐに落ち着いた声で問う。

「友永さん。……少し話を切り替えますが、英規さんは最近、どこで埃まみれになって働いていたのでしょう。思いだしてくれませんか」

「知らない。だが桃香はいい子だ。頭は使わないが、いい子だ」

「友永さん」

「いい子だ。いい子なんだ。優しい子なんだ」

自分の世話をしてくれるのはあの子しかいないのだから。

今、昌男の頭の中にあるのは、それだけだった。

## 3　正義

立川市緑道女性殺人事件、つまり東山紫苑の殺害事件と、自称、友永英規の遺体が発見された事件は、関連性に不透明なものを残しながらも合同捜査となった。

英規の件を、殺人の方向で捜査を進めることとしたためだ。英規はアルコールに親しんでいた。そういう人間は、禁忌であっても、薬とともにアルコールを摂取することに抵抗が薄い。しかし英規の乗っていた車の中だけでなく、許可を得て行った友永家の家宅捜索でも、血中から発見された薬物と同じ成分の風邪薬やそれに類するものはなかった。英規は誰かに、密かに融かした抗ヒスタミン剤とともに大量のアルコールを飲まされ、意識が朦朧《もうろう》となったところを近くの橋からでも多摩川に突き落とされた、という可能性が高い。

現在、ハイエースの車内に残された品々の指紋を調べている。少なくとも缶ビールには、昌男の指紋は残っていなかった。自称、友永桃香の指紋は、本人のものが採取できていないので友永家にあった食器類に残ったものを参考としていたが、運転席側には付着していない。しかしハンドル及びシフトレバー、ドアノブなどに、手袋で触ったらしき跡がいくつか見つかった。指紋そのものはついていないが、英規の指紋の上に、第三者が介在している痕跡が残っていたのだ。

英規の遺体が発見された場所を管轄する昭島署から、車の目撃証言について報告がなされた。数日前から市内で店舗の解体工事があり、現場作業員の車が近辺に停められていて、その中の一台ではないかという話だ。もしそうならば、英規を最後に目撃した人間がわかるかもしれない。工事を請け負っていた会社は営業時間を終えていた。明日、改めて連絡を取ると言う。

昌男名義で、英規が使っていたと推察される携帯電話の電波は、車が見つかった福生市付近で途絶えていた。一帯の捜索では見つかっていない。多摩川に沈んでいる可能性が高かった。

「自称友永桃香、しばらくは桃香の名前で呼ぶことにしますが、彼女の行方についてはいかがでしょう。立川駅周辺の防犯カメラのチェックは済みましたか？」

倉科が訊ねる。立川署地域課の捜査員が担当していたが、まだ途中だった。北見管理官にどやされて、手がかりとなる桃香の写真が不鮮明なため時間がかかっておりますと答え、言い訳をするなとさらなる叱責を浴びていた。

「その写真ですが、マスコミへの公開はしないのでしょうか。目撃者が出るかもしれないですし」

苦し紛れのように捜査員が訴えた。倉科と北見が顔を見合わせる。眉根に皺が寄っている。

「本人の年齢がわかりません。未成年かもしれないんですよ」

すぐに手を挙げたのは笹木だ。倉科もうなずく。もしも桃香が一連の事件の犯人とすれば、未成年者の顔を晒すことになってしまうからだ。

「しかしこういうときにこそマスコミを利用すべきだと、自分は考えます」

駒岡が述べ、賛同の声も上がった。正義にも同意の気持ちがあったが、反発心もあって口には出さなかった。桃香の幼げなようすから、未成年の可能性が高いという気持ちもあった。

「その件については持ち越しとする。次、東山紫苑のほうはどうなっている？」

北見管理官の声に、小浜が立ちあがった。

紫苑の件では進展があった。母親から与えられた小遣い、銀行口座の動き、前日までの当人の行動などから、紫苑は殺害された夜に二十万円近い現金を持っていたことが判明した。事件発生当初は、モデルの仕事を知らない母親の証言のみを元にしていたため、十分の一以下だと考えられていた。

一方で、そのころ工藤と脇田の金回りもよくなっていた。ふたりとも定職を持っており、特に工藤は親の経営する薬局に勤めるなど金に不自由はしていないが、細かく所持金の動きを追うと、ふたり合わせて十八、九万円ほど計算が合わない。その点を絞りあげたところ、ふたりは当夜、紫苑を井の頭公園付近で降ろしたあと、アウトランダーに残されていた彼女の鞄の中の財布から、現金を抜き取ったことを告白した。

車にはそのときまだ、カラオケ店に一緒に行った女性がいたという。咎めてきたので、工藤は車のクリーニング代だと伝えろと怒鳴った。ところが女性は、紫苑とは今日会ったばかりでどこの誰かも知らないと答える。驚いたが、だったらおまえは鞄と財布を売ればいいと、ふたつを渡した。紫苑が使っていた鞄も財布もエルメスだ。母親から確認済だ。

「女が咎めてくるようすに真剣みがなかったので、自分の取り分を寄越せということだろう、渡せば黙っているだろうと、工藤も脇田もそう認識したとのことです。あいつら、くそ面倒をかけさせて」

小浜は吐き捨てた。倉科が続ける。

「花井望愛、友永桃香。どちらについても似ていると答え、追及されると記憶がないと言う。女性が見つかると自分たちが金を盗んだことがバレるので、見つけだされないよう捜査を攪乱した。紫苑殺害時のアリバイに自信があり、口を噤んだままで済むならと考えていたようすです。女性の顔立ちについて再度追及しましたが、出まかせを繰り返している間に混乱してわからなくなったと言っています」

それも嘘じゃないのか、やっぱり殺しているんじゃないのか、そんな声も飛んだ。

「ナシ割り班、ネットオークション、質店の確認はまだか！　もうひとりの女を早く見つけだせ」

北見が檄を飛ばす。

続いて笹木の報告に移った。花井望愛から聞き取った話だ。最初の担当者は、自殺未遂のこともあって外されていた。

「望愛と紫苑の、中学時代の諍いというのは、望愛が紫苑の行動を教師に告げ口し、紫苑が教師から注意を受けたことがきっかけだったようです」

具体的には？　と倉科が訊ねる。

「紫苑は、宿題の理科のレポートを家庭教師に丸投げしてやってもらったそうです。ところがそのレポートがよくできていて、新聞の科学文化欄で取りあげられることになった。

家庭教師にやってもらったと友人に話していた紫苑ですが、そういう状況になって周囲に口止めを行った。私も対応していて感じますが、望愛は生真面目すぎるほど生真面目なタイプで、紫苑の行動を納得できないと思ったようです。その告げ口が紫苑本人にもバレてしまった」

「たったそれだけで？」

と、呆れるような北見の声が報告を遮る。

「それだけ、とも言えません。新聞社には学校側から取り下げを依頼し、紫苑は大恥をかきました。以来、紫苑は望愛を攻撃し、他の生徒にも望愛を無視するよう強要した。周囲は、当たり散らす紫苑を敵に回したくないと従う。それがきっかけで望愛は孤立し、内部進学をせず、都立を受験した。いまだに紫苑のことを怖いと言います。望愛は、自分が犯人だと疑われる理由があるため不安がっていたんです」

「今の話だと、とても一緒にカラオケをするとは思えないな」

草加が発言する。

「自分は、望愛は今回の件に関わっていないと思います。紫苑は、他人から不愉快な目に遭わされると強く攻撃する性格で、周囲にも当たる。それが望愛により立証されたとみていいでしょう。——そして望愛は、最近、紫苑を立川駅で見かけたことがあるそうです」

笹木の言葉に、場がざわめいた。

「望愛はやっと話をしてくれました。ただし見かけただけで、直接顔を合わせていないし会話もしていない。それどころか紫苑の剣幕に驚いて逃げたということです」

「もう少し詳しくお願いします」

倉科から声がかかった。

「夏休みが終わってすぐ、たしか九月二日とのことですが、望愛は立川駅のファッションビルのアクセサリーショップで、友人数名とウィンドウショッピングをしていたそうです。そのとき突然、なにかが落ちる音がした。見れば客のひとりがワゴンにぶつかり、アクセサリーを落としていた。それが紫苑でした。普通は謝るなりなんなりするんでしょうが、紫苑は逆ギレというか、店員に向かってワゴンの置き場所が悪いと喚き、客の老婦人が注意をするとそちらへも食ってかかった。望愛は、中学時代の紫苑のようすから、なにか腹の立つことがあったのではないかと思ったそうです。いくらわがままな紫苑でも、ワゴンとぶつかっただけで怒りはしないと。望愛は、このタイミングで顔を合わそうものならどんなとばっちりがくるかと恐れ、そのようすを周囲の友人に見られるのも嫌で、急いでその場を離れたとのことです」

「紫苑がなにに腹を立てていたかはわかってるんですか？」

小浜が問う。

「いいえ。紫苑は制服姿で、ひとりだったそうです。望愛は、紫苑が腹の立つことがあって立川までやってきたか、用があって立川に来たところで不愉快な目に遭ったか、どちらかだろうと言っています。紫苑は、怒ったらすぐ反応するタイプだから、だそうです」

「望愛は、紫苑に見つからないままだったのですか？　望愛に関することで怒っていたのではありませんか？」

倉科が確認する。

「望愛は気づかれていないと言っています。紫苑とはずっと会っていなかったし、自分のことではないはずだと」

「望愛がその場を離れた後は、どうなったんでしょう。紫苑は、読者モデルとして多少は顔を知られていた女の子ですよね」

「アクセサリーショップの店員から聞きました。そのトラブルは覚えているが女子高生の顔の記憶は曖昧だとのことです。その後、老婦人は呆れて行ってしまい、女子高生もふくれっ面のまま出ていったと。店員は、読者モデルの紫苑であることも、また先日殺害された女性であることにも気づいておらず、逆に驚かれました。注意をした老婦人の身元はわからないとのことです。私もまだ調べきれていません」

笹木が頭を下げる。

「トラブルがあったのは事実、ということですね。あとは紫苑になにがあったのか。その場にいた望愛の友人のほうには確認できていますか」

倉科の問いに、笹木がこれからですと答える。

「望愛によると、ヤバそうだから関わり合いにならないようにしようと自分が言い、みんなで遠ざかった、紫苑だと気づいた子はいないのではないか、とのことでした。読モのシオンだと気づいたなら、興味本位でその後の展開を見たがるはずだからと」

「九月はじめごろの紫苑のようす、また関係者になにか変わったことがなかったかどうか、再度の確認をお願いします」

倉科がまとめる。

捜査会議の終了後、正義は笹木に話しかけた。望愛と共にいた友人に、優羽が含まれているかを知りたかったのだ。果たして、笹木はその名前もあったとうなずいた。

## 4　優羽

「九月二日に？　そんなことがあった気がしなくもないけど、キレた女子高生なんてどこにでもいるし」

優羽がそう答えると、正義が電話口で大声を出した。周囲にも漏れ聞こえそうだ。念のために店の外に出ていてよかった、と思う。

「この辺りの学校の制服じゃないんだから気づけよ」

「シオンがいるなんて思うわけないじゃん」

「紫苑は、待ち伏せしていたヤツに文句を言ったとか、プレゼントを持ってきたヤツに突き返したとか、あちこちにトラブルの種を蒔いている。誰かの名前を喚いてなかったか？なんて言ってキレてたんだ？」

「覚えてない」

「おまえの友だちの望愛はその場から逃げたと言ったが、本当か？」

「どうだったかなあ。そうかも。でも忘れた」

「ちゃんと思いだせって」

「お兄ちゃん！　一ヵ月以上前の話だよ。わたしそのころ、お母さんの病気のことで頭がいっぱいだったの。だけど友だちに不安な顔は見せたくないし、なにがあっても目の前を素通りだった。お母さんが死んだの、その二日後だよ。あのあたりの記憶なんて、もういつがいつだか、めちゃくちゃなんだから」

なにも知らなかったくせに、とそこまでは優羽も言わない。しかし正義は黙った。

それでも正義は、優羽に依頼してくる。

「優羽が覚えてないなら、一緒にいた友だちに訊いてくれ。その子たちがわからないなら、おまえたち女子高生がよく行く店とか、その他、誰でもいい。少しでも紫苑の足取りの参考になりそうなことがあったら知らせてくれ。九月二日だ。とにかくそのころの話を訊け」

「とにかくもなにも、わたしたちが行く店なんてあっちにもこっちにも……、って、お兄ちゃん」

電話は切れてしまった。身勝手なことばかり、と優羽はつい舌打ちが出る。深呼吸をして自らの頬を叩き、スマホで笑顔を確認してコクーンの店内に戻った。

営業を終えている時間だ。だが弁田と四条が、食事は自宅で済ませたと言って、再び店に来ていた。夜も寒くなってきたので、四条は早くも厚手のカーディガンを、弁田は上着を羽織っていた。

「英規さんの死体が川から見つかったっていうじゃないか。いやニュースじゃはっきりとは言ってなかったけど、あれ、英規さんのことだよね。どういうことか、宇宙くん、聞いてる？」

弁田が問う。

宇宙が力なく首を横に振った。

「僕も他のお客さんから聞いたばかりです。ここ、テレビがないので。夕方のローカルニュースでしたっけ」

「私もそれを見たんだけど、短くてなにもわからなかったの。事件と事故の両面からどうのって言ってたわよね」

四条が弁田に訊ねて、弁田がうなずいていた。

「動画投稿サイトへのアップはないみたいです。ネットニュースは、地域のコーナーにほんの数行。えーっと、『昭島市にある多摩川で十月十二日に発見された男性は、十日夜から行方がわからなくなっていた立川市在住の四十代男性とみられている。男性が乗っていた車は福生市に放置されており、中からビールなどの空き缶が見つかった。現在、事件と事故の両面で捜査している』って」

優羽は、手早くスマホを確認して答えた。宇宙が覗き込んでくる。

「写真ひとつ載ってないですよ」

「そのようだね」

宇宙の声が暗い。

「昌男さんはこれからどうなるのかしら。桃香ちゃんも見つかってないのよね？　昼間、家まで行ってきたけど、警察が来てたわ。マスコミはまだみたいだけど」

四条はため息混じりだ。弁田が続けた。

「事件と事故の両面って、結局どっちってことだ？」

「判断がつかないってことじゃないですか？」

優羽は答える。正義はなにも言っていなかった。あれを黙っていたこれを隠していたと文句をつけるくせに、自分には教えてくれない。知っていれば、動けることもあるというのに。

「酔って川に落ちたのかしらね。桃香ちゃん、お父さんがたくさんお酒を飲むって言ってたし。夜の川は冷たそう」

カーディガンの腕を抱きながら、四条が言った。

「条ちゃんは、事故派かい？」

弁田が突っこむと、四条がうーんと唸る。

「派、ってわけじゃないけど、事故のほうがいいわよ。事件だったら、いろいろ怖いじゃない。桃香ちゃんが見つかってないんだもの」

「よしましょうよー。ただでさえハンマーマンとか変なのがいるんだし」

優羽の言葉に、弁田が乾いた笑いを寄越してくる。

「ハンマーマンか。それ、若い子たちが言いだしたんだろ。巧いこと言うじゃねえの」

「その犯人の話じゃないのよ」

と、四条の表情が重い。

「さっき、私が事故だったらいいって言ったのも、ちょっと違うの。もし事件なら、桃香ちゃんが犯人じゃないかって警察が考える可能性もあると思って、怖くなったの」

いっそう淀んでしまった空気に、弁田が四条を小突いた。

「桃香ちゃんは他人を傷つけるようなことはしない。それはみなさん、今まで桃香ちゃんを見ていて、ご存じですよね」

震える声で、宇宙がそう言った。

「やだもちろんよ。私もそれが言いたいの。ホントよ」

焦ったように、四条が身を乗りだし、弁田が被せた。

「わかってる。みんなわかってるよ」

「さすがマスター」

優羽は盛り上げようとしたが、みなの表情は暗いままだ。

「優羽ちゃん。もう遅いから上がってね。片づけは僕がやるから」

ぎこちない笑顔を作りながら、宇宙が促してくる。

優羽はありがとうございますとうなずき、そういえば、と言葉を続けた。正義から依頼された件を訊いておかねばならない。

「マスター、一ヵ月ちょっと前……、九月の頭に、なにか変わったことありませんでしたか？」

「え？」

宇宙が目を瞬いている。

「なんだい、優羽ちゃん。その九月の頭ってーのは」

弁田が訊ねた。

「女子高生の噂、ハンマーマンの話ですー。ハンマーマンは東京を巡回してるんだそうですよ。ちょうどその時期に、立川にも現れてたとか」

優羽は適当な嘘をつく。

「街を巡回するお化けねえ。昔そんなのがいたわね。子供が怖がってたの、なんだったかしら。口裂け女？」

「都市伝説ってやつだろ。噂とか都市伝説とか、信用するもんじゃねーぞ」

必要以上に明るく、老人たちが笑う。

「はーい。そういえば都市伝説って、自分の嘘をごまかすためのものだって話も聞きます。自分で転んだのをハンマーマンのせいにして、他人の気を引こうとしてるのかも」

優羽も笑った。

「そういえば桃香ちゃんが怪我したのもそのころだっけ。ハンマーマンは関係ねーけどな」

弁田が、ふいに話を変えた。

「怪我、ですか?」

「八重歯の先のとこを折ってさ。突き指もしてたっけ。あれは左手か?」

「痛そう。どうしてそんなことになったんですか?」

優羽は、三人の顔を順に見る。

「お家で、高いところのものを取ろうとして椅子から落ちたらしいの。ところがちょうど机の角があって、顔面を、ばーんと、って。で、そのまますっころんで手も変についていて」

四条の説明に、うわあ、と優羽は手で顔を覆う。

「しばらく口元が腫れてて、かわいそうだったわよね。宇宙くん」

「そうでしたね。歯医者さんに行きなさいよと勧めたんですが、そのままで」

宇宙がそれきり黙ってしまった。

再び微妙な空気が漂う。弁田が腰を浮かせた。

「そろそろオレらも失礼しようか」

「なに言ってるの、弁さん！　宇宙くんをひとりにするのが心配だからって、誘ってきたくせに」

「ありがとうございます。ご心配かけてすみません」

宇宙が頭を下げている。

「やあその、こっちこそお節介ですまん。どうだろう、宇宙くん。一緒に飲まねえか？」

「嬉しいです。ただ、僕、ほとんど飲めなくて」

「わたしもつきあいますよー。お酒は飲まないけど」

優羽に向け、三人が揃って突っこんできた。

「優羽ちゃんは帰らなきゃダメだ。お家の人が心配する」

「そうよ。それこそハンマーマンが出たら大変じゃないの」

「また送ろうか？」

お言葉に甘えて帰ります、ひとりでだいじょうぶです。優羽はそう答え、カウンターの奥の扉から出た。更衣室に入る。

・

## 5　正義

夜十一時、正義は捜査本部のある講堂に居残ったまま、翌日の準備をしていた。東山紫苑が立川駅のファッションビルでトラブルを起こした件で、新たな目撃者を捜すよう命じられたのだ。問題のアクセサリーショップには笹木が訪ねていたが、他の店への聞き込みができていない。しかし一ヵ月余りも前の話だ。みな記憶も薄れているだろう。納得しきれない正義だった。

そのとき大声が上がった。

「見つけた！　見つけました、これだ！」

駒岡だ。スマホを手に、小浜と草加と三人で話をしている倉科の元へと駆けていく。少なくなっていた捜査員たちの目が注がれる。

「スマホ専用のネットオークションです。エルメスのケリーバッグと財布。見てください、これ、出品したの同じ人物ですよね」

興奮した声がしている。捜査員たちが我先にと彼らの元に寄っていく。正義もだ。

「すごいじゃないか。ナシ割り班もつかめていなかったのに」

応じる小浜の声も上ずっている。

「ここ、後発のオークションサイトですから。でも若い子の人気、急上昇中なんですよ。自分、ネット関係のトレンドとか得意なほうなんで。実は今までも、隙間の時間を利用してチェック入れていたんです」

倉科の顔が感心したように輝いていた。

「紫苑が読者モデルだという書き込みに気づいたのも、駒岡さんでしたね」

得意そうにうなずく駒岡を、正義は見ていられなかった。

# 十月十三日

## 1　正義

正義は立川駅周辺のファッションビルを順に当たっていた。芦谷は防犯カメラのデータから桃香を捜している。昨日の会議を受け、桃香の顔を知るふたりのどちらかが手伝うようにと命じられたのだ。管轄内の聞き込みとあり、正義が外回りのほうになった。

しかし危惧したとおり、半日かけてもはかばかしい結果が得られない。ため息をついたところで、上司の笹木から一報があった。駒岡が小浜と共に、オークションサイトに出品した女性に任意同行を求め、今まさに立川署に入ったという。

立川駅から署までは、一キロ少しだ。

正義は走りだした。

捜査本部の置かれた講堂では、笹木をはじめ、居合わせた数少ない捜査員が自分の仕事を進めつつも、どこか浮ついた雰囲気だった。

取調室に入っているのは、倉科と小浜、そして女性捜査員だという。女性の取り調べには、女性が同席するのが決まりだ。駒岡の姿は、講堂にはなかった。外からようすを見ているのかもしれない。さぞニヤついているだろうと想像すると、正義は喜べない。それでも捜査の最前線は、自分の目で確認しておきたかった。

と、そこに当の駒岡が駆けこんできた。周囲の捜査員たちの腰が浮く。

駒岡は問いかけの言葉を防ぐように、ひとこと告げた。

「吉祥寺に行ってきます」

どうしてだ？　東山家にか？　そう訊ねる声も無視して、地図やら何やらと準備をしている。

「中、どうなってるんですか。聞いてたんでしょ？　問題の女性、署まで素直についてきたってことは、カラオケ店に同行したことを認めたんですよね」

正義は駒岡の正面へと身体を向けた。ためらうそぶりのあと、駒岡が「素直でもなかったけどな」と、不機嫌そうに話し出す。

「女性は紫苑とは初対面で、バル・Kに来る前の店で盛り上がり、仲良くなったらしい。互いを、ノンちゃん、シーちゃんと呼び、本名は教え合わないまま。ナンパされ、カラオケ店に流れ、紫苑が車から降ろされることになったがしょせんは赤の他人だと、享楽的な気分も重なって、鞄と財布を着服。ネットオークションに出品したそうだ」

だったら、と笹木も勢い込む。

「アリバイがあると言い張っているんです。帰り、新宿方面への終電はすでに出てしまったので、吉祥寺駅近くのカフェで始発を待っていたと。店への確認を命じられました」

駒岡が悔しそうに言う。

「そういやスマホはどうしたんだ？　紫苑のスマホ。それも売ったのか？」

さらに別の捜査員が問う。

「女は車を降ろされてすぐに紫苑のスマホの電源を切ったそうです。パスワードがわからなくては売れないから、川へ捨てたと言っています。もういいですか？　急ぐんです」

問うてきた相手は年上だったが、駒岡は恨みがましそうに睨む。

「免許は？　運転免許証を持ってる人なんですか？」

ふと気づいて、正義が訊ねた。

「持ってねえんだよ！」

耐えかねたかのように駒岡が叫び、講堂を出ていった。

工藤たちの車から降りて、再び紫苑に会い、殺して立川に捨てにきて、ではあまりに慌ただしい。なにより時間的に車がないとできないことだった。

空振りだったのか。そんな沈んだ空気があたりに漂った。

「殺害には関与していないにしても、窃盗罪はつけられますね」

笹木がぼそりと言った。みな、苦笑いをするしかない。

「まだ、自称、友永桃香が残ってます。まだ、まだです」

正義は、周囲を鼓舞すべく、力をこめて言った。カラオケ店に同行した女性がハズレだったというだけだ。駒岡の手柄がなくなっただけでも充分だ。倉科ならきっと言う。ひとつずつ消していけばいい、一歩前進だと。

立川駅に戻るしかないか、と正義は講堂をあとにする。

だが、と足を止めた。漫然と聞き込みをするだけじゃいけない。考えるんだ。紫苑が立川駅にいた理由が、きっとなにかあるはずだ。吉祥寺から電車で二、三十分かけて、ここまでやってきた理由が。紫苑と、立川市に住む何者かとの接点が。

接点、という言葉で正義は思いだした。紫苑と南立川高校のボランティア部とは、多少なりとも接点がある。

生徒たちとは、すでに会っていた。

八月に行った募金の呼びかけで、麗優女子大学付属高校の部員と一緒になった。紫苑とお近づきになりたかったが無理だった。――と彼らは言った。しかし、全員を前にしてまとめて訊ねたのだ。雰囲気に流されて返事をした生徒がいないとも限らない。

## 2　正義

正義は授業の終わり間際に南立川高校近くへと出向いた。ボランティア部員には一度話を聞いているから、部活動のないときはそのまま帰宅する生徒と、塾に寄る生徒がいることがわかっていた。校門を出てきた部員を順につかまえて訊いていく。

ひとり目の男子生徒は、まるでわからないと答えた。紫苑がどの子かさえ知らないという。ふたり目は、紫苑の顔をまともに見られなかったという。三人目は女子生徒で、そっけなくあしらわれたと残念そうだった。四人目はみたび男子生徒で、紫苑のことは知ってはいたが会話を交わした部員はいなかったと言った。

最後に残り三人が揃ってやってきた。男子ひとりに女子ふたり。彼らの答えも同じようなものだった。親しく話をできた生徒はいないが、その分、学校に戻ってからみんなで盛り上がったという。目が合った、自分の隣に立っていた、いい匂いがしたと、そんな風にひと騒ぎしていたのだと楽しそうに言った。たかがそのぐらいでと思ったが、正義も学生時代に覚えのないことではない。かわいい女の子は、いるだけでいいのだ。女子生徒にしても、相手が読者モデルとなれば興味津々だろう。

そこで正義は気づいた。みなで盛り上がったというのに、どの子かさえ知らない、という答えは不自然ではないか。

最後の三人に、最初に話をした生徒のことを訊ねると、彼は、どうしたらもう一度会えるだろうと興奮したようすだったという。

その生徒の名前は、武藤《むとう》といった。住所はわかっている。塾には行っていない。マンションのインターフォンを鳴らしたが、反応はなかった。

夕方の時間が短くなっている。今日は曇りで、雨の気配もしていた。マンションはところどころに灯りがついていたが、部屋番号から見当をつけた生徒の家は暗い。

やがて日も暮れ、街灯の明るさが目立つころ、武藤が戻ってきた。遅かったね、と正義が声をかけると、相手は後ずさる。正義は笑顔を作った。

「追加で確認したいだけなんだ」

武藤は、通学鞄を両手でしっかりと握っている。いつでも逃げ出せるようにという心理の表れだ。一歩離れて立っている正義にまで緊張が伝わってきた。

「よかったら、お家に入れてくれないか？　武藤くん。立ち話もなんだし」

正義が頼むと、武藤は首を左右に振る。

「ここでけっこうです。用件はなんですか？」

「さっき訊ねた話の続きだよ。きみ、東山紫苑さんのことはどの子かさえ知らないって」

「……言いました」

「だけど他の子は、あとでみんなで彼女の噂をしたと言ってたよ。まるでわからないとか、どの子かさえ知らない、なんてことはないはずだよね」

武藤が黙ってしまった。

彼女にはストーカーだって非難されたけど、そんなんじゃないですよ、と玄関に入るや否や、武藤が言った。

「ストーカーのつもりはないけど、そう言われかねないことをしたってこと？」

紫苑が、誰かにつけられていると気にしていた相手がこの武藤なのか、と正義は内心興奮する。もしやこの子が犯人？　優羽たちの言う「ハンマーマン」なのか？　そう思うと喉が渇いてくる。

「そんなことない。全然、ないですよ。だって今の彼女は、喜んでくれたし」

「え？」

「今の彼女は、僕がやったことをストーカー扱いしない、って言ったんです」

正義は混乱した。この子には、今、つきあっている女の子がいるのか。それでいながら同時に、紫苑にストーカー行為をしていたとはどういうことなのか。

「順を追って話してくれないかな。きみが東山さんの後をつけてたのはいつのこと？」

「つけていないです。会いに行っただけです、学校に。……たしかに、会えるまでは校門の外で待ち伏せしていたけど、それでストーカーって言われるのはあんまりです」

「それは最近？」

「いいえ。夏休みの終わった日です」

「終わった日とは、八月三十一日？　九月一日？」

「九月一日のほうです。東山さんは僕の思ってたような女の子じゃなかったのでそれきりです。がっかりしたし、むしろ嫌いになりました」

「なにがあったの」

「性格ブスってことです。ブチ切れキャラだったんですよ。いくら顔が綺麗でスタイルがよくても、あれじゃ人としてダメですよ」

武藤が口を尖らす。軽蔑の色も見えた。

紫苑をつけていたという「誰か」は、別にいるのだろうか。

「麗優女子大学付属高校の校門前で東山さんと会ったということだね。で、翌日は彼女が立川にやってきた？」

「いえ。それきりです」

「本当にそうなの？　調べればわかるよ？」

表情からみて嘘とは思えないが、正義は押した。では紫苑はなにをしに立川に来たんだろう、と思いながら。

「本当ですって。信じてください」

「だったらなんで彼女のことを知らないって言ったの。きみは嘘をついたんだよね。やましいことがなきゃ、嘘はつかないだろ」

「……それは、疑われたくなかったから。そのうちバレるかもとは思ってたんだけど、言えなくて」

「嘘をつくほうが疑われるよ。警察はそんなに甘くないよ」

「いえ、僕が疑われたくなかったのは、警察にじゃなくて、……今の彼女にです」

正義は二の句が継げなかった。そんな理由で、口を噤まれていたとは。

「だって彼女に悪いじゃないですか。あんな女と一緒の扱いをしたなんて思われたら」

武藤が、真剣な顔で訴えてくる。

「わかったよ。今の彼女の学校の校門前でも待ち伏せをしていたわけだね。その行為はともかく、もっと素直に話してほしかったな」

「違います。一緒って、そうじゃないんです。今の彼女は同じ学校だから、待ち伏せしたりなんてしてません」

「じゃあなにが一緒なの？」

「絵です」

武藤が言う。

「……絵？」

「彼女にプレゼントしたから、現物は持ってないけど、写真には撮りました。これです」

武藤がスマホから写真を見せてくる。

「これ、東山さんじゃないよ」

「もちろんです。僕の彼女ですよ。あんな女のは消しました」

写真の中の絵は、紫苑ほどの美形ではないが笑顔のかわいい女子生徒で、男子生徒と肩をよせあっているものだった。全体がパステルカラーで、男子生徒の顔は武藤本人とそっくりだ。

「願望絵ですよ。聞いたことないですか？　恋人になれたらいいな、という希望を絵にしてもらうんです」

正義は、ごくりと喉を鳴らした。

「聞いたこと、あるよ。でもこれ、本人を連れていって描いてもらうんじゃないの？」

「願望なので、一方は写真でいいんですよ。だから盗み撮りした彼女の写真を持って、僕のほうは僕自身を描いてもらって、彼女に渡して告白したんです。無事成功しました」

成功したのは、今の彼女の話だろう。盗み撮りというのもそちらだ。

「そういうの、女の子がやるのかと思ってたよ」

「偏見です。性差別ですよ、刑事さん。彼女には喜んでもらえましたよ。願望絵が流行ってることもちゃんと知ってて、嬉しいって」

「でも東山さんは怒ったんだね？」

「はい。一番かわいい写真を雑誌から切り取って描いてもらったのに、こんなブスじゃないとか、キモいとか、ちゃんと説明したのにさんざんでした」

武藤がまた憤慨する。プレゼントを突き返してやった相手とは、彼のことだったのか。

「確認だけど、東山さんの絵を描いたのは誰？」

「カフェのマスターですよ。コクーンっていう」

やはり、と正義は思う。

コクーンの日之出宇宙は、東山紫苑のことを「見たことがない」と、言っていた。願望絵を頼みにこなかったかという問いにも「来ていない」と答えた。

東山紫苑本人が、絵を描いてくれと言ってきたわけじゃない。屁理屈をこねるならそのとおりだろう。しかし「来ていない」はともかく「見たことがない」は嘘じゃないか。写真であろうとも、見てはいる。絵まで描いておきながら忘れるはずはない。あいつ、なにを隠しているのだろう。

「……すみませんでした。あの、ホントに。僕が嘘ついたこと、罪になりますか？」

うって変わって、武藤が不安げな声を出す。正義は、自分はそれほど怖い顔になっていたかと、笑顔に努める。

「だいじょうぶだよ。ただもっと早く、正直に言ってほしかっただけだ。他に、東山さんや絵のことでなにかないかな？　なんでもいい」

「今日の昼間、同じ学校の女子に訊ねられました。願望絵を描いてもらわなかったかって。今の彼女の話だと思って返事をしたら、でも二回あったでしょ、八月にも描いてもらったでしょって、いきなり。僕、ぎょっとしちゃって、もう一回なんて知らないって否定して。それもあって刑事さんにも、知らないって答えたんです」

「その女子がきみの彼女を知ってるってことは、同じ学校の生徒？」

もしや、と思いながら正義は訊ねる。

「はい。名前は忘れたんですけど、二年生の……、うちの学校でこないだ自殺騒ぎがあったときに活躍した子らしくて」

「そう。わかった、ありがとう」

優羽だ。正義は表情を変えないようにした。そういえば優羽は、パソコンができるから願望絵の受注ファイルの入力を任されていると言っていた。コツコツと調べていたのか。

「そうだ、それから」

武藤が思いだしたように言う。

「東山さんに、コクーンのことを話しました」

「え？」

「願望絵を渡したらすごく怒ってたから、最初、描かれた絵に納得がいかないのかと思って。だったら一緒に行って描き直してもらわないかと。そういう意味じゃないって、もっと怒られましたけど」

「……彼女の反応は？」

「だから怒ってました」

「その後だ。たとえばコクーンに文句をつけに行くとか、言ってなかった？」

武藤が考え込んでいる。

正義のスマホが短く鳴った。

## 3　優羽

正義が武藤と会っていたころ、優羽はコクーンへと自転車を漕いでいた。外から店内を覗き見たが、客がいない。そのまま自転車を置きにいく。

扉を開けた。

「すみません、遅くなりました。……あれ、今日は誰も来てないんですか？」

身を縮めながら挨拶をして、優羽は店全体を見回す。カウンターの内側で、宇宙が所在なげに座っていた。

「今日は木曜日だから、みんながはまってるテレビドラマの再放送があるんじゃないかな」

「それ先週、わたしの顔を見るために録画にしてきたよ、って弁さんが言ってたやつですよね。ちぇー。たった一回しかドラマに勝てなかったのか。残念」

「こんな日もあるよ」

「マスターが暗い顔をしてるのも原因のひとつですよ。無理にでも明るくしなきゃ」

優羽は笑い飛ばすも、宇宙がため息をついている。

通学鞄を抱えたまま、優羽はカウンターの外で足を止めた。宇宙は下を向いたままだ。

優羽は制服のジャケットのポケットに、気づかれないようそっと手を差しこむ。

しばらくしてから、宇宙の顔へと視線を置いた。

「マスター、結局、桃香さんに告白したんですか？」

「え？　告白？」

宇宙がやっと、優羽を見てくる。

「気持ちの告白ですよ。以前わたしがプッシュしたじゃないですか」

ああ、と宇宙が苦笑して、また視線を下げた。もごもごと喋りだす。

「それは、なんていうか、難しいものだね」

「してないんですか？……そっか。でも告白する前でよかったかもしれないですね」

「よかったってどういうこと？」

宇宙が訊ねてくる。

「だって、桃香さん、事件に関わってるかもしれないんでしょ？　事故か事件かわからないってテレビでは言ってるけど、事件って殺人ということですよね。もしかしたら犯人ってことも」

「ないよ！　彼女は関係ない」

派手な音がした。宇宙が突然立ちあがったのだ。座っていた椅子が、背後の冷蔵庫にぶつかっている。宇宙はバツが悪そうな顔になり、椅子の背を元に戻した。

優羽は続ける。

「そりゃあたしかに、わたしより小柄な桃香さんが、男の人を、お父さんをどうこうするなんて大変そうだけど、車にビールの空き缶があったってことは酔ってたわけだし、火事場の馬鹿力って言葉もあるし」

「……なにも知らないのに、変なこと言わないでくれ」

「知っています。わたし、知っているんですよ。……桃香さんには動機があります」

優羽はカウンターに手をつき、宇宙を見つめた。宇宙が睨んでくる。

「それ、誰にも言うんじゃない」

「マスターも気づいてたんですね。いつですか？」

「知らない。僕は知らない」

「わたし、見たんです。あれは何日だったかな……、マスターに送ってもらった夜です。

そう、十月八日。たまたま、桃香さんの家の近くを通って見ちゃったんです。……まさかお父さんとだなんて、そんなの」

「言うな！」

宇宙の声が険しくなる。

「ほら。マスターも知っている。桃香さんには動機があるって。警察もまだ知らない動機が――」

「やめろ！　あの子は人を殺すような子じゃない！」

カウンターの向こうから、宇宙が右手を伸ばしてきた。優羽は身体を引いた。持っていた通学鞄の中に、とっさに手を入れる。

「……いや。あ、すまない、つい」

宇宙がひきつった笑いを浮かべる。

「ダメですよ、マスター。興奮しちゃ」

「ああ。……でも持田さん、桃香ちゃんを疑わないでよ」

「疑ってませんよ、彼女は、ね」

優羽はもう一歩身を引いて、宇宙を正面から見据えた。

「マスターにも、桃香さんを守りたい、桃香さんを踏みにじっているお父さんを許せないという動機が、ありません」

宇宙の表情が、固まった。

「マスターにはアリバイもないですよね。マスターはひとり暮らし。お店を閉めた後は誰も訪ねてこない。家の電灯をつけておけばそこにいるだろうと思われるし、お店が目隠しになって道からは見えづらく、車もガレージの中。桃香さんのお父さんが亡くなったのは、十日の夜から十一日の朝という話です。マスターはどこにいらっしゃいましたか？」

「なにを言いだすんだよ。普段どおり家にいたよ」

宇宙がぎこちない笑顔を見せる。

「マスター、これなにかわかりますか？」

優羽は一度通学鞄に入れた手を戻しつつ、客がいないことを観察してから取ってきたものをカウンターに置いた。小さな草の実だ。

「ヌスビトハギだよね？　うちの庭にも生えてるやつ」

「そうです。さっきつまんできました。以前も言いましたよね、マスター。ちゃんと庭の手入れをしないと、草ぼうぼうですよって」

「それがどうしたの？」

「これ、服にくっつくとしつこいんですよ。洗濯機に入れても取れない。ですよね？」

ああ、と宇宙が曖昧な表情でうなずく。

「遺体で見つかった友永英規さんの服に、くっついていたそうです」

「へえ。……え？　もしかして、それだけで言ってるの？　持田さん、そのヌスビトハギがうちのだって言いたいの？　あはは、ないない」

「こういうものって、どこに生えてるものと同じか、警察が調べればわかるそうですよ」

優羽はにっこりと笑ってみせた。

「あの人とは会ってないよ。もちろん来てもいないよ」

「でもわたし、マスターの車の助手席に置いてきちゃったんです。捨てたというか」

「え？」

「夜、送ってもらった八日のことです。わたし、自転車を草むらに置いてたでしょ？　そのとき服についちゃって。マスターと話をしながら、気になって実をむしってたんです。車を降りたあと、次に助手席に座る人に悪いなって思ったけど、そのまま忘れちゃった」

宇宙が、呆然とした顔をしている。

「自転車の前カゴにも千切れて入ってたから、自転車を載せた車の荷台にも落ちてたと思います」

宇宙の身体が、ゆらりと揺れた。背後の椅子にぶつかる。

「友永英規さんを酔わせて、車で多摩川の橋の上かどこかに運んで、投げ捨てた。ですよね？　桃香さんは、お父さんがよく酔っぱらうって話をしていました。事故を装えると思ったんじゃないですか？」

「……持田さん」

「テレビは、事故と事件の両面で調べているってとこから変わってないけど、桃香さんがいなくなったこともあって、警察は事件のほうで追ってるみたいです。このままじゃ桃香さんが犯人になってしまいます。それでいいんですか？　マスター」

「なんで。いや、僕は……」

「自首してください。桃香さんのことが好きなんでしょう？　桃香さんを守ってください」

優羽は頭を下げる。

しばらくの沈黙があった。

一秒。二秒。

ふうう、と宇宙が長い息を吐く。

「僕はこの間から、すごくショックを受けているんだ。どうして桃香ちゃんはいなくなったんだろう。僕、プロポーズしたんだよ。喜んだ顔はしてくれていたけれど、断られた。……

その夜、こっそりと家に行って、父親が原因だとわかった」

「だから殺したんですね」

「……その返事はしない。だけど父親が消えたことと、彼女がいなくなったことは関係ない」

「疑われていると思って、桃香さんは逃げてるんじゃないですか？　桃香さんのためにも、マスターは自分の罪を告白すべきです」

宇宙は返事をしない。カウンターの隅をただ見つめている。

「シオンの事件もですよ、マスター」

ごくりと、宇宙の喉が鳴った。

優羽は続ける。

「スケッチブック。八日の夜、更衣室の棚から落ちてきて、そこに古いものが積まれていることに気づきました。空き時間に該当の絵を捜していて、昨夜の帰り、みんなが話しているときにやっと発見したんです」

「ないよ、その子の絵なんて」

「マスターはスケッチに日付を入れますよね。八月二十一日に、うちの学校の男子生徒、武藤くんの絵がありました。願望絵の受注ファイルで確かめてみたら、そこには恋人、ツーショット、って書かれてあったけど、彼の絵、ひとりだけです。そして、すぐ後のページが破かれている。武藤くんの相手となる人のスケッチが消えてるんです。なぜなんでしょう」

「……絵に納得がいかなかったからだよ」

「だったら上手に描けたものが残っているはず。破かれ方も乱暴でした。前後のページに変な皺が寄っていて、無理やり、むんずとつかんだかのようで。皺の跡があるページの、最後のスケッチの日付は九月一日でした。そのあと、皺の寄った白紙のページを挟んで、綺麗な紙になってから、九月三日、九月四日、があります。九月二日は、日付が記されたページ自体がありません。つまり、二日に、なにかがあったのです」

宇宙が、違うと言いたいかのように、首を横に振った。

「話を続けますね。ちなみに九月二日、シオンは立川駅のファッションビルで目撃されています。そのとき彼女、ものすごく怒っていました。この日の願望絵の受注ファイルには、キャンセルとあります。わたし、予約した方に電話で確認しました。都合が悪くなったから日延べしてもらえないかとマスターから連絡があったと。やはり二日に、なにかが起っていたのです。同じころ、桃香さんは八重歯の先を折っています。左手を突き指してもいたとのこと。ちなみに絵を頼んだ武藤くんはボランティア部で、八月に募金活動でシオンと会っています」

武藤は優羽の質問に、知らないと言い張っていた。だが表情でわかった。紫苑の名前を出したとたん、目が泳いだ。

「そこを結びつけないでほしいんだけど」

宇宙の声がかすれている。

「結びつけられるんじゃないかな、と思ったのは、シオンの死体が、前歯をのきなみ折られて、左手の指もひどく殴られていたからです。殴られたのは身体中だけど、歯を折ったのは特徴的です。ワイドショーや、ネットでも言われてました。ハンマーマンは、身体のそのあたりに、恨みを持つ人間の犯行じゃないかって」

「テレビは僕も見たけれど……。きみ、やっぱり話が飛躍してるよ」

「わたし、思ったんです。マスターは、桃香さんを傷つけた人を許せなかったんだって。シオンは読者モデルです。顔と名前はわかっている。九月二日は制服を着ていました。学校もわかる。待ち伏せしていれば会えるんです。といっても、いきなりさらって殺すとは思えないから、まずは謝りなさいとかなんとか、言いにいったんじゃないですか？　でもシオンは謝らない。謝るぐらいなら文句をつけになどやってきませんしね」

正義が言っていた。東山紫苑はトラブルの種をいくつか蒔いている、待ち伏せしていたヤツに文句を言ったこともある、と。宇宙のことだろう。

「シオンはきっと、いっそう腹立たしいようなこと、桃香さんやマスターを侮辱するようなことを言ったんでしょう。マスターは、今度はシオンをひっ捕まえてでも謝らせようと思う。シオンがひとりでいるところを狙い、タイミングを見て捕まえ連れてくる。謝れと要求する。そこで、不幸にも事故が起きた」

「事故？」

「ハンマーマン。そんな呼び名がつけられたように、シオンは全身を金槌状のもので殴られていたけど、頭に一箇所、別の形、角張ったもので殴られた傷があったんです。わたし、思ったんです。シオンが抵抗したはずみとか、マスターが興奮したとかして、シオンは大怪我を負ったんじゃないかって」

「……持田さん、きみ」

宇宙が目を丸くしている。なにか言いかけて、しかし言葉を呑んだ。

「さっき、わたしが桃香さんを疑ったふりをしたら、マスター、とても興奮してましたね。マスターって、普段は穏やかだけど、興奮すると口調が変わる。ひどく焦る。八日の夜のドライブで、よくわかりました。頭の中がカーッとなって、手もつい出てしまうんじゃないですか。最初わたしは、マスターがちゃんと計画を立ててやったんだと思ってたんです。

でも実は、場当たり的な犯行だったんですね」

優羽は続ける。

「シオンのようすを見て、マスターは動転した。後戻りができないと思い、殺した。だけど捕まえてきた時点でもうヤバいですよ。帰されたとしても、シオンが黙ってるわけないじゃないですか。考えが浅すぎますよ」

宇宙が唇を噛んでいた。

「マスターは、自分の犯行だとバレない手立てはないか考えます。そして最近、緑道で騒ぎがあったことを思いだす。不良少年が関わってるようだから、その子たちの犯行に見せかけようとたくさん殴る。なかでも歯と指は、恨みもあって、よりたくさん。……違いますか？」

宇宙はすぐには答えない。考えるようすを見せてから、言った。

「僕は……、今の話にも、返事ができない。だけど、頭の傷の話は、どういうこと？　角張ったものがどうこうって、新聞やテレビで、そんな話してたっけ」

優羽は通学鞄の中に入れておいたものを、再度、握った。護身用に持ってきた、先が尖ったハサミだ。

それから宇宙を見つめ、笑顔を見せる。

「個人的に聞いた話、です。わたしの兄、刑事なんです。兄から聞きました」

「え？」

「マスターも会ったことありますよ。ここに聞き込みに来た、若いほうの人」

「それ、汐崎さん？　だって」

「親が離婚してるんです。苗字が違うのはそのせい」

宇宙の顔が、ゆっくりと赤みを帯びてくる。

「きみは、最初からそのつもりで……。全部計算ずくでうちの店に……」

「マスター、行き当たりばったりじゃダメなんですよ」

「……そう、だね。だけどきみこそ、ひとりで来るなんて、無計画、じゃない？」

宇宙の声が裏返っている。

優羽は、宇宙の動きを確認しながら、小首をかしげた。

「無計画、ですか？」

グラスが落ちた。怒りで赤黒い顔をした宇宙が、身体がシンクの角にぶつかるのも気にせず、カウンターを回り込んでくる。

優羽は逃げる。優羽もテーブルに身体をぶつけながら、扉へと向かった。宇宙の手が優羽の背中に伸び、ジャケットの布地をつかむ。

優羽は悲鳴を上げた。

正義はどうしているんだ。店に客がいないことをたしかめて、このタイミングでと思い、ポケットのスマホから送った「コクーンにすぐ来て」というＬＩＮＥを見ていないのか。通学鞄の中に入れた手を、握ったハサミを、今こそ出すべきか。

「おいっ！　なにをやっている！」

扉が開いた。ジャケットが破れる音がした。

「お兄ちゃん！」

優羽は通学鞄の中で、ハサミから手を離した。背中を引っぱる力が緩む。優羽は正義に抱きついた。

正義が優羽の身体を離し、宇宙に向かっていった。宇宙が後ずさる。

「日之出宇宙、聞きたいことがあって来た。しかしまずは、暴行の現行犯で逮捕する」

「待ってお兄ちゃん。マスターは自首するつもりだったの！　わたしが説得していたところなの！」

優羽は宇宙を見て、ほほえんだ。

宇宙も優羽を眺めてきた。悲しげに唇を歪めながら。

## 4　宇宙

取調室で、宇宙の目の前の男が、倉科と名乗った。

「持田優羽さんは、あなたが服を引っぱって破ったのは指が絡まっただけで、暴行ではないと言っています。マスターは悪い人ではない、だそうです。でも、あなたが友永桃香さんの怪我の復讐をしたのは、悪いこと、ですよ」

倉科の声は荒立つことなく、表情も柔らかで、宇宙が話し出すのを待っているようだ。

どうしてこうなったのだろう、と宇宙は考える。

自分はただ、桃香のことが好きだっただけだ。

彼女を傷つける人間を、許せなかっただけだ。だから、行動した。

自分の父は、母のことが大好きだった。わがままな人だったが、母のことは大切にしていた。母が、母の実家で火事に遭って死んだのは、祖父の煙草の不始末が原因だ。父は義理の親を罵倒し、したたか殴った。家族間のことでもあり、また娘を死なせてしまった祖父も自殺しかねないほど落ち込んでいて、父の暴力は事件にはならなかった。祖父はその後病気で死んだが、自殺を試みたのは父のほうだ。母のいない世をはかなんで、橋から飛び降りた。しかし死にきれず、残りの人生を車椅子で過ごした。

自分も父のせいで人生を狂わされた。父の介護で、進学も、就職も諦めた。だがもう恨んでいない。過ぎたことだ。父も宇宙に謝り続け、晩年はすっかり穏やかになった。

父が羨ましかった。全身全霊で母を愛した父が。自分も、父のように誰かを愛したいと思った。相手のためにすべてをなげうつような。それが理想だった。理想の愛だと思った。

自分は、おかしかったのだろうか。

父のために作られた繭の中、父と同世代の常連客の相手をして、父の絵に囲まれて暮らし、おかしくなっていったのだろうか。

しかしあの女も、おかしかった。

あの女。東山紫苑。

「……モデル代を寄越せと、言ったんです」

宇宙は口を開いた。

「なんのモデル代なの？」

倉科が目を合わせてくる。

「願望絵の、です。高校生の男の子の依頼があったんです。東山紫苑さんと恋人になれるようにツーショットの絵を描いてほしいというものでした。彼がそれを東山さんに渡したところ、激怒したようです。東山さんは、絵を描いた僕のことを彼から聞き、勝手に描かれた、肖像権の侵害だ、自分はモデルだからモデル代を寄越せと、店に怒鳴り込んできたんです。九月二日のことでした。東山さんは自分が描かれた絵をラフ程度でも残されたくなかったようで、すべて持ってくるように言いました。そこでスケッチブックを渡すと、つかみ取って自分の絵ばかりか何枚ものページを破り捨てました」

「そう。東山さんは怒っていたんだね。ちなみにそのモデル代っていくらなのかな」

「百万円……です」

倉科の目が、呆れたように大きくなった。

「ふっかけるね。払ったの？」

「いいえ。言いがかりだと思ったので、無理だと答えました。ただ、絵がお気に召さなかったのなら、依頼者からもらったお金を返しますよと言いました」

「東山さんはなんて」

「ふざけるなと。そしてテーブルの上にあった紙ナプキン入れを床にぶちまけました。桃香ちゃんがそれを拾い集めようとしたところ彼女の足に触ってしまい、痴漢だと騒いで蹴ったんです。その爪先が桃香ちゃんの顔に当たって、歯が折れました」

今思いだしても腹が煮えくり返る、と宇宙は思った。

あとから考えれば、紙ナプキンなど放っておいてもよかったのだ。だがとっさに拾おうとした桃香を責められない。なにごとにも真面目で素直な桃香が、反射的に動いてしまった。本当に足に触ったかどうかはわからない。難癖をつけたかっただけ、そう思っている。

「折れたとなればおおごとだけど、東山さんの反応は？」

「一瞬、ぎょっとしていましたが、すぐに悪びれないようすで『そんなところに這いつくばっているせいだ』と」

「その場に他の客はいたんですか」

「お客さんはいません。桃香ちゃんと昌男さん、そして僕だけ。昌男さんが怒って東山さんを殴ろうとしたので、慌てて止めました。桃香ちゃんも反対側から昌男さんを止めて、東山さんはテーブルの向こう側に逃げて、そのテーブルを押し、扉を開けて逃げていったんです。テーブルを押されたはずみで、桃香ちゃんはバランスを崩して転び、左の薬指を突き指までしてしまいました」

そんなひどい目に遭ったのに、桃香は病院に行くとは言わなかった。何度も勧めたのに、頑として聞かなかった。

「そのあとは、持田さんに言われたとおりです。翌日は土曜だったので週が明けた月曜日、東山さんを見つけたくて、店を休んで学校の前で待ち伏せしました。謝りなさいと。しかし彼女は、だったらそちらが払うべき百万円で、全部チャラにしてやると言ったんです。しかも……」

「しかも？」

「差し歯など、百万でおつりがくると言い、そういう問題ではないだろうと僕が叱責すると、なんの特徴もない顔だったのだから、目立つものができてよかったじゃない、と」

倉科が、同情的な視線を寄せてきた。

励まされるように、宇宙は話しだす。

東山紫苑の家をつきとめた。夜遊びが習慣化していることをつきとめた。渋谷や三軒茶屋、吉祥寺など、若者が集まる街で飲酒に耽っていることもつきとめた。ときにはかなり酔っぱらう。どこかで網を張っていれば、人目につかない場所でさらうことができると思った。店を終えてから、何度も吉祥寺へと足を運んだ。

謝らせようと思っていた気持ちは、いつしか、桃香と同じ目に遭わせたい、歯を折ってやろうという気持ちに変わっていった。

差し歯など、百万円でおつりがくるそうだから。

九月三十日の夜、数人でカラオケ店へと入っていく東山紫苑を見かけた。紫苑はカツラを被っていたが、それは以前から知っていた。彼女にならい、宇宙も眼鏡をかけ、髪型を変えていた。暗い色のファンデーションを塗ると、火傷の痕も目立たなくなった。コクーンのカウンターに立つには不自然だが、観光客も多い街のこと、誰も見咎めない。同じカラオケ店の別の部屋に入り、彼女らが出てくるのを待った。

その話を告げたとき、倉科が一瞬悔しそうな顔を見せた。警察にも気づかれていなかったのだろう。宇宙はどこか誇らしいような気持ちになった。

「彼女らが車で移動するとは思わなくて、駐車場まで追っていったものの、その先は追いかけられなかったんです。僕も遠くに停めていた自分の車を出してきて、次の機会を待つしかないと思い、なんとなく井の頭公園のほうに向かったところ、東山さんが乗っていった車を見つけたんです。運命だと思いました」

「それで、車から降ろされた彼女をさらったのかな」

倉科の言葉に、宇宙はうなずく。

「ふらふらしている東山さんに近づいて、頭を金槌で軽く殴りました。そのぐらいでは失神しないとものの本には書いてあったけれど、酔っていたこともあり、抵抗されることなく車に乗せることができました。すぐに用意していたダクトテープで目と口を覆い、手足を拘束して連れてきたんです。家のガレージに」

今にして思えば、公園のそばで口を金槌で殴って歯だけ折り、そのまま逃げればよかったのだと宇宙にもわかる。だが妙に固執してしまった。チャンスを逃してはいけない、一度見失った彼女に巡り合えたのはなにかの啓示だ、そう思ったのだ。

いや、これだけ時間をかけたのだから、紫苑にツケを払ってもらいたいと思ってしまった。恐怖を味わわせたかったし、恐怖に震える姿を見たかった。

自分にもそんな残酷な気持ちがあるのだと、宇宙は感じた。誰かの不正を憎み、その相手の罪を糺すことで、自分の行為が正当であるかのように思えてしまう、そんな歪んだ思いが。

「足の拘束をいったん解き、ガレージにあったパイプ椅子に座らせて、椅子の脚と彼女の足を再びダクトテープで巻きました。口元も、テープに覆われた状態では歯を折ることができないから、一度外して布で巻こうとして。そのころには東山さんの酔いが醒めていたんだと思います。彼女は僕が誰か気づいたんです。目を覆っていたのに」

「あなたはその時点で、謝らせるという気持ちがなくなっていたということになるよ。謝るという行為は、相手が誰かわからなければ謝りようがないからね。そう思っていいのかな？」

倉科が訊ねてくる。たしかにもう、謝らせるというより、傷つけたいという気持ちのほうが強くなっていた。

「……はい。ただ本当に、殺そうとまでは思っていなかったんです」

「でもあなただと気づかれた。そもそもどうして気づかれたんだろう」

「油絵の具のにおいです。ガレージには描きかけの絵が置いてあったので。『あんた、あの絵の人じゃないの？』って言われたんです。慌ててもう一度口元にテープを貼りました。顔は見られていないので、シラを切りとおそうと思いました。ただ、彼女は予想以上に暴れて、椅子にくくりつけているのにその姿勢のままバタンバタンと動いて。……もっと重い椅子を用意すべきだったんです。彼女は椅子ごと飛び上がるようにして、バランスを崩して転びました。その床に、ガレージジャッキがありました」

ガレージジャッキとは、車の下に入れて持ち上げるためのものだ。整備の際に使う。

「転んだ拍子に、東山さんの頭がジャッキにぶつかりました。そしたらようすがおかしくなって。はじめはテープの下でうーうーとうめいていたのに、そのうちなにも言わなくなって、身体も動かさなくなって」

「そのときすぐに病院に運んでいたら、命は助かったかもしれないよ」

倉科が言った。

「それは、できませんでした。あとはなんとかごまかそう、それしか考えられなかった」

殺すつもりはなかった。それは本当だ。しかし殺すしか自分の身を守るすべがないと、気持ちがすり替わった。追いつめられて視野が狭くなってしまった。そういうことかもしれない。

その袋小路に入っていったのは、自分だ。

優羽からも指摘されたその後の行動を、宇宙は説明した。

以前、緑道で諍いがあったことを常連客から聞いていた。少年たちの悪ふざけやリンチが今回の事件を招いたように見せかけようと、短絡的に思いついた。持っていた金槌で紫苑を幾度も殴った。殴っているうちに、この女のせいでこんな目に遭わされているのだと、憎さが増してきた。最初の目的は歯を折ることだったと、口元へ金槌を振り下ろす。紫苑はもう、完全に動かなくなっていた。目元のテープをはずし、まぶたをこじ開けると、なにも見ていない球体があった。死んだのだと思い、すべてのテープを外す。横たえたあとで、桃香は突き指もさせられたのだったと、金槌を左指に当てた。

宇宙が東山紫苑を捨てたのは、夜の明ける前だった。

休憩のあと、友永英規の殺害について問われた。

英規に対しては、明確な殺意があった。英規が桃香を性的に虐待していることに気づいたのが殺害前日の夜、十月九日だ。

プロポーズを断られ、自分に足りないところがあるのだろうかと思ったものの、納得できずにいた。宇宙が気持ちを告白したとき、桃香はほほえみ、嫌がってはいなかった。笑顔のあとから、困惑の表情を浮かべたのだ。迷惑ではないはずだ。

自分に都合よく解釈しているだけ。そうは思ったが、夜になり桃香が店を出ていってから、もう一度、きちんと話をしたいという気持ちに抗えなくなった。

桃香のことを話す優羽のようすも気になっていた。悩みがあるんじゃないか、マスターを頼りにしている、その口ぶりから、心配している気持ちが伝わってきた。その日の桃香のことも、もちろん頭に引っかかっていた。桃香が口元を腫らしていたのは、本当に扉にぶつかったせいだろうか。紫苑に蹴られたときのように、周囲に心配をかけたくなくて、ごまかしているんじゃないだろうか。

雨が降っていたので、宇宙は車で出かけた。

友永の家の前で、英規のハイエースに乗せられる桃香を見た。無理やり引きずり込まれるさまに胸騒ぎがして後をつけると、車は多摩川の河川敷へと向かっていく。

その中で行われたことを、目撃してしまった。腰が抜け、割って入ることができなかった。雨もあり、ふたりには気づかれなかったと思う。

紫苑を殺し、自分はタガが外れてしまったのだと、宇宙は自覚している。桃香を解放するには英規を殺すしかない、どうすれば怪しまれずに殺せるのかと、眠れぬまま、考え続けた。英規を仕事の現場近くで待ち、車に戻ったところで酒を持って近づく。それだけの単純な計画。だが英規には使える計画だ。

英規が飲酒運転をしていることは、以前から気づいていた。殺害の日、彼の車に近寄ったときも、すでに缶チューハイを空けていた。英規がバツの悪そうな顔で笑いかけてきたが、宇宙は自分が送ってやると言ってさらに飲ませた。酩酊したところで自分の車に乗せ、橋から突き落とした。雨の後だからか水量は多かった。

宇宙が違和感を持ったのは、確認のために供述調書を読み上げられたときだ。

「さっきから、『自称、友永英規』と言っていますが、どういうことですか？」

問うと、少しの間があって、倉科は答える。

「友永英規、と名乗っている、ということですよ」

なにを言っているのか、宇宙にはわからなかった。

「ちょ、ちょっと待ってください。僕が殺したのは、たしかに友永英規ですよ。昌男さんの息子の、桃香ちゃんの……父親の」

あんなけだものを父親とは呼びたくなかったが、呼ぶしかなかった。

「そう名乗って、友永家で生活をしていましたが、本物の友永英規さんではありません。

桃香さんもです」

宇宙の目の前がぐるぐると回る。

「待ってください。じゃあ、あのふたりの関係はいったい？　桃香ちゃんはとても傷ついていて……、傷つけられていて……」

「その件は持田優羽さんからも聞いています。我々もあまりのことに、ふたりは本当の親子なのかと訊ねたところ、そう問われるとわからなくなるが、桃香さんは実の親だと思っているのではと」

「……桃香ちゃんは、まだ見つからないんですか？」

倉科がうなずいた。

## 5　正義

深夜に、臨時の捜査会議がはじまった。

「自称、友永英規殺害について、殺害当日の英規の仕事先が判明しましたので報告します」

英規の遺体が発見された場所を管轄する昭島署の捜査員が発言する。

今朝、すぐに問い合わせた店舗の解体作業は、十月九日までの仕事先だった。しかしそこで一緒に働いていた人間から、英規は、翌、十日から三日間の予定で、福生市内にある食品加工会社の工場の建て替えに伴う機械の搬出や撤去作業に就くと言っていたことがわかり、確認もとれた。別棟の工場が稼働しているため、十日は午後一時から夜九時までの作業だった。工場の駐車場も利用できたが、英規はそこには置かず、少し離れた場所にハイエースを駐車。以前、英規と同じ現場で働いたことのある作業員によると、同じようなことがたびたびあったという。英規は仕事終わりに車中で缶チューハイをひっかけることをストレス発散の手段としていて、仕事仲間に気づかれるのを嫌ったと思われた。

「この食品加工会社の仕事は、日之出宇宙が口を利いていました。作業員と会社の間に入っているのは日雇いのアルバイトを専門に扱う業者ですが、コクーンに食品を卸していることで日之出と関係ができたらしく、食品加工会社のほうから、誰かいないかとか業者を知らないかなどと相談したとのことです。そこで日之出が英規に、こういう仕事があると持ちかけたのではないでしょうか。その時点での殺意はわかりませんが」

「日之出は、以前から数回、英規に仕事の紹介をしたと言っています。桃香の暮らしを支えたいと考えて、だそうです」

倉科が、司会席から補足する。

「この件はすでに本日の夕方には判明していたことで、我々としても、日之出本人を呼んで確認したいと考えていたところです」

昭島署の捜査員は、残念そうな口ぶりだった。

英規の仕事先を知っていた人間なら、彼の居場所もわかれば、誘い出すこともできる。取り調べによると、宇宙は五百ミリリットルの缶ビールの半ダースパックを持っていったという。英規は早速飲みはじめる。宇宙は、桃香のことで相談があると言い、さらに酒を勧めた。しかし英規がなかなか酔い潰れないため、もしものためにと用意した砕いた風邪薬を酒に混ぜた。その缶だけは持ち帰って捨てたそうだ。泥酔した英規をいったん自分の車に乗せ、夜陰に乗じて橋から落とす。英規の車は川沿いの不自然でない位置まで移動させておく。指紋をつけないよう手袋を使った。購入店がわからないよう、ビール缶を覆っていたパッケージもレジ袋も回収した。

英規の仕事は三日間。宇宙にとって、チャンスも三回あった。

作業初日の十日に殺害されなければ、友永家の前で張り込んでいた自分が英規に事情聴取をしていただろう、と正義は思う。英規は死なずに済んだかもしれない。

しかしあんな男、殺されて惜しい命だろうか。優羽から話を聞いたときには信じがたく耳を疑ったが、宇宙も同じ話をする。自分の娘と関係を持っていただなんて、聞かされた人間誰もが気持ち悪く思うだろう。ふたりが何者かわからない以上、実の娘ではない可能性もあるが、それでも強姦だ。反吐が出る。

最終的には自分の手柄につながった。結果は、これでよかったのだ。正義はそう思う。

ちなみに英規が乗っていたハイエースをNシステムのデータで調べたところ、九月三十日、十月一日ともに、吉祥寺近辺ではなにもなかったが、一日の深夜二時半に多摩市で記録が残されていた。九月三十日夜、十二時には帰宅していたという本人及び桃香の証言は、やはり偽りだった。

英規と桃香の正体については、いまだわからない。本物の英規が行方不明になったのは、およそ八年前。その後どこかで偽物の英規たちと出会ったと思われる。彼らに該当する行方不明者届がないか確認中だ。偽物の英規は成人のためデータに載った程度かもしれないが、桃香は今でさえ成人に達しているか疑われるぐらいだ、きっと未成年だったろう。未成年者の行方不明となれば積極的に捜索されるはずだが、合致する案件がみつからない。

翌日の朝に、二件の殺害事件の容疑で日之出宇宙を逮捕したと発表することになった。

と同時に、履歴書から手に入れた自称、友永英規の写真と、優羽が撮った自称、友永桃香の写真を公開し、両者の情報提供を呼びかけることも決まった。

雨の降り出す音が、講堂へと聞こえてきた。

桃香はどうしているだろうと、倉科がぽつりと言った。

# 十月十四日

## 1　少女

どこにいけばいいのかもわからない。どうすればいいのかわからない。

少女はそう思う。数日前まで、友永桃香と呼ばれていた少女だ。

十日の夜、コクーンのアルバイトでもらった金と少しの着替えを持って、隣家に面した窓から外に出た。いざというときにどこから逃げるかは、習慣的に考えている。視力はいいほうだ。表の道に車が停まっていたのはわかっていた。警察がどこにいるか、勘も働くほうだと、少女は思う。父親が車を盗むときに、見張りをしたこともあった。

家を出て、頭上にモノレールが走る場所までやってきた。モノレールの先にあるJR立川駅のそばは別の街のようで、少女はあまり近寄らないようにしていた。今までにいたどの街でも、駅の近くは好きじゃない。小さいころ、父親とはぐれたことがあった。置いていかれるところだったのかもしれない。

だけどここから逃れるには、電車に乗ってどこかに向かわなくてはいけない。父親を待ったほうがいいのだろうか、連絡をしたほうがいいのだろうかと、少女は少しだけ、思った。

今まで十年ほど、父親に連れられてあちこちにいた。十年、多分、だ。冬が十回来たと思う。九回かもしれない。少女の記憶は混沌としている。自分の記憶はそこからしか始まっていない。それ以前もあるらしいけれど、どうにもわからない。考えると頭が痛くなるから考えないようにしている。

本当にあの人は自分の父親なのだろうか。本当の父親が、あんなことをするのだろうか。そう思うこともある。少女は母親のことを覚えていないので、誰にたしかめたらいいのか、わからない。

読み書きも計算も父親から教わった。社会科は苦手だけれど、理科はもう少しわかると思う。生活に必要だからだ。空のようすは優羽より知っている。雨が降るのか晴れるのか、外で眠ることもあった自分には、とても重要だ。

病院には行ったことがない。自分は行けないのだと、父親から聞かされて育った。身体は丈夫だから平気だ。たいてい寝れば治る。歯が治らないのは困ったけれど。

少女は思う。自分は変わったと。おじいちゃん——友永昌男が教科書を読んでくれて、多くのことを知った。宇宙と接し、客の老人たちと接し、優羽と出会った。同じぐらいの歳の子が楽しそうにしているのを羨ましく見ていたが、親しくしたことはなかった。自分を心配して抱きしめてくれたのは、優羽だけだ。

少女は、働いて金を得ることも知った。それまで、父親が働いてくることはあっても、自分は車の中か、付近で待っているだけだったのだ。

自分の手で稼げるのなら、父親は要らないんじゃないか。少女はそう考えた。

だからひとりで逃げることにした。

立川駅まで出て、どの電車に乗るか迷い、えいやと飛び乗った。人波に押されて外に出て、そうしたら街が明るかったので、ぶらぶらと歩いた。人は少し減ってきていて、ビルとビルとの間でも眠れそうな気がしたので、そうした。

それが一日目の夜だ。

次の日もそうして眠ったら、翌朝、ふたつに分けていた金の一方がなくなっていた。ポケットのほうは無事だったが、着替えも入れていた鞄が消えている。眠っているうちに盗られたのだ。どうすればいいんだろうと不安になった。

自分も、店でものを盗んだことはあるが、そういうときは父親が見ていてくれた。ひとりではすぐに捕まるような気がする。それに昌男と暮らして、コクーンでアルバイトをして、ものを盗んだり食い逃げをしたりするのはいけないことだと実感するようになった。おなかがすく、金がない。だから仕方がないと今までは思っていたけれど、盗られたら悔しいし、逃げられたらむなしい。悲しむ人の気持ちがわかるようになった。

ぼんやりと歩いていた少女に、男が声をかけてきた。

男は親切だった。美味しいものを食べさせてくれて、眠る場所をくれた。けれど少女に父親と同じことを要求した。

父親より優しかったけれど、少女は悲しかった。朝になって逃げるようにホテルを出て、電車に乗り、別の街に行った。でもなにをすればいいかわからない。ただ歩き回る。

次の夜は、ずっと起きていようと思った。けれど雨が降ってきた。少女は傘を持ってこなかった。金を傘に費やしてはいけないと思った。

濡れた服のまま歩くのは寒かった。これから、夜を外で過ごすには辛い季節がやってくる。

少女と父親は、たいていは車の中で眠っていた。少女に辛いことを強いる父親だったが、守られている安心感はあった。誰かから襲われる危険はない。

どちらがよかったのか、少女にはわからなくなっていた。男がまた声をかけてきた。昨日とは別の男だ。寒さに負けて、少女はついていった。

同じ夜が繰り返された。

朝になり、外に出て、少女はまた歩きはじめた。どこを歩いているかわからなくなってきたが、やがて人に訊ねながら駅へと向かう。

駅はしかし、巨大すぎてどうなっているのかまるでわからない。多くの人々が右へ左へと行きかっている。その流れを見ながら、ただたたずむ。この先、毎夜毎夜を同じように過ごすのだろうか。どうすれば逃れられるのだろうと、少女は思う。

その肩を、誰かが叩いた。

## 2　正義

自称、友永桃香が池袋駅で保護され、現在立川署に向かっているという。捜査本部に、事件が終結するという雰囲気が充ちていた。

正義が署に戻ってきたのは、そんなタイミングだった。宇宙の立会いのもと、彼の家とコクーンの店内の検分をしていたのだ。最も丁寧に調べたのがガレージだ。鑑識が、血痕や遺留品を這いつくばって捜す。宇宙の供述に基づき、ガレージジャッキや金槌が押収された。紫苑の被っていたカツラも自宅の部屋に隠されていた。公判を維持するに足る証拠となるだろう。

コクーンの周囲に、マスコミが多く集まっていた。立川署の周辺も同様だ。誇らしい。正義はそう思った。

事件は解決した。自分の活躍ぶりはどうだ。宇宙をこの手で逮捕したというのも大きい。昌男や、自称桃香とも見知った間柄だ。今後彼らの口が重くなるときには、取り調べに同席させてもらえるだろう。

妹の優羽がコクーンにアルバイトとして入り込んでいたことは、叱責を受けた。おとり捜査じゃないかと、駒岡からも嫌みを言われた。優羽の協力は得たが、アルバイトの件は偶然だ。自分が不在の間に妹が勝手に決めてきたことで、自分は止めたのだと、倉科たちには言い訳をした。

倉科は笑っていた。その柔らかな笑顔に、今後、捜査一課に引き上げてもらえるかもしれないと、正義の胸は高鳴る。

桃香を名乗る少女がやってきた。不安げなそのようすに、倉科が正義も取調室に同席するようにと促してきた。予想通りだと思わずガッツポーズが出る。女性の捜査員も加え、取り調べが始まった。少女は父親の死を聞いて呆然とし、その死に関わったのが宇宙だと聞いて涙した。どちらを想って泣いているのだろうと、正義は思った。

自分は父親に、美樹《みき》と呼ばれていたと、桃香が言った。

苗字は小川《おがわ》だと、そこから話が始まった。小学校には通わなかったとのことだ。ランドセルを見た記憶はあるが、気づいたときには父親とともにあちこち放浪していたと聞き、正義は驚いた。

父親の名前は、康史《やすし》と聞いているそうだ。誰かが部屋の外で走る。行方不明者届と突きあわせるのだ。

東山紫苑の事件に自分がどう関わっていたか、美樹は素直に話した。九月二日に紫苑に顔を蹴られ、八重歯の先を折った。左手にも突き指を負った。だがその後、紫苑と接触はなく、宇宙が紫苑を捜し回っていたことも、さらって殺したことも知らなかったという。

十月一日の早朝、昌男とともに死体を見つけた。うつぶせで、それが誰かはわからなかった。しかし警察に通報すると、自分が桃香の名前を借りていることを知られてしまうかもしれない。今までの生活から、警察とは関わりたくなかったし、父親からもきつく言い含められていた。警察は、やっていないことでもやったかのように作り上げるとまで言われて育ち、不信感しかなかった。そのため知らないふりをした。

紫苑の写真を見せられたときは心底驚いた。しかし会ったことのある人間だと言うと、死体など知らないと言った嘘がばれるかもしれない。なぜ嘘をついたか追及されると困る。紫苑に怪我を負わされたことが警察に知られたら、自分が疑われるかもしれない。とっさに知らないと答えた。宇宙にもそう言ってくれと頼んだ。宇宙が紫苑を知らないと証言したのは、宇宙自身のためではなく、自分が頼んだからだと思っていた。事件の夜の父親の帰宅時間をごまかしたのも、自分が疑われないためだと言う。

宇宙の犯行に気付かなかったのかという問いには、美樹は大きくうなずいた。今でも信じられないと訴える。

父親が殺されたことも、自分が原因になったと聞いて動揺していたが、そのときはすでに友永家から逃げていて、なにもわからないと言った。反応を見る限り、嘘はついていないと正義は思う。

話は、友永家に入り込んだ経緯に移った。

本物の友永英規とは、二年ほど前に知り合い、半年ほど生活を共にしていたという。友永英規も公園で寝泊まりをしていた。腹を下して苦しんでいた英規を、康史が助けたのがきっかけだと美樹は言った。

英規は失職をきっかけに、ホームレス生活に入ったそうだ。東京に家があるが父親との仲が悪く、父親が生きている間は帰るつもりがないという。英規と別れたのは、彼が父親のようすを見にいったためだそうだ。

父親が死んでいるなら家に戻るつもりだ、どこかで会えたらまた会おう、世話になったことだし、自分が家に戻れたら多少の工面をしてやろうと話していたと、美樹は言う。

果たして今年の二月。ろくに食べられず、車で過ごすにも耐えきれないほどの寒さで、立川市近くに来ていた康史と美樹は、英規から聞いていた住所をたよりに彼の実家を捜した。友永昌男の家だ。

夜も更けているのにしまい忘れている洗濯物のようすから、老人が住んでいるのがわかった。英規はいないのかもしれない。しかし世話をした礼ぐらいはしてもらってもいいんじゃないかと、康史が金目のものを求めて家に侵入した。美樹もおなかが空いていた。

そこで友永昌男とはちあわせた。その先は昌男のあやふやな供述と、くい違いはなかった。

康史は、友永英規として生活した。本物の英規からいろいろと聞いていたので、話を合わせることもできた。昌男が定年後に手に入れた家だ。英規も実際にはほとんど暮らしていなかったとあって、英規の顔を知っている近隣住民はいない。親の介護のために戻ってきたと言えば、同情もされ、ごまかせた。英規は住民票も戸籍も当地に残していた。康史はそれを身分証明にして、昌男の契約に足す形で自分の携帯電話を手に入れ、日雇いアルバイトの仕事に登録した。美樹は孫の桃香として昌男の世話をした。だが桃香の住民票はないため、身元を問われる場面には出ていかないように気をつけた。

本物の友永英規とはそれきりなのかという問いに、美樹が深くうなずいた。

まさか康史が殺したのではないだろうなと、正義は思った。倉科も同じことを問う。美樹は違うと否定した。嘘だとしても、死体が出るまでわからない。

どんな理由で父親と移動生活をしていたのか、いつ、どこにどれだけいたのか、明日以降詳しく訊いていくから思いだして整理するようにと、倉科が促していた。美樹が首肯する。

最後に倉科が訊ねた。

「小学校にも通わず、お父さんとあちこちを放浪していたとのことだけど、小川さんは今いくつなのかな。本物の桃香さんは十九歳だけど、同じ歳というわけでもないよね」

「……十七です、多分。お父さんとあちこちにいたのが、十年か九年かわからなくなることがあるけど」

考え込みながら、美樹が答える。

正義は驚いた。十七歳なら、優羽と同じ年齢だ。

「家を出たのが小学校に上がる前で、そこから十年とすると、十六か十七歳となりますね。

九年なら十五歳かもしれない。お母さんのことは覚えているのかな」

「いいえ」

美樹が不安げに首を横に振る。そして言った。

「あたし、この先、どうなるんですか?」

倉科が穏やかに笑顔を作った。

「まだあなたの名前しかわかっていません。どこで生まれて戸籍がどうなっているのか、これからそれを調べるからね。もし十七歳なら、十五、十六歳もだけど、児童福祉法により児童相談所の保護の対象になります。居場所は作れるから、あまり心配しないで、思いだすことに努めてください」

「……はい」

美樹はまだ不安そうだ。

「あたしのせいなんですね。あの紫苑って人が殺されたのも、お父さんが殺されたのも——」

「違いますよ」

倉科がすぐさま答えた。

どういうことだろうと、正義は不思議に思う。日之出宇宙が美樹を想うあまりに、二件の殺人を犯したのは事実だ。

「人を殺したのは、日之出宇宙です。彼はあなたを言い訳にしているだけ。彼の中にいるのは、彼が勝手に作り上げたあなたの偶像です。あなた自身じゃない」

「……すみません、偶像ってなんですか」

倉科が苦笑した。

「失礼。そうですね……。彼はただ酔っているだけ、お酒も飲んでいないのに、ひとりでふらふらになっているんですよ。その結果、我を失った。あなたが責任を感じる必要はこれっぽっちもありませんよ」

複雑そうな美樹の表情は変わらなかったが、少しほっとしたように見えた。

正義は倉科に感銘を覚えた。倉科の取り調べを受けると、容疑者の多くが自白すると聞く。相手の気持ちをつかむのが本当に上手い。これからも勉強させてもらいたい。できればば近くで、と思う。

「妹も……」

それまでずっと黙っていたので、正義の声がかすれた。

「あ、妹の優羽も、桃香さん、いえ、美樹さんのことを心配していました。力になりたいと言っています。また、連絡しますと」

美樹が、ゆっくりとほほえんだ。

一週間後。小川美樹の血縁者が見つかった。

小川康史にも小川美樹にも家出人捜索願は出されていなかったが、美樹の切れ切れの記憶から十年間の足取りが垣間見えた。何度目かの移動のあと、康史がしばらく住み込みで働いていたパチンコ店があり、その店舗の派手なつくりや巨大モニターを、美樹が覚えていた。ネットで調べた画像を見せたところ、店が判明した。今も常連だという女性客が、幼い女児を連れた男性従業員のことを記憶していた。出身地が同じだと知って話が合い、出る台の情報をもらっていたという。妻に死なれたという男性従業員に同情し、たまに女児を預かったこともあると当時を振り返る。

康史の出身地は岐阜県らしい。花火大会の話題が出たことを女性客が思いだし、そこから住まいの見当をつけると、とある虐待事件が浮かび上がった。母親が、しつけと称して子供を柱にくくりつけたまま、脳溢血で他界したのだ。冬の最中とあって子供は衰弱し、瀕死の状態だった。その子供が美樹だ。出張の多かった父親——康史が、幾日かぶりで家に帰り、美樹を見つけた。康史は死んだ母親を非難し、母親の親類は育児に参加しなかった康史を非難し、母方とはそこで縁が切れた。母親の両親——つまり美樹の祖父母も他界していたので、もともと薄い縁だった。康史はひとりで美樹を育てようとしたが、幼い子供を抱えてすぐに仕事が立ち行かなくなり退職した。美樹は小学校に入る前で、行政の手続き関係から漏れた。役所の人間が一度はようすを見に来たようだと当時住んでいたアパートの大家が証言したが、康史が職場を求めて退去後は、移動が繰り返されたこともあり、追えずじまいに。康史のほうにも親類がおらず、誰も捜さなくなった。

ふたりの住民票は、何回かの移動を経て大阪府に残っていた。

死んだ母親の叔母がやってきて、美樹を引き取ると言った。美樹からは大叔母に当たる。康史が責任を持って育てていると思っていたと、彼女は言った。美樹の母親の両親――彼女の姉夫婦が厳しい人間だったせいで、姪は子供の愛し方がわからなかったと擁護していた。美樹の母親は育児放棄だけではなく、肉体的な暴力も加えていたようだが、細かなところは明らかにならない。大叔母も言いたがらない。しかしその七十歳も遠くない大叔母は、責任を持って美樹を育てると約束した。

すでに縮小されていた捜査本部は、日之出宇宙の送検で解散となった。

宇宙は素直に罪を認めていた。素直すぎて、悟りでも開いたかのようだ。美樹のために犯罪に手を染めたという想いはずっと抱いているようで、殉教者気取りと警察内部で揶揄されている。

美樹の身元がわかり、行き先も決まった。昌男に孫と誤認させたのも以前行ったという窃盗も、現在家裁に送られ調査されているが、父親の康史に強要され従っただけと、寛大な処分がくだるのではないかと思われた。

正義は美樹に、優羽から預かった手紙を渡した。

どんな内容だと優羽に訊いたところ、落ち着いたら手紙ちょうだいねって書いて住所を入れただけ、と言っていた。

友だちになってやるつもりなのか。俺の妹もなかなかやるなと、正義は思う。

そういえばひとつ、引っかかっていたことがあった。なんだっただろうと、頭を巡らせる。思いだせないならそれだけのことだろうと、正義はその疑問に蓋をした。

# 十一月

## 1　正義

朝、正義が食卓につくと、すでに朝食が用意されている。ごはんに味噌汁、卵焼きとトマトとブロッコリー。今日のおかずは少ないが、味噌汁の具で補っている。ごはんも大盛りだ。刑事の仕事は身体が資本だ。二杯はお代わりをする。優羽は、病気の母親に代わって家事をしていたため、料理が上手い。

あくびをこらえながら、優羽が茶碗を手渡してくる。

「新聞は？」

そう訊ねると、今取ってくると言って、優羽が玄関に向かった。

新聞の一面に、植物の記事が載っていた。大きなニュースがないのか、なにかの花が綺麗に咲き誇ったという程度のものだ。だがふいと、正義の脳を刺激した。

「そうだ、思いだした。優羽、ヌスビトハギってなんだ？」

優羽が不思議そうな表情をする。

「長いボトムを穿いてそばを通ると、たくさんくっついてくる8の字に似た形の草。っていうか、実」

「わかってるよ、どういうものかは。そうじゃなくて、おまえ、日之出になに言ったんだ？」

「なんのこと？」

「日之出が言ってたんだ。取り調べが終わって、部屋を出るときにふいっと。桃香ちゃんの人生を盗んだのは父親なのに、彼女を愛している自分がヌスビトハギに足を掬われるとは、って。なんのことかわからず訊ね返したら、ついてなかったのか？　と言う。それでもわからなくて問い直したら、苦笑してたよ。気になるなら持田さんに訊いてくれって。おまえから言われたことだと」

忙しさにかまけて正義も忘れていた。

「あー、それかー」

優羽が肩をすくめる。

「それってなんだ？　なにがあった？」

「美樹ちゃんのお父さんの死体に、ヌスビトハギがついてたって言ったんだよね」

優羽が舌を出す。

「……ついてなかったぞ」

「そっかー。ついてるかなーって思ったんだけどな。マスターんちの庭にたくさんあったんだ。で、たまたま、美樹ちゃんのお父さんが殺された二日前にマスターの車に乗って、服にくっついてるヌスビトハギをむしって捨ててきたから、マスターがお父さんを運んだなら、ついてるんじゃないかなと思って、そう言ったわけ」

正義は目を見開く。

「それは嘘を言ったってことなのか？」

「嘘っていうか、方便？　カマをかけてみたんだ」

「カマ？」

「スケッチブックを見つけて、願望絵の受注ファイルも確認して、マスターとシオンに諍いがあったことがわかった。美樹ちゃんの歯のこともあって、マスターがシオンを殺したとわかった。美樹ちゃんのお父さんのことも、美樹ちゃんがいなくなったと知ってようすがおかしくなったから、マスターが殺したと思ったんだ。でも、マスターって穏やかそうでいて、実はいきなり興奮する人だから、わたしの話を訊いてもらえるよう、証拠は明白だって言って出鼻をくじいておこうと思って」

「嘘で自白させたってことか？　もし日之出の車で英規――康史を運んだんじゃなかったら、どうするつもりだったんだ。居直られるんだぞ」

「自信あったもん。わたし、思うんだ。人の考えることなんてそうバリエーションはないって。シオンは酔っていたんでしょ。お父さんも、酔って川に落ちた可能性があるって話だった。シオン。マスターは、シオンのようすを見て思ったはず。酔わせたら自由にできるって。あとは自分の車で適当な場所まで運ぶ。それも同じ。同じやり方のほうが慣れていて、成功確率も上がる」

　優羽が得意そうな表情をする。

「ふざけるなっ！」

　正義は食卓を叩いた。はずみで箸立てが倒れ、そばにあった味噌汁にぶつかり、中身がこぼれる。

「ちょ、なにすんのよ」

「探偵気取りが！　邪魔するんじゃない！」

　優羽が持ってきた台拭きを、正義は奪った。優羽に投げつける。

「ひどい。そっちが飲みたいっていうから作ったんじゃない！」

「味噌汁の話はどうでもいい」

「はあ？　朝早くから作らせといて、なに言ってんの？」

「くだらない話でごまかすな。勝手なことをしやがって。日之出がその話を弁護士に言ったらどうなると思うんだ。公判が維持できなくなるかもしれない」

「もう自白してるんでしょ」

「手続きに則ってやんなきゃいけないんだよ、捜査ってのは。素人が口を出すな！」

「その素人にアドバイス受けてたのは誰？　わたしのおかげで逮捕できたんじゃん」

「アドバイスだ？　生意気を言うな！」

正義は立ちあがった。

「出かける！」

「ごはんは？」

「時間がなくなった。おまえのせいだからな！」

立川署の自分のデスクについても、正義は怒っていた。東山紫苑に関することはすべて終わり、今は十月末に起こった強盗事件の書類を作っている。

パソコンに向かいながら、正義の心の中が、怒りから不安へと変わる。

この件は、自分にどう影響が及ぶのだろう。

日之出宇宙は、検察庁に身柄が送られている。検察官の取り調べにも素直に応じていると聞くし、物証も揃っている。宇宙の車からは、小川康史の唾液が検出された。充分に罪に問える。

ヌスビトハギに関する宇宙との会話は、取り調べで出たものではないため、供述調書に載っていない。宇宙の声も小さかった。他の捜査員には聞こえなかっただろう。いや聞こえていたにしても、身内の不利になるようなことは言わないはずだ。

ただ宇宙はあのとき、小さく笑っていた。合点がいったように、わずかに唇を歪めて。あれは、なにに納得していたのか。

もしも宇宙の弁護士が、優羽を裁判に呼ぶようなことになったら。優羽が自慢めいたことを言わないよう、言い含めておかなくては。自分のおかげで優羽は生活していられるのだ。そこをちゃんとわかって、言動に気をつけろと。

自分への評価も問題だ。

せっかく上の人間に顔を覚えてもらえたのだ。手柄も立てた。これが表沙汰になったらどうなる。素人が余計なことをしただけ、そう思ってもらえればいいのだが。

電話が鳴った。傷害事件が起きたらしい。係長の笹木と駒岡が立ちあがる。正義も後を追う。

傷害事件は早々にカタがつき、書類作成は明日でいいからと笹木の誘いで夕食に出かけた。最近事件が続いていたからお疲れさま会をというわけだ。駒岡から、妹の手料理が待っているんじゃないかとからかわれ、思わず睨んだ。捜査中に感じていた駒岡への嫉妬心は、もう消えている。優羽の作ったものを食べる気分になれないだけだ。

運ばれてきた生ビールのジョッキを一気に飲み干し、次を頼む。また飲み干す。カウンターに小上がりのある古びた居酒屋だ。しかし料理の味は悪くない。

駒岡が声を潜めながらも、小川康史の話をした。娘に対して信じられないことをする、家族に暴力が向けられる事件は最低だと吐き捨てた。笹木がそれをたしなめる。どこで誰が聞いているかわからないと。駒岡が、この間見たドラマでさー、とあからさまに話をはぐらかし、店のテレビを見上げた。

テレビは、しかしクイズ番組を流していた。

お笑い芸人と俳優による、豆知識を問うものだ。笑い声が聞こえ、正義はそちらに気を取られる。

手紙の書き方のマナーが、と司会者が言った。最近はメールばかりで、手紙の書き方に形式があることを知らない。頭語と結語が対になっているのだが、どれとどれがセットなのか、などとクイズが続く。

良い機会なので、とばかりに、手紙の基本構成が画面に映しだされた。

ぼんやりと眺めていた正義は、横っ面を殴られたような気がした。

手紙の構成は、こうなっている。

頭語、時候の挨拶、本文、結びの言葉、結語。そして、日付、署名、宛て名。ときには脇付を添える。

――日付。署名。宛て名。……日付。署名。宛て名……？

正義の記憶の中から、ある手紙がよみがえる。

間違って書くこともあるだろう。正義は思う。いったんは否定する。

……しかし調べるはずだ。そうだ調べたのだ。

そのために手紙の書き方の本を買った。少しでも印象をよくするために。だとしたら、あれは。あの手紙は……

正義は立ちあがった。

「すみません。ちょっと気分が優れなくて。お先に失礼します」

だいじょうぶかい？　一気に飲んだからじゃないか？　そんな声をうしろに、正義は店を出た。走りだす。

## 2　優羽

アパートの扉が、乱暴に開く音がした。優羽は身構える。

優羽は、醤油差しや箸立てなどを隅に寄せ、台所の食卓で勉強をしていた。教科書に参考書に辞書にノートに、と広げるものが多く、自分の部屋の勉強机では狭かったのだ。そこに正義が、進行方向すべてのものにぶつかる勢いでやってきた。

「おかえりなさ……、どうしたの？」

椅子に座っていた優羽は立ちあがる。

途端、正義が頬を叩いてきた。優羽の身体が食卓へとぶつかった。椅子が倒れる。スカートがひらめく。食卓にあったノートや参考書、箸立てが落ちた。派手な音がした。

優羽は体勢を整える。正義の顔が真っ赤だ。息からアルコール臭がした。

「どういうことだ」

「なにが？　朝の続き？　殴るほどのこと？」

「違う！　遺書だ！」

憤怒の表情に、優羽は思う。

ああ、バレちゃったのね、と。

あとはよろしくお願いします。

優羽はできのいい子です。自分のことは自分でやれます。居場所だけ作ってやってください。

重ねてどうぞよろしくお願い申しあげます。

持田暁子

汐崎洋一郎　様

優羽は今もそらんじられる。何度も読み直し、頭が痛くなるほど考えた。

「あれは、あの手紙は……、書き損じだな。署名と宛て名が逆だ。そういえば紙が皺になっていた。窒息する最期の瞬間に、苦しみの余りに握ったのかと思っていた。だが息を引き取ってしばらくは、身体も柔らかい。死んだ直後に手に握らせたんだろう」

正義が言う。

「なに言ってるのか、わからないんだけど」

「俺はさっき、親父に電話をかけて確認した。親父は、お袋からの連絡をすべて無視していた。治療費を無心され、それからは関わりたくなくて、手紙も目を通さずに捨てたと言った。何通来ていたかわからない、だが全部捨てた、読まずに捨てたと。おまえから、電話があったこともあるという。手紙は読んでいないのかと問い合わせをされたと。親父は非難だと受け取ったんだろう。言ったそうだな。読む気はない、送ってきても捨てると。——おまえは、手紙が親父の手元に残っていないことを知っていた」

優羽は眉を顰め、悲しみに充ちた表情をした。なにを言われているのかわからないと、そう受け取られるだろう表情を。

しかし知っていた。父、洋一郎が手紙を捨てたことを。

母、暁子が送った手紙の内容も、もちろん知っている。あれは、手紙の最後の部分だ。暁子は、何度も下書きをし、推敲し、懸命に情に訴えていた。あの父に、情などないのに。

暁子が洋一郎に頼んでいたのは、治療費の援助だ。

抗がん剤、放射線治療、手術。さまざまな方法を試したけれど、暁子の病気は治らない。高額療養費制度や医療費控除などの手続きも取ったが、限界があった。しかも病気が発覚する前に、生活に追われ、医療保険を途中解約していた。健康保険以上の治療を行う金は、持田家にはなかったのだ。

だから暁子は、別れた夫に頼った。断られても、何度も手紙を出した。あの手紙の下書きには、こう記してあった。

くださいとは申しません、お金は必ず、治ったら働いて返します。私に働ける体力が残っていないというのなら、優羽が代わりに返します。優羽は健康で頭がよく、なんでもできます。――と。

そして治療を受けている間、優羽を洋一郎に預けるというのだ。優羽は自分のことを全部できる。義弟の世話や義母の代わりに食事を作ることもできる。住む場所だけ与えてくれればいいと。

まるで人質じゃないか。

なぜ、わたしが、母の犠牲にならなくちゃいけないのだ。

優羽は当時のことを思いだすと、今でも怒りが湧いてくる。

母は余命を知っていたはずだ。万にひとつの可能性でも賭けたい、命を永らえたいという気持ちは理解できる。だがどうして娘の将来まで左右してしまおうとまで思うのだ。そんなに自分が、自分だけが大事なのか。わたしの学資保険も解約された。アルバイト代も生活費に消える。

……頼む先が父であるうちは、まだいいのかもしれない。これが、怪しい金融機関だとか、他の男だとかに、すがろうと思うようになったら？

優羽は、正義を見上げ、笑顔を作る。

「なに言ってるの？　お兄ちゃん」

「とぼけるな！」

「怒鳴らないでよ。お母さんの遺書は、わたし宛てじゃなかったからちゃんと読んでいないもん。お父さん宛てだったんでしょ」

ぐっ、と正義が声を詰まらせる。

暁子の死体を発見した優羽は、とたんに悲鳴を上げ、部屋を出て、顔見知りの滝藤の家の扉を叩いた。

――そういうことになっているはずだ。

九月四日の朝、警察の人が来るまで滝藤の家にいた。彼らに呼ばれておずおずと、優羽は自分の家に戻った。終始泣き続け、指示があるまで暁子の部屋には近づかなかった。遺書など知らない。

そういうことに。

正義は、優羽が遺書を見ていないはずはないと言う。だがそれを証明できはしない。

「おまえが殺したんじゃないのか？　お袋は、ベッドのヘッドボードの角のポールにタオルを結んで首を吊った。体重がかかったかのように身体を引っぱれば自殺を装える。身体も弱っていた。余命を宣告され、遺書があり、死亡保険金もないなら、細かくは調べられないと」

「身体が弱ってたって、抵抗ぐらいするよ。お兄ちゃんは、お母さんの介護をしたこともないくせに。吐き気にのた打ち回るお母さんを押さえたとき、すごい力ではたかれたことあるんだよ。病院で、看護師さんも見てたよ」

だからいろいろと考えた。

薬の量をごまかした。朦朧となるように、でも誤って飲んだと言える程度に。眠りこんだ暁子の手に、台所仕事で使うゴム手袋を被せた。首を絞められると、抵抗して首回りに引っかき傷を作るという、それを防ぐためだ。そのうえで、両手を身体にそわせ、ぐるりとバスタオルで包んだ。脚のほうもだ。タオルなら失禁しても、もともと病人のそばにあったものとして、怪しまれないはず。それを縛るのは幅広の包帯だ。痕がつかないように。

簡単に洗えるように。

そうやってミイラみたいになった暁子は、ぼんやりしてなされるがままになっていたけれど、肩を押して身体を引っぱったら、さすがに暴れ出した。塞がっていく喉が、潰れた声を出した。暁子の部屋の窓は閉めてあったが、それでもヒヤヒヤした。

暁子が死んだことを確認したのは何時ごろだったか。優羽は自分の指紋をつけないよう気をつけて遺書を握らせた。包帯と、ゴム手袋を内側まで洗い、ドライヤーで乾かし、バスタオルはベッドからずり落ちたように装う。そうして朝を待った。

優羽は唇を引き結ぶ。

後悔は、しないと決めた。

母は今ごろきっと、三年前に死んだ祖母に、ずっと以前に死んだ祖父に、会っているころだろう。そう思った。彼らに甘えればいい。ワガママを言えばいい。わたしへの恨みを吐けばいい。かまわない。わたしは精一杯やったのだ。わたしではもう、母を負えない。

正義が睨んでくる。

「おまえはなにをしたんだ。なにをやった！　吐け！」

正義が、優羽の頬を殴ってきた。その勢いに、優羽はよろける。

「いったあ……。暴力でしか言うことを聞かせられないの？」

「なんだと？　この人殺し！」

反対側の頰も叩かれた。優羽の口の中、血の味がする。

わたしが母を殺したと考えたのなら、どうやって欺いたのかを説明してみればいい。仮にも刑事のくせに。なのに脅すしかできなくて、叩くだけで。それなのに捜査がどうの、素人は口を出すなだの。

もう、無理。

「で？」

優羽の冷たい声に、正義が目を剝く。

「もしわたしがお母さんを殺してたとしたら、どうするの？　自首させる？」

正義は息を吞んでいる。

「できないよね。自分の身がかわいいものね。妹を殺人犯にするわけにはいかない。違う？」

「ふざけるな！」

「そうやって怒鳴りつければいいと思っている。もっと冷静になれば？　高校生のころはもう少し、頭を使ったのにね。自分が得をするように」

「……高校生の、ころ？」

「お父さんとお母さん、どちらについていくかとふたりから訊ねられていたでしょう。お兄ちゃんはわたしに、お母さんがいないと淋しいぞ、そう何度も言った。まだ小さかったわたしは素直に受け取って、お母さんを選んだけれど、あとでわかった。お兄ちゃんがお父さんを選んだのは、愛情じゃなく、打算。淋しいかどうかじゃなく、お金を持っているかどうか。お兄ちゃんは柔道を続け、推薦を得て大学に行く予定だった。オリンピックも狙っていた。わたしはまんまと騙されたってわけ」

正義の顔が、赤から青へと変わる。

「おまえ……、そんな昔のことを恨みに思って、俺の足を掬おうって魂胆か！」

優羽は呆れたようなため息をつく。

「短絡思考ね。……やっぱり出世は望めないな」

「なんだと？」

「わたしはただ、昔はお兄ちゃんも頭を使っていたと言っただけ。小狡い部分は今も変わらないけど。非難はしてないよ。聖人君子じゃ世の中渡っていけない。わたしもそう。お兄ちゃんの真似をしただけ。お母さんからお父さんに乗り換えようと思った。だけど予想以上に、お父さんはセコい人だった。わたしを引き取る気はないって言いだす。あとはお兄ちゃんしか頼る人はいないじゃない。まだ十七歳なんだから、しようがない」

しかし正義は、高校を卒業するまでは、と言った。

正義自身は大学まで出してもらったくせに、なぜ自分は高校までなのだ。それでは困ると、優羽は思った。高校中退でできる仕事、高卒で就ける仕事は調べてあった。バイトばかりの生活ながら、優羽の成績はトップクラスだ。暁子の病気で親身になってくれた看護師やカウンセラーに憧れた。薬剤師や医師も目指せるはず。しかし正義は、高望みだ、そんなものは金持ちがなる職業だと嗤う。進路の話さえ、仕事が忙しいと言って関わろうとしない。

正義の機嫌をとった。わがままを聞いた。正義が出世すれば自分の居場所もあるだろう、もしかしたら進学費用もと、手助けをした。だけど、と優羽は思う。

こんなに頭の回転が悪い人間では、この先使えない。

正義が、荒い息をしていた。青くなっていた顔色がゆっくりと戻っていく。

「出ていけ!」

「は? ここ、わたしが住んでた部屋だけど」

「金を出してるのは俺だ。おまえは世話をされている立場だ。だがもう出ていけ。どこかで勝手に暮らせ。お袋のことは追及しないでおいてやる。ありがたく思え」

「……あのねえ。朝も早くからごはんを炊いて味噌汁を作ってあげて、捜査本部が立って泊まり込みだって言われれば洗濯物を届けて。どっちが世話になってると思ってるの？」

「なにもわからないガキのくせに！　生意気を言うな！」

正義がまた怒鳴る。怒鳴ったり殴ったりすれば言うことを聞くと思っているのだ、この男は。優羽は呆れ、心で舌打ちをする。

なにもわかってないのはそっちだ。なぜ十年前に別れたきりの妹が睡眠時間を削り、不満を呑み込んでまでサポートをするのか、考えてみたことはないのか。見返りなく自分に奉仕するのが当然だとでも思っていたのか。おめでたい。それでいて自分は、親切で優しい兄のつもりなのだ。とんでもない。父とそっくりの、冷血漢だ。

兄と暮らして、改めて思った。兄と父は同じだ。冷たく、薄情で、傲慢で、差別的で。親から子へ、受け継がれていった性質だ。

わたし自身もまた、母と同じように身勝手なのだろう。わかっている。

けれど、先にわたしの未来を奪ったのは、誰なのだ。

「やれやれね。せっかく手柄を立てさせてあげたのに」

「立てさせただと？」

「シオンの事件が解決したのは誰のおかげだと思ってるの？　コクーンのマスターを逮捕できたのは？　緑道での喧嘩に関わった子たち、シオンのボランティア部での活動実態、ボランティア部の武藤くんの願望絵、美樹ちゃんとお父さんのこと、全部、わたしが調べたり教えたりしたんじゃない」

「なにを言う！　それは俺が足でコツコツ調べて――」

「スケッチブックの日付が飛んでいることと紙の皺に気づかなければ、シオンがコクーンに来て、暴力をふるったことはわからない」

「屁理屈を言うな」

「第二の事件が起きなければ、警察はマスターに辿りつけなかった」

正義の顔が複雑に歪んでいく。

「おまえ、なにが言いたい」

「わたしが立川駅のファッションビルのアクセサリーショップで、シオンに気づかなかったと思う？」

「……どういうことだ」

「望愛、真面目すぎるんだよね」

「の……？　望愛って、おまえの友だちの？」

「わたしが生活指導を受けた話、担任の先生から聞いたんでしょ。学校サボって東京ディズニーシーに行ったたっていう。あれ、望愛がチクったの。望愛って正しいことをするのが大好きだから、ちょっとでも校則違反とかすると、先生に言うんだよね。あとでわかったんだけど、シオンにも同じことをしてた。だから麗優にいられなくなったのに、全然懲りてない。……ま、それはどうでもいいや。望愛の自業自得。だけどわたしに迷惑がかかるのは困るのよね。望愛のせいで内申は下げられるし、先生には目をつけられるし、冤罪さえ受けかねない」

まさに、紫苑の事件が起きた直後がそうだった、と優羽は思いだす。ハンマーマンの噂で騒いでいたのは全員なのに、自分だけが注意をされたのだ。

「望愛を放っておくと、もっと厄介事に巻きこまれそう。でも下手なことをするとこっちが非難されるから、ようすを見ていた。そんなとき、アクセサリーショップで事件があった。望愛は隠れて、シオンから逃げるようにしていた。シオンは制服を着ていたから、望愛の通っていた麗優の子だって気づいた。調べたらすぐ、望愛とシオンに諍いがあったってわかった」

正義が、目を丸くしながら聞いている。暁子の葬儀、またそれに伴う体調不良を理由に、優羽は学校を休むことができた。そうやって、調査を進めていた。

「望愛を懲らしめるためにシオンを使えないかと思ってさらに調べてたら、シオンが殺されちゃって、ビックリ。でもわたし、わたしと同じようにシオンを見張ってる人がいたことに気づいてたんだよ」

「まさか……」

「最初はどこの誰かもわからなかった。お兄ちゃんとの話から、コクーンに行って、またまたビックリ。念のためにスマホで、見張ってた人の写真を撮ってあったんだ。変装してたけど、マスターだった。で、気づいたの。この人がシオンを殺したって」

「それを知ってて、おまえは……」

正義の喉が鳴る。

ふふ、と優羽は笑う。

「証拠がないもん。この人が怪しいって教えてあげたって、お兄ちゃん、はあ？　って感じだろうし。いつだったかも、なにが女の勘だってバカにしたよね」

証拠を得るため、アルバイトとしてコクーンに入り込んだ。宇宙が桃香——美樹を好きなこともすぐにわかった。美樹の欠けた八重歯を見て、うっすらと殺人の動機に気がついた。そんななか、美樹と父親の関係を知った。宇宙をつつけば次の行動を起こすのではないか、そう思った。

夜中、雑草の茂る宇宙の家の庭で、自転車の音を立てたのはわざとだ。

宇宙とふたりになるチャンスを作り、なにかがあったと匂わせ、美樹との関係を進めるようそのかすために。純朴な宇宙のことだ。美樹に気持ちを告白するだろう。でも父親との秘密を持つ美樹は、受け入れることはできない。断られた宇宙がどう出るのか。望愛の自殺騒ぎの電話がかかるまえに、宇宙がフラれたと察した。ひと押しだけして、その場を離れた。宇宙が、美樹のようすを探るだろうと期待して。そして計画通り、第二の事件が起きた。思ったよりも早く。

「起きた、じゃない。おまえが起こさせたんだな。……おまえ、おまえは、……なぜ」

「だから言ってるじゃない。手柄を立てさせてあげたかったって」

同時に進めていた計画、望愛を懲らしめることもできた。

望愛に、紫苑が殺された夜のアリバイがないことは知っていた。北大に通う姉のところに両親が行ったと聞いていたからだ。事件後、学校で会った望愛は怯えていた。紫苑やハンマーマンの話をするクラスメイトに、騒ぎ立てるのはかわいそうだなんて言う。だからわざと、ハンマーマンの話をした。コンビニの前を通りかかった望愛を呼び止め、兄が刑事だと紹介した。望愛にプレッシャーを与えつつ、紫苑が殺された夜にアリバイがないと匂わせるつもりだった。正義が鈍かったせいで、それ以上突っこんでこなかったのは残念だった。だがすぐに優羽は考えを変えた。これはしばらく引っぱったほうがいい情報だ。警察が調べれば、望愛に紫苑を殺す度胸などないとわかるだろう。早々に容疑者から外れては意味がない。一番よいタイミングで、望愛が怪しいと知らせるほうが効果的だ。

紫苑と望愛の過去を、ばらまいたのも優羽だ。優羽は友だちが多く、ふだんからいろんなLINEのグループに参加している。望愛のことも知っている小学校時代の友人グループでひとこと匂わすと、尾ひれがついて戻ってきた。学校の裏サイトに投稿する匿名のアカウントだって持っている。その分、焦ったこともあったっけ。桃香にスマホを貸したときがそうだった。もし見られたらどう言い訳をしようかと思ったが、扱い方を知らない桃香にはなにも指摘されなかった。

望愛の気持ちが弱っていくさまは、手に取るようにわかった。とはいえまさか、飛び降り自殺までしようとするとは予想外だった。あれで死なれていては、優羽としても寝ざめが悪い。けれど結果はよいほうに転んだ。捨て身の行動はなによりも有効だった。望愛はもう逆らってこないだろう。教師の信頼も得ることができた。

「おまえっ、なんてことを！」

正義が殴りかかってきた。左頬。右頬。

優羽の喉に手がかかる。

「痛っ！　やめて！」

「黙れ！　黙れ！　おまえは、おまえはいつからそんな！」

優羽は倒れ込んだ。正義がのしかかる。

「苦し……、お兄ちゃ」

「バカ野郎っ、俺の妹が、こんなひどい、……こんな」

正義の指が、優羽の鼻に当たった。血が流れでてくる。

「優羽！」

正義の手が、再び優羽の喉を押さえる。優羽の指は、床を這った。

「………優羽」

箸が、優羽の手によって、正義の右目を貫いた。

3　優羽

「答えづらいことを訊いて、申し訳ないのだけど」

優羽の向かいに座った女性が、優しい声で訊ねてきた。優羽はうなずく。

「今回のようなことは、よくあったの？　その、お兄さんがあなたを……」

「……未遂です。わたし、レイプはされてません」

優羽は声を震わせた。

「そ、そうね。なにもなかった。ええ。あなたは自分の身を守ったのよね。……お兄さんと暮らしはじめたのは、二ヵ月ぐらい前なのかしら。今まで、嫌だなと思ったことはなかった？」

優羽は向かいの女性を見て、いったん口を開き、ため息とともに閉じる。

「お風呂……とか、……一緒に」

「入ったの？」

「いえ違います。……お風呂に入ってたら、お兄ちゃん、入ってきた、だけ。わたしが驚いたら、間違えたって」

「わざと扉を開けたということ？」

「間違えた……んだと、思います。だって……、お兄ちゃん、服、着てなかったし」

優羽は顔を赤くしてうつむく。

「すぐに出ていったのかな」

「はい、でも昔は一緒に入ってたんだぞ、って。恥ずかしがるなよって」

「昔って、子供のころじゃない。ねえ」

わざとのように、女性がほほえむ。

「わたしが幼稚園で、お兄ちゃんが高校生のころです。十歳違うから。ずっと一緒に入ってたから見慣れてるって。……おむつも換えたんだぞって。だから、……さ、……さ」

「なあに？」

「触ったことも、あるって」

女性が、声を失う。

「いまさらなにを言ってるんだって。わたし、わたし……。どうしよう、わたしっ！」

優羽は身体を震わせる。

「少し休憩しましょうか？」

今、この部屋にいるのは女性だけだ。優羽がいるのは、病院の面談室のようなところ。

正義の死体も、この病院の霊安室にあるのだろうか。そう、優羽は思った。


――息がないことは、身体にかかる重みで感じていた。

正義の顔が、優羽の右側にある。その右目に、深々と箸が刺さっていた。脳に達しているだろう。箸をつたって、血が出てきている。

優羽の右手はもう、血に濡れている。左手に血がないことをたしかめて、優羽はスカートの中に手を入れ、ショーツを下ろした。正義の身体にひっかかって、途中までしか脱げない。左膝を立て、踵を尻までつけて、ようやく片足だけ外した。

正義のスラックスのベルトに手をかけ、外し、ジッパーを下ろす。もぞもぞと身体を動かし、トランクスとともにスラックスを半分ずり下げる。まだ生暖かい肌が、太腿に当たり、吐き気がした。なんとかこらえる。

深呼吸して、大声の用意をする。

これから叫ぶのだ。

助けて、誰か来て、と。

隣の家の住人がすでに帰ってきているのは知っている。椅子も倒れた。あれは下の階まで響いたはずだ。

いつかこんな日が来るかもしれない。正義とて刑事のはしくれだ。気づかれたそのときに、どうふるまうか、どう始末をつけるか。優羽はその覚悟をしていた。計画を幾度も立て、捨てては立て直し、シミュレーションをして、仕込みも仕掛けもしておいた。宇宙と対峙するために通学鞄に潜ませていたハサミのように、台所には箸が、優羽と正義の部屋にはシャープペンシルなどの筆記具が、すぐに転がるように置かれている。

正義のタンスの中には、優羽の下着が入っている。掃除も洗濯もすべて任されていたから容易いことだ。以前、捜査本部に持っていった着替えには、キャミソールを交ぜておいた。誰かに見咎められたと聞いている。今回はショーツだ。間違えたとは、そうそう思われまい。

正当防衛になるだろうか、過剰防衛になるだろうか。

優羽の顔には殴られた痕がある。そしてこの状況だ。演技力は問われるだろう。でもやり遂げてみせる。表情を作るのは得意だ。いつだったか宇宙に描いてもらった満面の笑み。あそこまで楽しいと感じて笑ったことはないのに、他人からはそう見えるのだ。

後悔は、しないと決めた。

優羽の手には、なにもない。与えられるはずのものは、知らない間に消えていた。奪われたと恨んでも、泣いても、元通りになるわけではない。

だからわたしは、自分の手でつかみ取る。すべてのものを利用して、自分で。

行動しなきゃ、なにも手に入りません。

宇宙に告げた言葉は、優羽自身が、深く心に刻んでいる。

先ほどの女性が、温かな甘いココアを持ってきてくれた。優羽は哀しげな表情を保ちながらも、ありがとうと、ぎこちない笑顔を作ってみせた。

# 十二月

小川美樹は、岐阜県にいた。大叔母の家だ。養子に入る話が持ち上がっていた。しかし大叔母の夫の親類から、あれやこれやと横やりが入っているらしい。どうなるのだろうと、美樹は思う。

養子になると、いいことも、悪いことも、両方あるようだ。美樹は説明を受けたけれど、今ひとつわからなかった。

正直、美樹にはピンとこないのだ。

何枚かの服と、食事と、寝場所。それだけあれば生きていける暮らしをしていたから。

この家にいるのは老人ばかりだ。コクーンの客や昌男と、たいして変わらない年頃なので、美樹も慣れている。お茶を飲み、相槌を打って、ゆっくりした一日が過ぎる。

大叔母の養子になると、また名前が変わるそうだ。苗字だけだけど。

美樹は思う。自分は本当に美樹という名前なんだろうか。

六歳以前の記憶が曖昧なのは、母親に虐待されたせいではないか、そのとき死にかけたからではないか、医者にはそう説明された。

どこかに別の父がいて、母がいて、あの父親に連れていかれた、そんな夢を見ることがある。本当の記憶なのか、願望なのかわからない。自分はどこかから連れてこられ、誰かと入れ替えられたのではないだろうか。駅に置き去りにされたとき、迎えに来たのは本当の父親だったのだろうか、と。

父も母もいない今、本当のことはもう、わからない。

けれど明日のごはんが食べられれば、じゅうぶん幸せだ。美樹はそう思う。

その夜、手紙がきていたよと渡された。

持田優羽という差出人を見て、美樹の口元は緩む。一度手紙を出したけれど、それきりになっていた。

懐かしい。元気でいるだろうか。

心配してくれた。優しくしてくれた。抱きしめてくれた。でもなにより、笑顔を覚えている。

優羽の手紙は、中学以降で習う漢字がひらがなで書かれていた。美樹は、もう少しはわかるよと思いながらも、その気遣いが嬉しかった。

お兄さんといろいろあったせいで、返事がおそくなってごめんね、とある。お兄さんの先ぱいや、お兄さんといっしょに仕事をしていた人が、お兄さんと自分のことを知っていて、自分のために証言をしてくれたと書かれている。先ぱいは、お兄さんがとつぜんいっしょに住むことになった妹に気持ちを乱されていた、と言ってくれたらしい。お兄さんと最後に会っていたのは先ぱいや同りょうで、家族に暴力が向けられるひどい事件の話をしていたら、お兄さんのようすがおかしくなっていった、お酒も飲んでいたとも言ったそうだ。いっしょに仕事をしていた人は、お兄さんが自分をなぐったのを見たと、話してくれたという。

どういうことなんだろう。優羽はだいじょうぶだろうか。

自分のところに訪ねてきた刑事こそが優羽の兄だと、美樹はあとから知った。怖い顔で責めてきた人。家の前で見張っていた人。あの人に、優羽はなにかされたのだろうか。

住所が変わったとも書かれている。お兄さんのことを周りにさわがれたくないお父さんが、あとを引きうけてくれた。大学にも進める、じゅくにも行けるからがんばって勉強する、とあった。カウンセラーとかお医者さんとか、そういう方向に進みたい、希望をかなえるんだ、なんて書かれている。でもいつお父さんの気が変わるかわからないから、早めに計画を立て、準備もして、独立するつもりだ、と。

あなたに教えられたおかげだ、感謝している、ともあった。

なんのことだろうと、美樹は首をひねる。美樹が教えたのは、ワッフルの飾りつけぐらいだ。

おたがい、幸せをつかもうね、希望をかなえようね、そのために行動しようね。あなたのいるところが、いい場所でありますように。最後にそう締めくくられていた。

美樹にはわからない部分がたくさんあった。けれど手紙からは、優羽が張りきっているようすが伝わってくる。

気持ちが、温かくなった。

今いる大叔母の家。ここが自分にとって、いい場所になるんだろうか。そうなったらいいと、はじめて美樹は感じた。……少し違う。そうなったら、じゃない。優羽が書いたように、そのために行動していくんだ。

自分はこれから、なにをすべきだろう。

……まずは勉強。それから仕事もしたい。

ちゃんと自分の手で、お金を得られるように。自分で自分を、守れるように。

手紙のせいか、久しぶりに優羽の夢を見た。夢の中でも優羽は笑顔だった。

そのまま眠れなくなって、トイレに立ち、いっそもう起きてしまおうと顔を洗う。昌男と同じように、大叔母も朝が早い。間もなく起きてくるだろう。そうだ、今日は自分が朝食の用意をしよう。いい場所にするためにも。

美樹は顔を上げ、洗面所の鏡に映る自身を見つめる。

誰であろうと、自分は自分だ。この顔、この姿、それが自分。いつか優羽に会える日まで、自分もがんばらなくては。希望を見つけて、行動しなくては。美樹は優羽を真似て、笑顔を作った。

窓の外、空が白みはじめていた。

主要参考文献

『警視庁捜査一課殺人班』　毛利文彦　著　角川文庫
『警視庁捜査一課刑事』　飯田裕久　著　朝日新聞出版
『ミステリーファンのための警察学読本』　斉藤直隆　編・著　アスペクト
『ミステリーファンのためのニッポンの犯罪捜査』　北芝健　監修　相楽総一　取材・文　双葉社

この他にもさまざまな書籍や新聞記事、ウェブサイトを参考にさせていただきました。

# 解説

佳多山大地《かたやまだいち》（書評家）

老若男女を問わずオススメできる本、なんてのは理想というより幻想である。ほとんどすべての本に、それを読むにふさわしい〝人生の季節〟があって、その季節をいま生きる読者を獲得し続けるかぎり、本の命脈は保たれるはずである。

気鋭の女性推理《ミステリー》小説作家、水生大海《みずきひろみ》の手になる本書『だからあなたは殺される』は、人生の青春期の只中にいる中学・高校生――なかでも女子生徒にぜひ手にとってほしい。主人公の一人、持田優羽《もちだゆう》が十七歳の高校二年生だから、という理由だけではない。じつに、優羽と同世代の若い読者にひもとかれてこそ、予想外の結末部に仕込まれた〈劇薬〉がしかるべき効果をあらわすと思うからだ。

おっと、件《くだん》の劇薬は、いい大人（男女の別は問わない）に効かないわけではないけれど、なかには効き目が違ってくる人もいるようで……。

水生大海は、昨年（二〇一九年）七月よりミステリー作家人生十周年の記念すべき季節を過ごしている。水生は別名義で第一回（二〇〇五年）チュンソフト小説大賞のミステリー／ホラー部門銅賞を受賞するステップを経て、二〇〇九年七月、『少女たちの羅針盤』で小説家デビューを果たした。同デビュー長編は、第一回ばらのまち福山ミステリー文学新人賞に投じて優秀作に選ばれた『罪人いずくにか』を、同賞レースの選考委員を務める島田荘司のアドバイスを得て改稿・改題したものだ。舞台演劇に青春を懸けた女子高生群像を生き生きと描く一方、演劇仲間の一人を自殺に見せかけて殺した〝彼女たちの誰か〟が追い詰められてゆく構成の妙は新人離れしている。二〇一一年には成海璃子主演で映画化もされ、水生は瞬く間に本邦ミステリー界の注目株となった。

こうしてロケットスタートを切った水生大海は、キャリア十周年で単独著作の数は優に二十を越す。新旧ライバル作家の数も多い〝激戦区〟のミステリー界で確かな地歩を固め、話題作をコンスタントに発表する彼女の実力は折り紙付きである。また、今年（二〇二〇年）一月九日から『ランチ探偵』（二〇一四年）とその続編『ランチ探偵　容疑者のレシピ』（二〇一六年）を原作とするTVドラマ『ランチ合コン探偵～恋とグルメと謎解き～』が放送開始されたのを弾《はず》みに、水生作品のファン層はさらに拡大するにちがいない。

さて、肝腎《かんじん》の『だからあなたは殺される』の話に移ろう。なんとも物騒なタイトルだけれど、まずこの被害者たる「あなた」はファッション誌の読者モデルをしていた十七歳の女子高生、東山紫苑《ひがしやましおん》のことを指す。

お金持ちのお嬢様である紫苑は、東京都立川市のとある緑道で無惨な骸《むくろ》をさらした。全身に打撲痕があり、前歯はほとんどが折られて、まるでリンチを受けたみたい。凶器は金槌のようなものだと推測されることから、興味本位の素人探偵が幅をきかすネット上では「ハンマーマン」の仕業だと話題をさらう。人気の読者モデルだった紫苑を、惨殺した犯人は誰なのか？　もちろん、紫苑が殺されたのには相当の事情があって――だからハンマーマンの手にかかるはめになったのだ。

謎のハンマーマンの正体を探る主人公は、年齢のやや離れた二人の兄妹《きょうだい》である。二十七歳の兄、汐崎正義《しおざきまさよし》は、読者モデル殺しの捜査に従事する立川署の新米刑事。一方、妹の持田優羽は、南立川高校に通う女子高生だ。兄妹で苗字が違うのは、彼らの両親が十一年前に離婚した際、兄正義は父に、妹優羽は母に引き取られ、別個の人生を歩んできたから。だが、母の突然の死を受けて、すでに社会人として独立していた兄は、妹が高校を無事卒業するまで保護者となる覚悟を決めたのだ。ハンマーマン事件発生後、刑事の兄は手柄をあげるべく奮闘し、妹はそんな兄のために地元高校生の侮《あなど》れぬネットワークを駆使して被害者の周辺情報を集め出す。兄妹は力を合わせ、事件の真相にいち早く迫ろうとするのだが……。

二〇一七年二月刊行の本書の親本に巻かれていた帯には、「二度読み必至!! イヤミスの新たな到達点!!」という売り文句が躍っていた（けれど、この文庫版では同様の売り文句は使われないと聞く）。熱心なミステリーファンには周知のとおり、読み終えて厭《いや》な気分が後をひくミステリーを指す「イヤミス」という商標《ジャンル》の歴史は、まだ浅い。ミステリー研究家の霜月蒼《しもつきあおい》が「本の雑誌」二〇〇七年一月号〜翌年十二月号に連載したコラム「このイヤミスに震えろ！」で初めて提唱し、奇しくも同コラム連載中の二〇〇八年八月に上梓された湊かなえの『告白』がイヤミスの看板を結果として背負って大ベストセラーになったことで、当代流行の一ジャンルとなった。まさしく〈イヤミスブーム〉到来のさなかに世に出た水生のデビュー作にも、望むと望まざるとにかかわらずイヤミス評価のものさしは当てられる。実際、『少女たちの羅針盤』の犯人は身勝手に募らせた憎悪から演劇仲間を殺害していて、その思考回路のイヤな歪みは青春期ならではの〝ほろ苦い動機〟と見るのがためらわれた印象だ。

ともあれ、水生自身はイヤミスという流行のジャンルに特にこだわりがあったわけではないようだ。『熱望』（二〇一三年）や『冷たい手』（二〇一五年）はイヤミスに属すと見ていサスペンス劇だが、ドラマ原作となった〈ランチ探偵〉シリーズは極めてカジュアルな設《しつら》えの安楽椅子探偵物であるし、『教室の灯りは謎の色』（二〇一六年）は不登校の女子高生の成長を描いて瑞々しい感性が光る青春ミステリー、『ひよっこ社労士のヒナコ』（二〇一七年）は平成不況下で厳しくなった労働環境が背景にある〝社会派お仕事ミステリー〟と、彼女の作風は硬軟自在で幅広い。

——ところで、本書の場合、おそらく意図して初刊の際は「イヤミス」を売り文句にしたと思しい。読者モデル殺しが一応の決着をみてのち、この文庫版でいえば三百八十ページ以降のエピローグ（「十一月」及び「十二月」）に仕込まれた劇薬が、果たして本書を実際にイヤミスと受けとるかどうかリトマス試験紙的に働くのですよ。

**※これより先、ハンマーマンが誰か明かしたりはしていませんが、小説本編を十二分に楽しまれたあとに目を通されたい。**

ハンマーマンが逮捕されたことですっかり油断していた読者はまったく予想だにしなかったハンマーマン事件の裏面に息をのみ、改めて『だからあなたは殺される』という本書のタイトルと向き合うことになる。そう、もはや「あなた」が東山紫苑を指すのでなくなる展開に愕然としたはずである。

本書を読み終えて、親本の帯に躍っていた売り文句どおり「イヤミス」だったと判ずるのは、とっくに社会に出ている大人の読者の一部だろう。もしヒロインの持田優羽と同世代の、それも女性の読者であれば、読後に厭な気分が残るどころか、むしろ爽快さを覚えはしなかったか？

いい大人になったと胸を張れない解説子の目には、持田優羽は物語の最後で悪漢小説《ピカレスクロマン》の主人公に変身したように映った。典型的なピカレスクロマンは、社会の下層出身の主人公が生きるために法を犯すこともためらわない〝日常の冒険〟を繰り広げて、特に社会諷刺的性格を持つ。『だからあなたは殺される』の背景には、切実《シリアス》な社会問題である〈児童虐待〉や〈子どもの貧困〉があり、ヒロインの優羽は自分自身と一人の「少女」を救うため容赦なく闘う。闘わなければ、大人たちにいいようにされてしまうからだ。

思うに、ヒロインの兄の正義という名は、酒乱・怠惰・暴力などで子どもの将来の可能性を破壊して恥じることない〈毒親の側の正義《せいぎ》〉を象徴しているようだし、ヒロインの名が優羽なのは、彼女と同じ十代の女性読者にこれは〈あなた《YOU》（たち）〉の物語であると暗示する意図が籠められているのではないか。本書のタイトルは、だから三度、意味を変容させる。恐ろしく自己愛の肥大した、厄介な大人たちがはびこる社会だから、あなたたちが闘わないのなら殺されるかもしれない、と。

物語の最後、ヒロインの優羽が隠し持つ劇薬の成分に触れて、「こいつ、ろくでもないガキだったな」と眉間に皺を寄せた大人のあなた――そういう効き目が出たあなたは、いつかどこかで〈子どもたち〉に復讐される因果など夢にも思わず過ごしているといい。

二〇一七年二月　光文社刊

光文社文庫

だからあなたは殺《ころ》される
著　者　水《みず》生《き》大《ひろ》海《み》

2020年2月20日　初版1刷発行
2020年4月15日　2刷発行

発行者　鈴　木　広　和
印　刷　新　藤　慶　昌　堂
製　本　ナショナル製本

発行所　株式会社　光　文　社
〒112-8011　東京都文京区音羽1-16-6
電話（03）5395-8149　編　集　部
8116　書籍販売部
8125　業　務　部


落丁本・乱丁本は業務部にご連絡くだされば、お取替えいたします。
ISBN978-4-334-77975-7　Printed in Japan



組版　萩原印刷